KB047324

여름의
너에게
겨울에
내가 갈게

＊일러두기
본문의 각주는 옮긴이의 설명입니다.

여름의
너에게
겨울에
내가 갈게

닌겐 로쿠도 소설
이유라 옮김

B 북폴리오

차례

프롤로그

매년 10월 31일이 되면, 나는 너에게 이별의 말을 건넨다.

돌돌 말린 담요 위로 머리를 올려보았다. 그러자 포근한 냄새와 함께 천천히 무언가가 뛰는 소리가 흘러든다. 쿵…. 쿵…. 사람의 심장 소리치고는 너무 느리다.

그래도 너는, 이와토 유키는 살아 있다. 우리 둘이 앉은 소파가 이 세상에서 분리되고 만다 해도 그 사실은 변하지 않는다.

귀를 떼자 너는 내 머리에 살며시 손을 얹고 미소 지었다. 잠들기 전 너의 감각은 언제나 둔해져서 거의 사라지다시피 하지만, 손끝의 감각만은 마지막까지 선명히 남아 있다. 그런 너의 손을 잡는 것이 내 '역할'이었다.

벌써 밤 11시가 지났다.

주방에서는 도코 씨가 바쁘게 이것저것 준비하고 있다. 견본을 전시하듯 탁자 위에 쭉 늘어놓은 의료 기구. 레이지 씨는 요도에 삽입할 고무관을 가지러 간 참이다.

후유미는 집에서 입는 플란넬 셔츠 차림으로 무릎을 세우고 의자에 앉아 TV를 보고 있다. 마블 영화에서 총성과 유리 깨지는 소리가 날 때마다 힐끗힐끗 이쪽으로 시선을 돌린다.

커튼 사이로 빛이 가로질렀다. 그러더니 쿵…. 하늘이 울렸다.

그때 네가 내 손가락을 꼬집었다. 아니, 꼬집었다기보다는 네 손가락 틈에 내 손가락을 살짝 끼웠다. 나는 다시 너에게 의식을 집중했다. 분을 바른 것처럼 새하얘진 얼굴, 색이 빠진 입술이 보인다. 너의 손끝이 내 목덜미를 쓸어내렸다. 서늘한 체온이 기분 좋았다.

"이거 부탁해도 될까?"

도코 씨에게 체온계를 건네받고서, 너의 파자마 속으로 손을 넣어 겨드랑이에 꽂았다. 단지 모양의 가습기가 푸른 빛을 발하며 뭉게뭉게 흰 수증기를 내뿜는다. 그 옆에는 10대용 패션 잡지와 요리책이 끈에 묶여 아무렇게나 놓여 있다. 체온계를 빼자 에러가 떴다.

성가시다는 듯 얼굴을 일그러뜨리는 너를 다독이며 다시 한번. 이번에는 제대로 소리가 나고 회색 표시창에 '31도'라는 문자가 뜬다. 됐다. 다시 잴 것 없이 자신 있게 도코 씨에게 체온계의 숫자를 전달했다.

"응, 됐네. 이제 곧이겠다."

도코 씨가 고개를 끄덕였다. 문득 네가 손가락으로 내 손등을 세 번 두드렸다. 나는 너의 몸이 쓰러지지 않도록 소파에 기대게 한 채 일어났다.

"혹시 물 있나요?"

"냉장고 안에. 문 열면 보일 거야."

도코 씨가 앗, 하고 목소리를 높였다.

"너무 많이 마시지 않게 해."

"50밀리씩, 맞죠?"

"그래. 삼키는 힘이 약해져 있으니까, 기관지에 들어가면 큰일이거든."

나는 냉장고를 열고, 타파웨어 용기에 든 감자샐러드와 지퍼백 속에 재워둔 고기 사이에서 물병을 꺼냈다. 레이지 씨가 양 갈래로 갈라진 기다란 갈색 고무관을 가지고 내려왔다.

우당탕, 등 뒤에서 넘어지는 소리가 났다. 온몸의 털이 곤두서는 기분으로 돌아보았다. 혼자 힘으로 일어나려던 네가 무릎이 꺾인 채 바닥에 손을 짚고 있었다.

"언니!"

가장 먼저 들린 것은 후유미의 비명이었다. 내가 움직였을 때는 이미 후유미가 언니의 어깨를 붙들고 있었다. 나도 서둘러 도와 둘이서 너를 소파로 끌어 올렸다.

후유미가 매서운 눈길로 나를 쏘아보았다.

나는 이를 악물며 몇 번이나 고개를 끄덕였다.

이와토가家는 지금까지 쭉 이렇게 해왔다. 이 계절이 되면 너는 잠들 준비를 한다. 1년에 한 번 있는 중요한 날. 가족 모두가 이처럼 너를 지켜왔다. 그러니 원래대로라면 외부인인 내가 있을 자리는 없었다. 너를 중심으로 완성된 가족의 체계에 내가 들어갈 여지는 없었을 것이다.

그러나 지금 나는 이렇게 네 손을 잡는 것을 허락받았다.

"아, 진짜…. 잘 좀 해요."

후유미의 목소리가 떨리고 있었다. 그녀는 나보다 두 살 어리다. 하지만 그 날카로운 눈에서는 다 큰 어른도 뒷걸음질 치게 할 정도의 위압감이 느껴진다.

"미안."

"하나뿐인 여자친구잖아요…. 언니 좀 제대로 돌볼 수 없어요?"

"더 조심할게."

"당연하죠. 그게 당신 '역할'이니까."

후유미가 나직이 중얼거렸다. 그때 네가 다시 내 손가락을 꼭 잡았다. 벌레에 물리는 정도의 세기다. 하지만 이게 현재 너의 최선이라는 걸 안다.

그날 나누었던 약속을 지켜나갈 것이다. 내가 할 수 있는 유일한 일. 나에게 허락된, 내가 그녀 옆에 있는 이유.

레이지 씨가 와서 후유미의 어깨에 손을 올렸다.

"뭐, 어때. 후유미도 그렇게 시비조 말투는 좋지 않아."

따뜻한 눈빛이 후유미와 내 사이를 오간다.

"이런 일을 매년 돕게 해서 미안해. 올해 3학년이지? 취업 때문에 힘들 텐데."

"아니에요. 취업 준비는… 잘되어간다고 하긴 그렇지만, 어떻게든 하고 있어요."

"사실 우리끼리 해야 하는 일인데. 그래도 이렇게 와줘서 고맙게 생각하고 있어."

도코 씨가 파란 종이 상자에서 투명한 액체가 든 파우치를 하나 꺼냈다. 그러곤 다른 의료 기구와 함께 소독된 세탁 바구니 안에 넣은 다음, 바구니를 안고 2층으로 올라갔다.

"자, 다 같이 유키를 보내주자."

레이지 씨는 그렇게 말하고 너의 오른쪽 어깨를 잡았다. 나도 왼쪽 어깨를 부축하며 전쟁터에서 부상자를 옮기듯 너를 일으켜 세웠다.

"지금부터 등을 받치면서 계단을 올라갈게."

귓가에 속삭이자 너는 작게 머리를 흔들었다. 너를 한 걸음씩 걷게 했다. 옆에서 후유미가 내 행동 하나하나를 주의 깊게 감시하고 있다.

계단을 올라 복도 끝에 이르렀다. 히터 두 대로 따뜻해진 방에서, 도코 씨가 배설물 받아내는 파우치를 의료용 침대에 설치하고 있었다. 침대 프레임에 꽂힌 링거대에는 파란 글자가 쓰인 투명한 수액 팩이 매달려 있다. 그 옆에 수많은 코드가 연결된 심전계가 자리했다.

레이지 씨와 내가 침대에 너를 눕혔을 때 너의 눈은 이미 반쯤 감겨 있었다.

도코 씨는 알코올 솜으로 너의 왼쪽 팔을 문지른 뒤, 살짝 붉게 부어오른 곳에 재빨리 바늘을 찌르고 투명한 테이프를 붙여 고정했다. 그런 다음 바늘과 튜브를 연결하고 나더러 잠시 저쪽을 보고 있으라고 했다. 도코 씨는 손에 아까 레이지 씨가 가져온 갈색 튜브를 들고 있었다.

"저기, 나오네요."

직장과 방광에 유치 카테터를 삽입하는 것이다. 나라면 잠들어 있는 내 몸속에 어머니가 관을 끼우는 모습을 가족이 아닌 사람에게 보이고 싶지 않을 것이다.

"그래, 그렇게 하면 돼. 잘했어. 덕분에 살았네."

후유미의 의기양양한 얼굴을 곁눈질하며 나는 조용히 방을 나왔다.

잠들기 전의 의식…. 이와토가에서는 그렇게 부른다. 10월 말이 되면, 깊은 잠에 드는 너를 모두 함께 배웅한다.

베란다에 걸린 목욕 수건이 무리에서 동떨어진 가오리처럼 거센 빗줄기 속을 헤엄치고 있다. 남의 집 복도여서일까, 어쩐지 천장이 높게 느껴졌다.

노크를 하고 다시 안으로 들어갔다. 이불을 잘 덮고 행복한 표정으로 베개를 벤 네가 누운 침대에는 세 줄의 관이 각각의 장소로 통하고 있다. 마치 고속도로의 교차점 같다. 심전도는 네모난 녹색 화면에 파도를 그리며 삐-, 삐-, 일정한 소리를 내고 있다.

의아한 눈초리로 나를 쳐다보는 후유미를 데리고 도코 씨가 방을 나간다. 나를 지나쳐 가는 두 사람에게 가볍게 인사를 했다. 달칵, 문이 닫히고 우리 둘만 남았다.

시계를 보았다. 날이 바뀌기 17분 전이다. 나는 침대에서 가장 멀찍이 떨어진 벽에 기댄 채 주저앉았다.

여기서 지켜봐야 한다고 생각했다.

너무 가까이 다가가면 당하고 말 것이다. 내일부터 시작될 시간이 어떠할지, 지금 여기서 생각하고 말 것이다. 그것만큼은 반드시 피해야 한다.

"이제부터 어떤 꿈을 꿀 거야?"

심전도가 그리는 리듬이 점점 느려진다. 이대로 죽어버리는 게 아닌가 하는 생각을 마음 저편에서 억누른다.

"넌 외롭지 않아?"

모니터에 비치는 심장 부호와 들쭉날쭉한 선. 그 아래로 67, 54, 52, 점점 줄어드는 숫자. 견딜 수 없어졌다. 자리에서 일어나 침대 바로 옆까지 가서 낙상 방지 가드 앞에 무릎을 꿇었다.

너는 기분 좋은 듯 눈을 감고 있다.

나는 이불 밑으로 너의 손을 잡았다.

51, 50, 44…. 숫자는 20까지 내려간 뒤 마침내 일정하게 가라앉았다. 수도꼭지에서 물방울이 떨어지는 속도로, 너의 반쯤 잠든 목숨이 메아리친다.

그때 창백한 입술이 희미하게 움직인 것 같았다. 나는 깜짝 놀라 눈을 크게 떴다. 소리의 잔영을 공기 중에서 찾아보아도, 너의 약한 호흡은 먼지 하나조차 띄우지 못한다.

　나는 다시 몸을 앞으로 기울이고 시선을 내리깔다가, 너를 올려다본다.

　"그럼 봄에 다시 만나."

　너의 뒤를 따르듯이 그렇게 전한다. 누구에게도 닿을 리 없는 작별 인사.

　그러나 단지 이 말을 하기 위해서, 나는 이곳에 있었다.

　만일 네가 겨울 동안 잠드는 일 없이 지극히 평범한 인생을 걸어갔다면, 나는 너를 만날 수 있었을까. 너희 가족의 집에서 차가워져가는 네 손을 잡을 수 있었을까.

　다음 날, 2020년 11월 1일. 기상청은 나가노에서 첫눈을 관측했다.

　나는 또다시 혼자서, 겨울을 향해 걸어간다.

당신의 호흡이 들린다.

당신의 체온을 느낀다.

나는 손을 흔든다.

곧 돌아올게, 나지막한 소리로 외친다.

나를 둘러싼 공기가 차갑게 식으면 내 몸은 어두컴컴한 길을 나아가기 시작한다. 이끌리는 대로 가로등과 춤추고, 밤바람과 뛰놀며, 외딴섬 같은 곳에서 아침이 올 때까지 호흡의 형태를 한 기도를 쉬지 않고 계속할 것이다.

나는 깨어나기를 기다리고 있다.

깨어날 때를 맞이하기 위해, 나는 나만을 데리고 작은 여행에 나선다.

1장

계속 여름이면
좋을 텐데

I.

어렸을 때 나는 동화에 나오는 밤의 괴물을 믿었다. 유령이 없다는 걸 알면서도, 베란다의 우중충한 실외기와 흔들리는 빨래 틈에서 몇 번이나 괴물을 보았다. 지금은 화해한 지 오래라 밤의 괴물은 괴물 나라로 돌아갔으리라 생각했다. 그런데 설마 대학에 들어가고 나서 재회하게 될 줄이야.

딱 봐도 운동부다 싶은 덩치를 한 선배가, 악마처럼 붉게 달아오른 얼굴로 다부진 팔을 맥주 피처에 뻗는 것이 보였다. 선배는 비워진 컵을 보는 족족 무차별 폭격을 하듯 미지근한 맥주를 부어댔다. 나는 탄산이 빠진 액체를 컵 바닥에 3센티미터 정도 남겨두고, 흑초인지 뭔지로 버무린 양배추만 열심히 먹었다.

이따금 사회생활용 미소를 지으며 무슨 말인지도 모르는 대화에 맞장구쳤다. 중간에 아는 척 의견을 말하기라도 하면 빈축을 사고, 그렇다고 계속 입 다문 채 무표정으로 있을 수도 없다. 대화에 뒤처지면 그 누구도 도와주지 않는다.

올해, 그러니까 2018년도 신입생 설명회에서 알게 된 아쓰시와 도모미는 각각 다른 테이블에서 대화를 잘 따라가고 있었다. 생각해보니 이 모임도 두 사람이 가자고 해서 온 거였다.

나는 즐거워 보이는 두 사람을 곁눈질했다. 저 둘은 가능한 사람들이다. 시시한 선배의 자기 자랑을 웃으면서 들을 수 있고, 누가 시키지 않아도 상대를 치켜세워주며 의견을 주고받을 수 있다. 이산화탄소와 연기로 뒤덮인 이 방에서 아무렇지 않은 얼굴로 숨을 쉴 수 있다.

가능한 사람만이 이런 장소에 남는다. 불가능한 사람은 쓴웃음을 지으며 적당히 비위를 맞추다가 시간이 빨리 가기만 바랄 뿐이다.

"왜 벌써 가? 무슨 일 있어?"

동조와 긍정만이 오가던 대화 가운데 조바심과 의혹을 담은 말이 별안간 술집을 훅 가로질렀다.

소리가 들려오는 쪽을 보자 술 마시는 자리인데도 계속 맨

정신으로 있던 회계 담당 남자가 큰 소리로 여성을 불러 세우고 있었다.

"그런 건 아니에요."

그녀는 다다미방에서 나와 막 한쪽 구두를 신는 중이었다.

"그럼 컨디션이 별로야? 물 갖다줄까?"

"아뇨, 괜찮아요. 그냥 집에 가고 싶어서요."

그녀가 딱 잘라 말했기 때문에 남자는 적잖이 당황한 것 같았다.

"왜? 재미없었어?"

"아뇨."

"뭐야, 그럼 왜 먼저 가는 건데?"

터널의 끝이 보이듯, 한 줄기 빛이 비친 것 같았다.

나는 조용히 일어나 짐을 놔둔 곳까지 걸어갔다. 몇 명의 시선이 나를 향했으나 바닥만 쳐다보며 백팩을 멨다. 혹시 누가 불러 세우면 어떡하지 하는 생각이 들자 가슴이 덜컥 내려앉고 목구멍에서 심장이 쿵쾅쿵쾅 뛰는 듯했다.

아쓰시가 눈치채고 이쪽을 흘끗 쳐다보았다. 잽싸게 시선을 피했지만 늦었다.

"뭐야, 나쓰키. 너도 집에 가게?"

나는 가능한 한 무뚝뚝한 느낌으로 고개를 끄덕였다.

"이따 3차까지 있잖아. 설마 이와토 씨를 바래다주겠다거나 뭐 그런 건 아니지?"

아쓰시가 일부러 주목을 끄는 말을 했다. 악의는 없었다. 이미 잔뜩 취한 아쓰시가 이쪽의 의도를 알 리는 없었을 것이다.

그 자리에 있던 사람 중 반이 나를 쳐다보았다. 등줄기가 떨리고 가위에 눌리는 기분이 들었다. 목이 턱 막혀 숨쉬기가 힘들어지고 몸에 열이 올랐다.

조금 전 자리를 뜨려 했던 여성을 곁눈질로 살폈다. 그녀는 양쪽 구두를 모두 신고 의연히 일어난 참이었다. 어중이떠중이는 전부 물리칠 만한 늠름한 모습이다. 그러자 왠지 모르겠지만 신기하게도 용기가 솟구치며 가위에서 풀려났다.

"맞아. 바래다주려고."

나는 뻔뻔하게 나가기로 했다.

여성이 가게를 나섰다. 지금밖에 없다.

기세 좋게 나와 흙바닥에 뒹굴던 운동화를 급히 꺼낸 뒤, 한쪽 뒤축을 구겨 신은 채 잰걸음으로 문을 향했다. 뒤에서 누군가 고함치는 소리가 들렸지만 귀를 막았다.

했다! 해냈다!

동아리 멤버는 총 사십 명, 그중 절반 이상이 같은 학부다.

같은 수업을 듣는 사람도 열 명이 넘는다. 내일부터 어떤 얼굴로 봐야 하지? 지금까지 눈에 띄지 않게 살아왔는데. 이런 상황을 만들지 않으려 노력해왔는데…. 전부 헛수고가 됐다.

오싹, 후회가 등줄기를 타고 기어오르며 온몸에 가려움이 번졌다. 한시라도 빨리 이 자리를 떠나고 싶어져 머리 위 늘어진 포렴을 손으로 걷어내고 밖으로 나갔다.

신기하게도 발이 멈췄다. 바깥은 아직 조금 쌀쌀한, 초여름 밤이 펼쳐져 있었다.

"고마워."

목소리가 들렸다. 아까 먼저 나간 그 여성이 두 집 건너 파스타 가게의 간판에 달라붙듯 기대어 선 채 카디건을 걸쳐 입는 중이었다.

"어… 뭐가요?"

"뭐긴, 내가 가게를 나갈 수 있도록 시간을 벌어줬잖아."

나는 할 말을 찾지 못한 채로 표정이 굳어버렸다. 그러는 동안에도 거대한 실외기가 흔들리며 내뿜는 더운 공기가 뺨에 닿았고, 나는 뭐라고 말하는 게 정답일지 오직 그 생각만 했다.

"…도움받은 건 저예요. 먼저 나가는 분이 계셔서 저도 편승해버렸어요."

예상치 못한 대답이었는지 한순간 멍하니 있던 그녀는 이윽고 풍선을 터뜨리듯이 픗 웃었다.

"그런 거야? 일부러 정정할 것까진 없었는데."

"왜요?"

"그야 감사받는 쪽이 낫잖아?"

"그래도 좀 싫잖아요. 거짓말하는 건."

"그래? 그럼 누군가를 상처 입히지 않기 위한 거짓말은 어때? 거짓말도 방편이라는 말도 있잖아."

당황스러워 시선을 여기저기 옮겼다. 장어 가게 앞에 놓인 불판, 노래방의 무지개색 불빛, 술집의 물결무늬 포럼. 꼬치구이와 오코노미야키 냄새가 풍겨와 본의 아니게 배에서 천둥이 울렸다.

"그게… 저는 무교라서요. 방편方便이라는 말은 불교 용어 잖아요? 신자도 아닌데 논리만 갖다 쓰는 건 좀 염치없기도 하고…"

내가 진지하게 대답하자 그녀는 순간 입을 딱 벌렸다. 하지만 그다음 한층 격한 웃음을 터뜨렸다.

"뭐야, 그게. 너무 섬세한데?"

바보 취급하는 건가 싶어 잠깐 욱했지만, 그녀가 계속해서 웃음을 멈추지 못하는 바람에 점점 별것 아니게 느껴져서 결국 나도 같이 웃고 말았다.

"재미있는 애구나."

검지로 눈꼬리를 닦아내면서 그녀가 나를 보았다.

여기 와서 처음으로 나도 진지하게 그녀를 바라보았다. 반
듯하게 내린 윤기 나는 검은 단발머리. 꽃무늬 레이스의 시스
루 티셔츠와 체크무늬 미디스커트. 날렵한 턱. 높은 코와 조
각처럼 깊고 또렷한 눈매는 서양의 공주님을 연상시켰다.

정신을 차리고 시선을 피했다.

그녀는 싱긋 웃으며 발길을 돌렸다. 그리고 그대로 몇 걸
음 흔들흔들 걸어갔다. 그야 그렇다. 내가 정말 그녀를 바래
다줄 수는 없을 테니까.

"안 올 거야?"

목소리가 들려왔다. 내가 바라 마지않던 말이었다.

신주쿠 가부키초의 네온사인이 선명한 밤에 녹아드는 그
녀의 뒷모습을 열심히 쫓았다.

가드레일에 앉아 이국의 언어로 떠드는 레게머리와 닫힌
셔터 앞에서 잠이 든 회사원 옆을 그녀는 씩씩하게 걸어갔
다. 길바닥에 달라붙은 담배꽁초와 물에 녹은 전단지의 잔해
마저, 그녀의 발밑에서는 마치 레드 카펫이 깔린 듯 보였다.

"난 유키야. 2학년 이와토 유키."

다행이다. 선배였다. 게다가 한 학년 위. 나도 모르게 존댓말을 썼는데 정답이었다.

"저는 우즈메 나쓰키라고 합니다. 신입생이에요."

"우즈메…."

그녀는…, 아니 이와토 씨는 약간 고민스러운 얼굴로 세 글자를 반복했다.

"한자가 어떻게 돼?"

"땅에 묻는다고 할 때 그 '묻을 매埋' 자라서 우즈메예요."

"어? 드문 성이네."

"친할아버지가 후쿠이 출신이신데, 그쪽에서는 자주 쓰이는 성인가봐요."

"그렇구나. 지금은 혼자 살아?"

"네. 이 근처에 살아요."

나는 속으로 할아버지에게 감사했다. 성에 대해서는 대학에 들어간 뒤 벌써 몇 번이나 설명한 내용이었다.

"이와토 씨는 아까 그 동아리…."

내 물음에 이와토 씨는 희고 가지런한 치아를 보이며 씩 웃는다.

"난 그냥 지원군이야. 술자리 머릿수 채우는 역할이지."

영상을 만드는 동아리라고 해서 들어온 GTR은 실제로는 영상 제작 같은 건 전혀 안 하는, 그냥 술 마시는 모임이었다. GTR이 무슨 말의 약자인지조차 아무도 모를 정도였다.

"나쓰키는 무슨 학부야?"

"…문학부요."

"왜 목소리가 작아지는데?"

"그냥, 저도 모르게…."

나는 문학부가 제1지망이었다. 하지만 주위에는 그렇지 않은 사람도 많아서, 문학부는 보험용이라느니 낙오자라느니 하는 목소리가 심심치 않게 들려왔다.

기어드는 목소리를 지적받자 나 자신이 비굴하게 느껴져 부끄러웠다.

"이와토 씨는요?"

"미술학과 유화 전공이야."

"엄청 어려운 곳이네요?"

같은 대학이라도 일반학부와 예술학부의 인기는 상당히 차이가 난다. 그중에서도 미술학과는 특히 입시가 치열하다고 했다.

이와토 씨는 수줍어하는 기색도 없이 그렇지 않아, 하고 조용히 대답했다.

"유화 쪽에 간자키라는 교수가 있거든."

"들어본 적 있는 것 같아요."

"응, TV에도 나오니까."

이와토 씨는 간자키 노리히토가 나오는 심야 프로그램 제목을 몇 개 댔다.

"학생들한테 엄청 집적거리는 편이야. 세미나 수업도 아닌데 주소까지 적으라고 한다니까? 그것도 여자애들한테만."

"그건 좀 징그럽네요."

"그치?"

나는 과장되게 고개를 끄덕였다.

"그래서 본가 주소를 적어 냈어. 거긴 지방이니까 아-무상관없지!"

이와토 씨는 큰 소리로 말하며 웃었다. 나는 잘하셨네요, 하고 대답했다.

"하지만 대학은 어디나 다 그렇더라."

대학은 어디나 다 그런가보다.

15분 정도 걸어 지하로 내려가는 계단에 들어섰다. 층계참에는 크고 작은 고추 병조림이 다양하게 놓여 있고, 검붉은 간판에 흰 글씨로 '탄지르Tangier'라 쓰여 있었다.

"여기 전부터 와보고 싶었어."

이와토 씨의 들뜬 표정이 눈부셨다.

문을 열자 독특한 직물로 장식된 세련된 가게가 모습을 드러냈다. 눈물 모양 램프에서 나오는 따뜻한 빛이 방을 부드럽게 비추었다. 그 온화한 분위기와 상반되는 눈물 나게 자극적인 냄새에 당황했다.

"냄새가 엄청나네요…."

나는 작게 중얼거렸다.

3인용 소파 자리 앞까지 와서 이와토 씨는 중앙보다 약간 왼쪽에 앉았다. 내가 망설이자 그녀는 "싫어?" 하며 나를 올려다봤다. 나는 고개를 저었다. 소파는 푹신푹신해서 허벅지까지 쑥 꺼질 정도였다.

주문을 하고 물을 벌컥벌컥 마셨다. 어깨가 닿을락 말락 하는 거리에 앉은 이와토 씨는 이 거리감이 전혀 신경 쓰이지 않는 걸까. 불안해져서 흘끗 표정을 훔쳐보았다. 그녀는 이미 이쪽을 바라보고 있다가 왜 그래, 하고 눈으로 묻는다.

"왜 중간에 나오셨나 해서요."

이와토 씨는 고개를 기울이며 으음… 하고 중얼거렸다.

"봄은 짧잖아?"

"그렇죠."

"하지만 사실 여름도 굉장히 짧거든."

곧바로 샐러드 비슷한 요리가 나왔다. 큼직하게 자른 오이에 검은 플레이크가 뿌려져 있었다. 이와토 씨가 먼저 도전에 나섰다. 이어서 내가 한입 먹었는데 오묘한 향이 확 밀려들었다. 이게 뭘까.

"차라리 계속 여름이면 좋을 텐데."

이와토 씨가 입가를 누르며 고상하게 웃는다.

마침내 내 혀에도 이변이 느껴진다. 뭔가랑 맛이 비슷하다 싶더니, 치과 의사가 어금니를 깎아낼 때 사용하던 마취약과 똑같다. 타액이 멈추지 않고 미각도 이상해지기 시작했다.

이와토 씨는 전혀 아무렇지 않은 것 같았다. 이제는 아예 점원을 불러 묻는다.

"여기 마파두부요, 얼마나 맵게 할 수 있어요?"

점원은 잠깐 생각하고 나서 대답했다.

"1단계 올릴 때마다 10엔씩 올라가요."

"그럼 12단계로 할게요."

어색하게 웃어 보인 점원은 주방 쪽으로 사라졌다가 회색 클립보드와 펜을 가지고 돌아와 이와토 씨에게 내밀었다. 동의서였다.

그녀가 사인하자 얼마 지나지 않아 탁상용 캔들로 따뜻하게 데운 땅딸막한 주물냄비가 나왔다. 보글보글 끓는 빨간 국물이 옆에 앉은 나한테까지 어마어마한 냄새를 풍기며 눈과 코의 점막을 자극했다. 보고만 있어도 아프다.

"이건 취향이 아니라 체질 같은 거거든."

이와토 씨는 그렇게 말하더니 조금은 부끄러운 듯 고개를 숙였다.

나는 어떤 얼굴을 해야 좋을지 모른 채 눈물샘에서 멋대로 새어나오는 눈물을 닦았다.

얼마 지나지 않아 커틀릿덮밥도 나왔고 우리는 각자 음식을 먹었다. 커틀릿덮밥은 바삭한 튀김옷에 밑간이 적당하고 기름기도 있었다. 반숙 달걀도 훌륭했다. 이걸 먹지 않았다면 나는 술집이라는 존재를 평생 싫어했을 것이다.

"어때요, 이와토 씨?"

주먹을 꼭 쥐고서 국물 한입을 호로록 마시던 이와토 씨는 굿, 하고 엄지를 들어 보이며 활짝 웃었다. 그리고 조금 나른한 얼굴로 말했다.

"만나고 싶은 사람이 있었어. 그런데 오늘은 안 왔어. 물어보니까 동아리도 그만뒀대. 그럼 저기 있을 이유가 없잖아."

나 때문이야, 작게 중얼거리는 이와토 씨의 눈빛이 한순간 눈이 내리듯 차가워졌다.

그 순간 바로 멀어진다. 이렇게 가까이 있는데도, 마치 다른 차원에 있는 것 같은 단절감이 나와 이와토 씨 사이를 갈라놓는다.

"맛있었지."

나는 묵묵히 끄덕였다.

"이제 어쩔 거야?"

"…."

탐색하는 듯한 시선이 나를 위아래로 훑었다.

"있지. 지금 몇 시인지 알아?"

뭔가 숨은 뜻이 있는 듯 요염한 미소였다.

나는 당황해서 시계로 시선을 떨어뜨렸다. 12시 44분을 지나고 있었다. 퍼뜩 정신이 들어 고개를 들었다.

"아-아, 막차 끊겼다."

이와토 씨가 작위적인 말투로 말했다.

깨달았을 때는 이미 늦었다. 어두운 밤을 여왕의 망토처럼 걸친 이 사람에게서, 매혹적인 시선으로 나를 꿰뚫는 그녀에게서, 도저히 도망칠 수 없을 것 같은 기분이 들었다.

II.

식당에 들어서자 가죽점퍼에 플리츠스커트 차림을 한 오지로 도모미가 곧바로 시야에 들어왔다.

나는 손을 흔들고는 맞은편에 앉았다.

"사람 엄청 많다."

"자릿세 내."

오른손을 내미는 도모미에게 공손히 합장해 보였다.

"아쓰시는?"

도모미는 배식하는 곳을 가리켰다. 길게 늘어선 줄에서 쟁반을 안고 안달복달하고 있는 아오기리 아쓰시의 모습이 보였다.

"B정식이 품절이더라고. 그래서 줄 다시 섰어. 것보다 좀 들어봐."

도모미가 들고 있던 소시지빵을 찻잔 위에 내려놓고 손짓 발짓을 동원해가며 말했다.

"티케팅 성공했어!"

나는 무슨 공연인지 물었다.

"배기지즈의 돔 라이브."

그러고 보니 도모미는 열정적인 밴드 팬인데, 특히 펑크 록에 대한 편애는 어마어마했다.

"난 또 뭐라고."

나는 낚인 기분이 되었다.

"굉장하지 않아?"

도모미가 카드지갑에서 새까만 바탕에 과격한 서체로 쓰인 티켓을 꺼내 눈앞에 들이댔다.

"안 보여…. 여기, 나고야 돔이라고 쓰여 있네."

"맞아. 그래서 야간 버스도 예약했어. 바로 3열이라고!"

"11월이면 아직 한참 남았잖아. 너무 앞서가는 거 아냐?"

"11월 금방이거든? 어떡하지. 이제 네 달 동안은 살아갈 희망이 생겼어."

나는 쓴웃음을 지으며, 믿을 수 없이 기뻐하는 친구의 옆모습을 바라보았다. 어떤 난관을 만나도 쉽게 꺾이지 않을 것 같은 땅에 제대로 뿌리를 내린 사람의 미소였다.

대학에 들어가 처음으로 가진 술자리. 초반에 결코 피할
수 없는 자기소개. 어린애도 아닌데 시시하다고 생각했던 내
예상과 달리, 대부분의 동기들은 자신이 좋아하는 것을 자랑
스럽게 이야기하며 분위기를 띄웠다. 이야깃거리가 아무것
도 없던 나는 괜히 움츠러들어서 제대로 대화를 이어나가지
못했다.

생각해보면 아마 그때부터 술자리가 어려워졌던 것일지도
모른다.

백팩 말고 따로 들고 있던 종이봉투에서 도시락을 꺼냈다.
학교 오는 길에 닭튀김 가게에서 샀던 도시락이다. 플라스틱
뚜껑에 손을 댄 채 멈춰 있는 나를 보며 도모미가 이상하다
는 듯 말을 걸었다.

"안 먹어?"

"아쓰시 기다리는 거야."

"나쓰키 의리 있네."

그런가, 하고 고개를 갸웃하자 소시지빵을 입에 물려던 도
모미가 뭔가 반가운 얼굴로 피어싱한 아랫입술을 끌어당긴
다. 그 얼굴 위로 갑자기 이와토 씨의 표정이 떠올랐다.

"너 뭐 있지?"

침묵하는 편이 신상에 이롭다는 건 안다. 하지만 표정이 느슨해지는 것은 막을 수 없었다.

"여자친구… 비슷한 거, 생긴 것 같아."

최대한 태연하게 말하자 우당탕 소리를 내며 도모미의 팔꿈치가 테이블 가장자리에서 미끄러졌다. 아이라인을 짙게 그린 눈이 무슨 사고라도 목격한 듯 휘둥그레졌다.

"진짜야? 나쓰키가 쓴 소설 속 얘기 아니고?"

"무슨 말씀을. 나도 할 때는 한다고."

"행복한 사람은 작가가 될 수 없어."

"그러니까 난 작가가 되려는 게 아니라 그냥 취미라고."

들고 있던 젓가락을 뚜껑 위에 내려놓고 잠시 생각했다. 실제로 난 그 사람과 어떤 관계인 걸까.

"그 얼굴은 뭔데. 너 진짜야?"

도모미의 수상쩍어하는 시선. 그때 아쓰시가 쟁반을 들고 의자와 의자 사이를 미끄러지듯 걸어왔다. 찰랑찰랑하던 된장국은 이미 가득 넘쳐서 쟁반 위가 엉망이 되어 있었다.

"무슨 일이야? 둘 다 꼭 밤샘하고 시험 친 사람 같은 얼굴인데."

도모미가 난감한 얼굴로 나를 바라보았다. 나는 잠깐의 고민 끝에 두 사람을 교대로 보았다. 그래. 차별하는 건 나쁘지.

"여자친구가 생긴 것 같다는 이야기 중이었어."

"오, 축하해."

아쓰시의 시원스러운 말에 어깨의 짐을 내려놓은 기분으로 도시락을 열었다.

"그런데 뭔가 모호한 말투네."

닭튀김을 한입 베어 물고 밥과 함께 삼켰다.

"집에서 자고 갔는데, 고백은 안 했거든."

흠칫한 도모미의 시선이 나한테 꽂혔다.

"나쓰키 진도 빠르네! 현역 여대생의 집은 어땠어?"

옆에서 아쓰시가 흥분한 목소리로 몸을 내밀었다.

"아니, 그 사람이 우리 집에 왔어. 역 근처에서 마시다가 막차를 놓쳐서."

"너무 뻔한 수단이잖아."

"그런 거야?"

"막차를 놓쳐서 집에 초대하다니, 대시의 정석 아니야?"

나는 맞장구를 치면서 시선을 이리저리 옮겼다.

이와토 씨는 지금 뭘 하고 있을까. 예술학부 캠퍼스는 바로 옆이긴 해도 식당은 따로따로기 때문에, 여기서 찾아봤자 소용없다는 건 알고 있지만.

"그래서 어떻게 됐는데?"

"어떻게 되긴…. 누가 올 거라곤 생각도 못 했으니까 급하게 청소하고, 바닥에 이부자리 깔고, 거기 드러누워서 TV 틀고, 같이 〈기묘한 이야기〉 보고, 그다음엔…."

침대 위에서 뒹굴거리는 이와토 씨의 모습이 떠올랐다. 창으로 쏟아지는 달빛을 받아 어렴풋이 빛나는 피부. 매끄러운 몸에서 전해지는 온도. 그 열기에 들뜬 밤을 나는 도저히 말로 설명할 수 없을 것이다.

"어휴. 얼굴만 봐도 알겠다. 그래서 어떤 사람인데? 우리 학교야?"

그러고 보니 계속 '그 사람'이라는 호칭을 사용하고 있었다. 이름을 말하기가 어쩐지 좀 껄끄러웠다. 하지만 이와토 씨는 주위에 비밀로 하자고 한 적은 없다.

뭘 부끄러워하는 거야. 나는 침을 삼키며 떨어지지 않는 입을 억지로 열었다.

"이와토."

그 말을 하고 나니, 단숨에 마음이 가벼워졌다.

"미술학과의 이와토 유키라는 사람이야."

드디어 다른 사람에게 이야기할 수 있었다.

해냈다는 마음으로 고개를 들자 두 사람의 경직된 얼굴이 보였다.

"이와토⋯."

도모미가 되풀이한 뒤 한순간 눈썹을 찌푸렸다. 아쓰시도 말을 흐렸다. 그러다 아쓰시는 곧바로 일어나서 만면의 미소를 띤 채 내 어깨를 두드렸다.

"잘됐네! 잘해봐! 그리고 이야기 들어줄 사람이 필요하거나 진전 있으면 말해줘!"

확실히 이야기를 한 건 옳은 선택이었다. 낯간지러운 말이지만, 누구에게도 말할 수 없는 관계이기는 싫었다.

그리고 곧바로 차갑고 시끄럽던 밤거리의 이미지와 그 밤거리를 등지고 당당하게 서 있던 이와토 씨의 매끄러운 몸이 망막 너머로 떠올랐다.

"그만 자도 돼."

귓가에 달콤하게 속삭이는 목소리.

이와토 유키가 앉아 있는 그네가 끼익, 끼익, 소리를 내며 흔들렸다.

괜찮아요, 내가 대답했다. 새벽 4시 11분.

"거짓말. 아까부터 꾸벅꾸벅 졸고 있잖아."

아파트 사이에 있는 작은 공원에는 그네와 모래사장 말고는 놀이 기구가 없다. 그런 장소에서 우리는 모호한 관계인 채로 몇 번째 밤을 보내고 있다.

"이와토 씨는 안 졸리세요?"라고 물어보는 내 목소리에는 하품이 섞여 있어, 확실히 졸고 있다고 의심해도 어쩔 수 없을지 모른다.

이와토 유키가 고개를 젓는다.

다소 부끄러운 고백이지만 사실 나는 심야의 거리가 조금 무서웠다. 한밤중에 처음으로 혼자 외출한 것도 대학에 들어가고 나서다. 그전까지는 계속 외출 금지였다. 밤이라는 존재는 어른들의 권유와 나의 두려움에 의해 봉인되어 있었다.

하지만 이렇게 발을 내디뎌보자, 그저 아무도 없는 거리가 펼쳐져 있을 뿐이었다.

이와토 유키가 미소 짓는다. 취기와 졸음으로 시야가 흐릿한데도 신기하게 그 표정만큼은 선명히 알아볼 수 있었다.

나를 여기까지 이끌어온 수상한 불빛.

달그락달그락하는 소리. 고개를 들자 이와토 유키는 그네 의자 위에 올라서서, 어슴푸레하게 푸른 빛이 감돌기 시작한 하늘을 올려다보고 있었다.

"좋아해."

갑작스러운 말에 눈이 확 떠졌다.

하지만 곧 알아차렸다. 나를 향한 말이 아니라는 걸.

"편의점 불빛을 받으며 어깨를 기댄 커플, 아무도 없는 건널목에서 혼자 일하고 있는 신호등, 24시간 2,000엔이라는 간판 조명을 반사하는, 조금 젖어 있는 주차장의 아스팔트 같은 거."

그녀가 자아내는 말 하나하나가 그림 같았다. 나는 말을 잃은 채 바람에 흩날리는 이와토 유키의 검은 머리카락을 바라보았다. 이윽고 그네에서 폴짝 뛰어내린 그녀는 내 얼굴을 들여다보며 말했다.

"내일 또 새로운 하루를 시작할 사람을, 깨어 있는 채로 기다려주는 밤거리를 좋아해."

이 관계의 이름 같은 건 지금은 어찌 되어도 좋다. 지금은 그저, 이 사람 곁에 있을 수 있다면 그걸로 좋다.

틀림없이 그런 여름이다.

III.

　기타센주역은 사람이 넘쳐났다. 강을 따라 쭉 이어진 길은 노점이나 주택을 개조한 상점이 들어차서, 알록달록한 빛이 활주로등을 연상시켰다. 평소에는 일반 도로로 사용되는 길을 유카타나 진베 같은 여름옷을 입은 사람들이 가득 메웠다. 마치 사람으로 만들어진 강물 같았다. 나는 눈이 휘둥그레졌다.

　"불꽃놀이는 아직 시작도 안 했는데 왜 벌써 겁먹었어."

　이와토 씨가 입가를 가리고 웃는다. 창포무늬의 시원스러운 유카타를 입은 그녀는 평소처럼 어딘가 달관한 듯한 미소를 띠고 있다. 다만 오늘은 머리카락을 뒤로 묶어 목덜미가 절묘하게 드러났다.

"집에서 드라마 보는 것도 좋지만, 이런 것도 역시 좋네."

이와토 씨는 유카타용 손가방을 팔목에 걸고 딸각딸각, 나막신 소리를 내며 한 칸 아래로 내려갔다. 그리고 내 손을 당겨 인파 속으로 합류했다.

꼭 잡은 이와토 씨의 손에서 느껴지는 뭉근한 열기가 내 피부에도 전해진다.

여름 축제는 어렸을 때 부모님이 데려와주신 이후로 처음이다.

"아, 저거 먹고 싶어!"

뭔가 발견한 모양인지 이와토 씨는 어딘가를 가리키더니 사라져버렸다. 복대를 두른 아저씨가 사과 사탕을 팔고 있었다. 하나에 700엔이나 하는 것 같다.

"나쓰키도 먹을래?"

"아, 저는…."

잽싸게 주위를 둘러보다가 프랑크푸르트 소시지 가게에 시선이 꽂혔다.

"저거 사 올게요."

그렇게 말하고 줄에서 빠져나와 소시지를 한 개 샀다. 끈적끈적한 소스통을 들고 케첩과 머스터드를 뿌리고 있는데, 이와토 씨가 사람 주먹만 한 빨간 덩어리에 꽂힌 젓가락을 쥐고 다가왔다.

"짠!"

사과 사탕을 내밀며 이와토 씨는 자랑하듯 가슴을 폈다.

"그거 맛있어요…?"

"음…. 꼭 그렇지도 않아."

이와토 씨는 혀를 살짝 내밀고는 사탕 표면을 할짝할짝 핥으면서 말했다.

"이 안에 든 사과를 먹으려면 얼마나 걸릴까?"

"깨물어 먹지 않으면 안 될걸요."

"그래? 이거 꽤 딱딱한데?"

이를 세우자 끼릭, 하고 무딘 소리가 났다. 사탕을 입에서 뗀 이와토 씨는 마치 치과에 다녀온 사람처럼 찌푸린 얼굴을 했다.

"안 되겠어."

"하하, 그럼… 부숴버릴까요?"

망치를 휘두르는 척하자 이와토 씨가 재미있어했다.

인파 속으로 돌아온 우리는 볶음국수와 오징어구이, 그리고 빙수를 샀다. 빙수가 그저 달콤한 물로 변해버리기 전에 강변에 앉으려고 해자에 올랐다. 하지만 거기서 보니 사람이 너무 많아 그만 아연해졌다. 사람과 짐으로 가득한 강변은,

앉을 수 있는 파란 시트가 보이는 면적에 거의 없었다.

우리는 얼굴을 마주 보았다.

"일단 가보자."

나는 끄덕이며 빈자리를 찾기 시작했다. 그러나 간신히 시트의 파란 자락을 발견해도 드문드문 짐이 놓여 있거나, 이미 누군가 자리를 맡고 앉아 일행을 기다리는 중이었다.

이와토 씨가 '어때?' 하고 묻는 듯 시선을 보냈다. 나는 어깨를 으쓱했다. 그때 누군가 우리를 불렀다. 조금 뚱뚱한 고령의 여성이 어둠 속에서 손짓했다.

"사람이 엄청 많네요."

내가 그렇게 말하면서 가까이 가자, 여성은 얼굴을 부채질하며 자기 옆자리의 빈 공간을 가리켰다.

"여기 앉아요. 조금 좁을지도 모르지만."

"그래도 될까요?"

"응. 이 일대를 꽉 잡은 사람이 있어서 나도 빌렸거든."

여성이 가리키는 쪽에 술병을 한 손에 든 채 오징어구이를 먹고 있는 트레이닝복 차림의 중년 남성이 보였다. 우리가 나란히 인사하자 남성은 씩씩한 목소리로 앉아, 앉아, 하고 대답하고는 새빨갛게 물들인 코를 높이 치켜들며 엄지를 들어 보였다. 그에게 호응하듯 파란 시트에 앉아 있던 열 명 정도가 일제히 손을 흔들거나 쥐고 있던 꼬챙이를 높이 들어 보였다.

기묘한 일체감에 사로잡혀 자리에 앉았다. 빙수는 아슬아슬 무사했다. 숟가락을 꽂자 사각, 하는 시원한 소리와 함께 달아오른 몸이 특효약을 먹은 듯 서늘해졌다.

"둘이 사귀는 사이야?"

빙수가 반쯤 줄어들고 이 장소에 익숙해지기 시작했을 무렵, 무방비하게 찌르고 들어온 질문이었다. 가슴이 철렁해서 하마터면 숟가락을 떨어뜨릴 뻔했다. 도움을 청하는 얼굴로 이와토 씨를 쳐다보았다.

그러자 제등의 어스름한 불빛에 작은 악마 같은 얼굴이 떠올랐다. 송곳니를 드러내며 반달 모양 입매를 한 이와토 씨가 사귀는 사이 맞아요, 하고 조용히 말했다.

"진심이에요?"

나는 작은 소리로 물었다. 이와토 씨가 몸을 굽히자 땀이 밴 목덜미가 시야에 들어왔다. 은은하고 달콤한 땀 냄새를 맡으니 머리가 어지러웠다.

이와토 씨는 어깨를 흔들흔들하면서 고개를 끄덕이고는 여름 한때의 연인이야, 하며 살짝 미소를 띠었다.

팡! 하늘이 녹색으로 빛났다. 이어서 노란빛이 두 개 피어

올랐다. 시험용 불꽃이었다. 이윽고 불꽃놀이의 시작을 알리는 안내 방송이 나왔다.

나는 건더기가 거의 없는 볶음국수를 먹으면서, 어깨를 기대오는 이와토 씨의 뜨거운 체온을 느꼈다.

"한입만."

"드세요."

"와, 맛있다. 진짜 포장마차에서 파는 맛이네."

이와토 씨는 볶음국수를 입안 가득 우물거렸다. 나는 그녀가 가지고 있던 사과 사탕을 받아 들고 어쩔 수 없이 베어 물었다. 앞니가 깨질 것 같다. 그래도 어떻게든 사과까지 닿도록 딱딱한 사탕 부분을 깨물어 부수고 빠드득빠드득 씹어 삼켰다. 입안과 목이 쑤시듯 아팠다.

"그냥 버리지 그래?"

이와토 씨의 말을 무시하고 계속 먹었다.

"노력파구나."

조금 자포자기한 심정으로 사과에 매달려서 사탕 부분을 내리 먹었다. 이와토 씨는 몸을 떼더니 어쩐지 강 쪽으로 시선을 떨어뜨렸다.

"난 이미 포기했어."

하늘이 톡톡 튀는 것처럼 빛나고, 뒤늦게 작렬하는 소리가 울렸다. 강렬한 은백색 빛에 모두가 숨을 삼킨다. 나도 고개를 들고 흩어져가는 빛의 잔영을 바라보았다.

"불꽃놀이 좋지."

"그렇네요. 역시 실제로 보니까 박력도 있고, 사람들이 이렇게 모인 느낌도 좋아요."

"아니야, 금방 사라져버리니까 좋은 거야."

나는 고개를 갸웃했다.

"불꽃놀이는 아무것도 남지 않잖아. 그래서 '지금 꼭 봐야지!' 하고 노력하니까, 좋은 추억으로 남는 거라고 생각해."

연속해서 무수한 작은 빛이 쏘아 올려졌다. 칠흑의 캔버스가 빛의 샤워로 빈틈없이 채워졌다.

이와토 씨는 상반신을 비틀거리더니 내 무릎에 머리를 떨어뜨렸다. 목덜미와 귀, 쭉 뻗은 가느다란 목. 어둠을 향해 발돋움하는 속눈썹. 삐져나온 머리카락 몇 가닥이 바람에 흔들린다. 멜론 정도 무게의 머리에 손을 얹었다가 등을 받치듯 살며시 어깨로 손을 움직였다.

"내가 사라지더라도 찾지 않기다?"

장난스러운 어조였다. 하지만 동시에 마치 숙명을 이야기하는 목소리 같기도 했다. 나는 그저 무서웠다.

두려울 정도로 긴 시간이 지나고 떨리는 입술로 말했다.

"사라질 예정이라도 있는 거예요?"

"뭐야, 진지하게 받아들인 거야?"

그렇게 말하며 몸을 일으킨 이와토 씨는 내 어깨를 세게 두드렸다.

빨간색과 녹색의 빛이 마치 경쟁하듯 하늘 높이 올라가 수직과 수평으로 꽃잎을 피운다. 결코 어우러지지 않는 두 빛은 어딘가 외로워 보였지만 색의 대비가 무척 아름다웠다.

"저기…."

나는 목소리를 쥐어짜냈다.

슬슬 분명하게 해둘 필요가 있다.

"왜 저랑 같이 있는 거예요? 여름은 정말 짧잖아요. 저한테 시간을 써도 괜찮은 거예요?"

조금, 말에 힘을 담아 묻는다. 이와토 씨는 이쪽을 보지 않는다. 어쩌면 불꽃 소리 때문에 들리지 않았을지도 모른다.

"왜 그런 걸 묻는 건데?"

"이와토 씨한테 전…."

"나쓰키 너라서 좋았어. 이건 진심이야."

이와토 씨는 가로막듯 말했다.

"아, 네."

"그러니까 넌, 행복해졌으면 좋겠어."

"네?"

등 뒤에서 수많은 별들이 흩어지듯 끊임없이 폭죽이 터지고 있었다. 나는 귓가에 손을 갖다댄 채 몸을 기울였다. 그러나 아무리 몸을 기울여도 한숨처럼 속삭이는 이와토 씨의 목소리를 알아들을 수는 없었다.

"너한테 빨리 귀여운 여자친구가 생기면 좋겠어….."

"뭐, 뭐라고요? 하나도 안 들려요!"

내 목소리도, 이와토 씨의 목소리도 전부 폭발하는 빛 속에 빨려 들어갔다.

맞닿은 어깨에서 전해지는 체온만이 그녀의 존재를 어둠 속에 드러내고 있었다.

IV.

　대학생의 기나긴 여름방학이 끝나자 각 동아리와 실행위원회는 학교 축제 준비에 들어갔다. GTR은 칵테일 맥주만 파는 모양이었으나, 기획회의 단계부터 빠졌던 나는 당일 주점 직원에 포함되지 못했다.

　그리고 맞이한 학교 축제. 나는 도모미와 함께 역에 있었다. 전철역 승강장에 학교 축제 포스터가 빼곡히 붙어 있었다. 예술학부와 일반학부가 공동 개최하는 문화제였다. 그 와중에도 도모미의 눈을 피해, 시간만 있으면 스마트폰을 꺼내어 메시지 아이콘에서 빨간색 '1' 표시를 찾았다.

　이윽고 장난기 가득한 표정의 아쓰시가 느지막이 도착하자 도모미의 질책이 날아들었다.

"지각한 주제에 뭐가 좋다고 웃어. 나쓰키도 계속 스마트폰만 보고 있어서 나 심심해 죽을 뻔했거든?"

그러면서 이쪽을 흘끗 보는 바람에 당황해서 스마트폰을 주머니에 넣었다.

"미안, 미안. 축제에 놀러 온 어떤 애가 말을 거는 바람에 늦었어."

"그래서 어떻게 됐는데?"

"그냥저냥. 연락처는 못 물어봤어."

익살스럽게 어깨를 움츠리는 아쓰시의 미워할 수 없는 미소. 그러고 보면 나는 아쓰시의 귀 모양이나 구레나룻 길이만 기억에 남아 있었다.

주위는 10대들이 대부분이고, 가족끼리 온 사람들도 드문드문 보였다. 개중에는 단어장을 한 손에 꼭 쥐고 전장에 나서는 것 같은 표정을 한 고등학생도 있었다.

교문을 지나면 뜬금없이 헌혈 부스가 있어서 집요하게 헌혈을 요구받았지만, 우리는 정중하게 거절하고 접수처로 향했다. 낯익은 얼굴이 몇 명 있어 잠시 이야기를 나눈 뒤 안내 책자를 받았다. 요란한 구호와 파워풀한 음향이 중앙 광장에서 밀려들었다.

"일단 어디든 좀 가자."

책자에는 동아리 부스 안내와 무대 공연 일정, 그리고 틈 새 곳곳에 캠퍼스 인근 음식점 광고가 실려 있었다.

"이런 건 어때?"

아쓰시가 가리킨 곳에는 '배리어 프리 연구부'라는 글자가 쓰여 있었다. 겉보기와 달리 수수해 보이는 곳에 가고 싶은가 보다.

"그렇게 이상해? 나 복지 같은 데 상당히 관심 많은데."

"연봉도 낮고 중노동이라고 들었어."

"하지만 인간을 상대하는 일이잖아? 컴퓨터 앞에 앉아 평 생 숫자만 상대하는 것보다는 낫지."

아아, 그렇구나. 아쓰시의 귀 모양이나 구레나룻 길이만 기 억에 남은 이유가 있었다. 언제나 똑바로 앞을 향해 나아가는 아쓰시를, 나는 늘 옆에서 바라볼 뿐이기 때문이었다.

"…아쓰시한테 그렇게 분명한 꿈이 있는지 몰랐어."

어떤 얼굴이었는지는 모르겠다. 하지만 뺨의 근육을 사용 했다는 것만은 기억하고 있다.

"너야말로 소설가가 될 거잖아? 위대한 작가가 돼서 내 인 생을 가지고 책 한 권 써줘."

아쓰시의 구김살 없는 미소가 눈부시고도 뜨거웠다.

확실히 이 두 사람에게만은 소설을 쓴다는 이야기를 했다.

말하지 않았다면 내가 정말 텅 비어 있는 인간 같아서 지금처럼 대등한 관계를 맺을 수 없었을 것이다.

하지만, 그래도.

"내가 무슨. 전에도 말했잖아. 소설가가 될 생각 없다고."

될 생각이 없는 게 아니라 될 수가 없는 거겠지. 속으로 나 자신에게 말했다.

아쓰시가 대놓고 유감스러운 얼굴을 하는 바람에 나는 서투르게 웃어 보이며 화제를 돌렸다. 소설가라. 소설가를 꿈꾸는 건 솔직히 버겁다.

콜로세움 같은 반원형 무대 위에서 액션 연구회가 마지막 인사를 하자, 이번에는 프릴 의상을 입은 여자들이 대열을 이뤄 단상에 올랐다. 음악학과 소유의 실외용 스피커 두 대에서 곧바로 소녀풍 케이팝이 흘러나왔다.

"이거 어때?"

폭음 속에서, 까맣게 손톱을 칠한 도모미의 긴 손가락이 어느 동아리의 전시 판매를 가리킨다. 커피 연구회 히켄의 '말피' 찻집 안내였다.

"이 수수께끼 음료는 뭐야?"

"커피랑 말차랑 우유까지 세 종류를 섞은 건가봐!"

말차커피라서 '말피'라고 하는 것 같다.

"목도 마른데 일단 여기 가볼래?"

도모미의 제안에 아쓰시가 고개를 끄덕였다. 그 틈에 몰래 스마트폰을 열어 메시지 앱을 확인했다.

"나쓰키?"

도모미가 내 얼굴을 들여다보았다.

"무슨 일이야? 소셜 게임 이벤트 때문에 그래?"

나는 고개를 저었다. 하지만 정말 어떻게 된 걸까.

사흘 전부터다. 이와토 씨와 연락이 닿지 않게 된 건.

전에는 하루에 열 건, 적을 때라도 한두 건은 대화를 주고받았는데 9월 22일을 기점으로 답장이 뚝 끊겼다. 마지막으로 나눈 이야기는 밤에 하는 코미디 프로그램에 대해서였다. 이와토 씨가 콩트와 만담 중 뭘 좋아하는지 물어봐서, 대답을 망설이는 동안 날짜가 바뀌어버렸다.

그게 마지막이었다.

무슨 일이 생겼는지도 모른다고 걱정이 되는 한편, 이제 겨우 사흘인데 하는 생각이 들기도 했다. 무엇보다 메시지 앱 말고는 연락할 방법을 모른다.

"안절부절못해서 미안."

"그런 뜻이 아니야."

도모미는 미간을 좁히며 진지한 어조로 말했다.

"나쓰키를 걱정하고 있는 거야. 이와토 씨… 때문이지?"

나는 입을 다물었다. 도모미의 말투에서 적대심이나 캐물으려는 기색은 느껴지지 않았다.

"나중에 상담해도 돼?"

도모미는 피어싱한 입술을 끌어 올리며 씩 웃고는 버블티 사주면, 하고 대답했다.

커피 연구회 히켄은 학교 동쪽 건물 2층에 가게를 차린 듯했다. 우리는 캠퍼스를 가로지르는 큰길로 향했다. 노점으로 북적거리는 주위는 초콜릿과 닭튀김, 볶음국수와 조림 냄새가 뒤섞인 혼돈 그 자체였다.

그때였다. 뭔가 이상한 걸 본 것 같아서, 나는 눈을 크게 떴다. 앞쪽에서 즐겁게 걸어오는 남자 두 명이 보였다. 머리 하나만큼 키 차이가 났는데, 키가 큰 쪽은 단정하게 버섯머리를 한 반면 다른 한 명은 머리카락이 눈썹 위까지밖에 없었다. 저게 베리쇼트라는 스타일인가.

하지만 어째선지 그 실루엣에 시선이 끌렸다. 작은 몸을 반듯하게 편 채 당당함이 느껴지는 모습. 스쳐 지나가는 순간 눈을 의심했다.

남성이 아니다.

그건… 머리카락을 자르고 청바지와 무늬 없는 스탠드칼

라 셔츠를 걸친 이와토 유키였다.

그 찰나 시선이 교차했다. 시간이 멈춘 듯, 넋을 놓고 이와토 씨의 얼굴을 바라보았다. 투블록으로 깎은 머리 모양은 의외로 잘 어울려서 날렵한 턱선이 작은 얼굴을 강조했다. 세공한 보석처럼 세련된 이와토 씨의 모습을 보고, 나는 생각했던 것의 백분의 일도 말할 수 없었다.

몇 박자 늦게 입에서 나온 말은 겨우 다섯 글자였다.

"안녕하세요."

인사를 했다. 이와토 씨도 걷는 속도를 늦추었다.

"안녕."

그렇게 말한 뒤 곧장 눈을 내리깔았다.

버섯머리 남자가 이와토 씨의 표정을 들여다보듯 확인했다. 이와토 씨는 남자에게 어떤 말도 하지 않고 발길을 돌려 그대로 아무 일 없었던 것처럼 걸어갔다.

아쓰시와의 대화에 열중하던 도모미가 나를 알아차리고 달려온다. 내가 멍하니 바라보고 있는 뒷모습을 향해 도모미는 적의에 가까운 시선을 보냈다. 그대로 달려들 것만 같아 나는 도모미의 손을 잡고 만류했다.

"됐어."

"하지만, 저 사람…."

"내 잘못이야."

지금은 감정을 억누르는 것만으로도 버거웠다.

"전부 내 착각이었어."

이와토 씨의 뒷모습이 점점 작아지다가 북쪽 건물의 돌계
단을 올랐을 즈음 사라졌다.

V.

세미나실 한 층 위에 있는 자판기는 항상 물이 품절이다. 어쩔 수 없이 두 번째로 싼 스포츠 드링크 버튼을 누른다.

"으으, 추워. 11월이 원래 이렇게 추웠나? 아니, 진짜로 1교시에 체육 실기는 좀 아닌 것 같아."

뜨거운 캔커피의 뚜껑을 따려던 아쓰시가 나를 물끄러미 보며 말했다.

나도 뚜껑을 돌려 열었는데, 부드러운 페트병이 눌리며 내용물이 넘치는 바람에 손이 끈적끈적해졌다. 뒷주머니에서 손수건을 꺼내려다가 땅에 떨어지고, 주우려 했더니 허리에 통증이 왔다.

요즘 들어 계속 이렇다. 뭘 해도 제대로 되는 일이 없다. 뭔가 중요한 부품이 하나 빠져버린 것처럼.

"설마 네가 그 이와토 씨와 진짜로 사귀고 있었을 줄이야."

페트병을 쥐고서 스포츠 드링크를 들이켰다. 라임 향기와 인공적인 단맛이 코끝을 스쳤다.

정문으로 향하는 학생들 사이 대형 카메라와 삼각대, 그리고 거대한 어묵꼬치처럼 생긴 음향 장치를 짊어진 사람들이 여기저기 뛰어다니고 있다. 옆에 있는 예술학부에서 촬영을 하러 때때로 사람들이 오곤 한다.

"내가 이런 말을 해도 될지 모르겠지만 차라리 잘된 거야, 지금은. 이와토 씨는 위험해."

들고 있던 페트병이 꾸깃, 소리를 내며 구겨졌다. 그렇다면 언제가 괜찮은 건데?

카메라와 음향 장치를 든 학생들은 마치 보물 지도를 손에 넣은 모험가처럼 쉴 새 없이 움직이며 최고의 각도를 찾아다녔다. 영화를 찍는 걸까? 아니면 뮤직비디오? 예술학부에는 이상한 녀석이 너무 많기 때문에, '평범한 대학 풍경'을 찍기 위해 영화부가 일부러 이쪽까지 온다고 했다.

그들에게 공모전 기회가 찾아오면 그건 아직 이르다고 말할까. 인생을 바꿀지도 모르는 만남이 있다면 과연 두 눈 멀쩡히 뜨고서도 놓칠까.

"그 사람 말이야, 소문이 좀 많더라. 축제 실행위원 선배들한테 들었는데 상당히 남자를 좋아하나봐. 남자친구를 자주 갈아치우는 것 같았어."

이와토 씨가 종잡을 수 없는 사람이라는 것은 나도 안다.

그런 것쯤은 이미 각오하고 있었다. 그러니까….

"그런 연애 박사는 IT 벤처 기업 사장이라도 되지 않는 한 상대도 안 될 거야. 심지어 우린 겨우 1학년이라고."

"나는 이와토 씨에 대해 아무것도 몰랐던 거네."

아쓰시가 커피를 창가에 놓고 몸을 돌려 이쪽을 보았다.

"그래. 넌 하나도 잘못한 거 없어. 상대방이 제멋대로였을 뿐이지."

아쓰시의 손끝이 내 가슴을 쿡쿡 찌른다. "컷-!" 하는 소리가 창밖에서 들려온다.

"그렇다면 알아야지. 그 사람을 더더욱, 깊이 알아야 해."

아쓰시는 기가 막힌다는 얼굴로 입을 벙긋거렸다.

"나쓰키, 난 진지해."

"나도 진지해."

아쓰시의 눈을 보며 내 마음을 그대로 전했다. 이게 진지하지 않으면 뭐란 말인가. 스스로의 말에 이토록 자신감을 가졌던 것은 처음이었다.

"내가 뭐 부끄러운 말이라도 했어?"

아쓰시는 질린 듯 입을 다물었다.

"아니라면 그 선배 이름 가르쳐줘."

행동에 옮긴 것은 바로 다음 날이었다.

예술학부 캠퍼스는 통학할 때마다 보기 때문에 외관은 익
숙하지만, 안에 들어간 건 이번이 처음이었다. 정문에 들어서
자마자 아프로헤어를 한 장신의 여성이 걸어와 시선을 빼앗
겼다. 곧 각양각색의 얼룩을 묻힌 작업복 차림의 남자가 눈앞
에서 달려갔다. 그런가 하면 카메라를 목에 건 열 명 정도의
그룹이 흰 수염을 길게 기른 중년의 남자에게 큰 소리로 격
려받는 모습도 보였다.

수많은 나무로 둘러싸인 길을 걷자 커다란 돔 모양 건물이
오른쪽에 보였다. 나는 주위를 두리번거리며 미술학과 건물
로 들어갔다. 어두컴컴한 로비 중앙에 놓인 팔과 머리를 잃은
남성의 조각과 여기저기 그려진 프레스코 천사가 나의 진입
을 거부하는 것만 같았다.

어두컴컴한 통로는 걸을 때마다 발소리가 울려 마음이 진
정되지 않는다. 이윽고 데생실이라는 간판이 걸린 방에 도착
했다. 날카로운 빛이 복도까지 이어져 있었다.

쭈뼛쭈뼛 고개를 들이밀었다. 톱밥과 물감, 그리고 기름 냄

새가 확 풍겨왔다.

커다란 나무 책상 몇 개와 제도판, 재단기, 전기톱 등등이 보였다. 다섯 명 정도 되는 학생들이 받침대에 올려둔 과일 바구니를 바라보면서, 이젤에 걸쳐진 거대한 스케치북 위로 연필을 움직이고 있었다.

선을 몇 개 긋고 지우개로 지운다. 긋고 지우고, 그은 것보다 더 많이 지운다. 정적 속에서 연필이 미끄러지는 소리만이 묵묵히 흐른다. 나는 살금살금 다가가 머리카락을 뒤로 묶은 남자에게 말을 걸었다.

"실례합니다."

그러자 남자가 고개를 들었다. 높은 코와 긴 눈매. 날카로웠던 시선이 점점 사람을 상대하기 위한 온화한 눈매로 돌아간다.

"네, 무슨 일이세요?"

"실은 사람을 찾고 있는데요."

남자는 순간적으로 미간을 좁히며 고개를 기울였지만, 이내 부드러운 표정으로 대답했다.

"다른 대학에서 오셨나요?"

"요 옆 문학부에서 왔어요."

"아, 일반학부 학생이시구나."

남자는 그렇게 말하고 알겠다는 듯 고개를 끄덕이더니, 손에 쥔 거무스름한 반죽 지우개를 내려놓고 몸을 완전히 틀어 이쪽을 보았다.

"누구를 찾으시는데요?"

"이시카와 슈지라는 분이에요."

그러자 남자는 순간 아, 하고 크게 벌어진 입을 금방 온화한 웃음으로 바꾸었다.

"그거 난데."

나는 얼빠진 소리를 냈다. 이 남자가 이시카와 슈지구나. 확실히 실행위원회라면 대인관계에 능하고 이렇게 서글서글한 사람이어야 어울리겠다는 생각이 들었다.

"그리고 말 편하게 해도 돼요. 내가 무슨 대단한 사람도 아니고."

"네. 아니… 으, 응."

아래턱이 삐걱대는 감각을 느끼며 알았어, 하고 애써 대답했다.

"흡연실에서 이야기하지 않을래?"

이시카와 슈지는 등을 움직여 우두둑우두둑 소리를 내며 자리에서 일어섰다.

로비에서 바로 이어진 흡연실은 탁 트인 공간이었다. 나무 발판을 건너가면 과일 모양 의자와 동물을 본뜬 탁자가 놓여 있어 아담한 테마파크처럼 보였다. 사람도 의외로 많고, 연기의 소용돌이 속에서 도시락을 꺼내는 사람도 있었다.

이시카와 씨가 사과 모양 의자에 앉자 나도 맞은편 바나나 의자에 앉았다. 반들반들해서 방심하면 미끄러질 것 같았다.

"그래서 나한테 무슨 볼일인데?"

이시카와 씨는 꾸깃꾸깃해진 담뱃갑을 상의 앞주머니에서 꺼내 담배를 하나 빼어 물고는 라이터로 불을 붙였다. 나는 슬며시 고개를 돌렸다.

"혹시 유화 전공 2학년 이와토 유키를 아세요?"

이름을 입 밖에 낸 순간, 이제까지 아무런 관계도 없었던 주위 사람들의 시선이 연극의 한 장면처럼 일제히 나에게 집중되었다. 시간이 얼어붙은 듯한 공간에서 내 심장 고동만 시끄럽게 울려 퍼졌다.

"싫다. 그 이름이 왜 나오지?"

이시카와 씨는 갑자기 기분이 상한 듯한 미소를 지으며 침묵을 깨뜨렸다.

"그게, 뭐라고 해야 할지…."

이시카와 씨는 말문이 막힌 나를 한동안 관찰하다가, 이윽고 이해했다는 듯 몇 번이나 고개를 끄덕이며 그렇구나, 하고 말했다. 그러곤 고개를 갸우뚱하는 나에게 말했다.

"그 애는 겨울에는 학교에 안 나와."

무슨 수수께끼인가? 겨울 동안 유학이라도 간다는 뜻일까. 가늘고 긴 눈매에서는 어떤 정보도 읽어낼 수 없었다.

"그런 얼굴 할 것 없어. 나도 솔직히 잘 모르거든."

"겨울 내내 한 번도 안 나오는 거예요?"

"학교만 안 나오는 게 아니야. 문자도, 페이스북도, 트위터도 전부 안 해. 완전히 연락 두절이지. 원래 인터넷에서 설치는 타입도 아니지만."

이시카와 씨가 다시 연기를 크게 내뿜는 바람에 나는 입을 꾹 다물었다. 손끝으로 재 덩어리를 집어 쓰레기통에 밀어넣은 이시카와 씨가 "미안, 담배 연기 싫어해?" 하고 말하며, 내게 연기가 가지 않도록 손으로 바람 방향을 바꿨다.

"죄송합니다. 그냥 아직 익숙하지 않아서요."

"아냐. 담배 피우는 놈이 나쁜 거지."

허둥지둥하는 내 모습을 보고 이시카와 씨는 뭔가 떠오른 듯한 표정이었다.

"후배, 문학부, 담배를 싫어하는 사람…. 그렇구나, 네가 그 1학년이구나."

"이와토 씨가 저에 대해 말한 적 있었나요?"

내가 몸을 내밀고 물어보자 이시카와 씨는 고민하는 얼굴이 되었다.

"음…. 귀찮은 녀석. 귀찮게 달라붙는 짜증 나는 애라고."

나는 말문이 막혔다. 심장을 찌르는 통증이 일었다. 통증은 심장에서 몸으로 빠져나가 관절 마디마디를 굳게 만들었다. 이명이 들리며 눈앞이 아득해져갔다.

멍하니 그 말을 되새기고 있는데 이시카와 씨가 갑자기 짓궂은 미소를 지었다.

"그건 농담이고…. 미안한 짓을 했다고 그랬어. 어차피 함께 있을 수 없는데, 함께할 수 있을 거라고 생각하게 만든 게 미안하댔나. 정말 오만한 녀석이지? 지독히 자기 멋대로고."

이시카와 씨는 먼 곳으로 시선을 향한 채 살짝 누그러진 얼굴로 말했다.

"그래도 예뻐서 인기 있어."

그리고 한동안 침묵했다.

VI.

"실례합니다…."

이와토 씨에 대해 묻는 내 말투가 조금 셌는지, 1층 데생실에 모여 있던 남자들이 놀란 듯 몸을 돌렸다. 다섯 명 중 세 명이 눈살을 찌푸리며 시선을 바닥으로 향했다. 나머지 두 명 중 한 명은 안경 밑에서 곤혹스러운 표정을 지었고, 모자 쓴 남자는 대놓고 나를 노려보았다.

"그건 왜 묻는데요?"

모자 쓴 남자의 목소리는 시선과 마찬가지로 가시가 돋아 있었다.

"개인적인 일로 찾고 있어요."

남자는 수상쩍은 눈으로 나를 바라보면서도 곧바로 동정

하는 얼굴이 되었다.

"이와토 유키, 어디서 들어본 적 있지 않아?"

안경 쓴 사람이 다른 네 명에게 물었다.

"너, 몰라? 미술학과에서 유명 인사잖아?"

고개를 숙이고 있던 한 명이 얼굴을 들더니 재수 없는 태도로 말했다.

"너도 피해자야?"

모자가 묻는다.

"피해자라니, 그게 무슨 뜻이에요?"

"말 그대로야. 그 녀석에게 이용당하다 버려졌냐고."

"야, 류타로. 그런 식으로 말하면 안 되지."

안경 쓴 남자가 모자 쓴 남자의 어깨를 치며 저자세로 사과했다.

"미안해요. 이 녀석도 좀 이와토 씨랑 한바탕한 적이 있어서요."

"시끄러워. 내가 찼거든?"

모자 쓴 남자가 발꿈치로 테이블 다리를 걷어찼다. 마시다 만 홍차가 든 페트병이 넘어진다.

"그런 걸레는 이쪽에서 사절이야."

나는 어금니를 꽉 깨물며 쓰러진 페트병을 노려보았다.

2층과 3층, 그리고 4층에 있는 학과 사무실까지 뛰어다니며 계속 수소문했지만, 알게 된 사실은 이와토 유키가 수많은 남학생들과 사귀었다는 것과 겨울이 되면 학교에 오지 않는다는 것뿐이었다. 같은 학과 사람들은 다들 이름만 들어도 얼굴을 찡그렸고, 사무실에서는 아무것도 말해줄 수 없다는 입장을 고수했다.

이와토 유키는 도대체 무엇과 싸우고 있는 것일까.

아니면 전부 내 쓸데없는 기우고, 그녀는 지금도 어딘가에서 누군가의 품에 평온하게 잠들어 있는 것일까….

"아니야!"

고개를 흔들며 마음속의 응어리를 토해냈다. 어딘가에 그녀의 단서가 있지 않을까 하는 기대를 아직 지울 수 없었다.

눈이 타들어갈 듯한 석양이 통로를 가로지르며 반대편 교실 문까지 이어졌다. 녹초가 된 나는 옥상으로 이어지는 계단을 올라가 쓰러지듯 비상문을 열었다. 옥상에는 붉은빛이 반사되는 거대한 콘크리트 표면이 있을 뿐이었다.

숨쉬기가 괴롭고 심장이 쿡쿡 쑤셨다. 헛수고와 외로움이 내 안을 헤집어놓았다.

"이와토 유키-!!"

자포자기였다. 잠긴 목소리가 주택가 위로 날아간다. 아래쪽에서 몇 명인가 하늘을 올려다보는 게 보였다. 나는 당황해 허공에서 머리를 빼냈다.

"와우."

피폐해진 심장이 또다시 두근, 뛰어오른다. 어깨를 들썩거리며 숨을 쉬고는 쭈뼛쭈뼛 돌아보았다.

"엄청난 포효네."

"아, 아니. 이건⋯."

"하던 거 계속해도 돼."

비상문 앞에 서 있던 키 큰 남성이 허리를 굽힌 채 박수를 치고 있었다. 버섯 같은 머리에 베이지색 체스터 코트와 까만 터틀넥. 하지만 뭔가 이상하다. 들려온 것은 낮은 여성의 목소리였다.

확실히 본 적 있는 모습이었다. 학교 축제 날, 이와토 유키를 만난 마지막 날. 그때 이와토 씨 옆에 있던 사람을 남자라고 생각했었는데⋯.

"저기, 죄송한데요. 예전에 어디서⋯."

"한 번."

늠름한 얼굴과 모델처럼 반듯한 자세를 한 여성은 눈이 부신지 이마에 손차양을 하고서 말했다.

"축제 때 한 번 마주친 적 있지. 그때는 뭐랄까, 매우 당황한 것 같았는데."

"이와토 씨 친구분이세요?"

"친구는 친구지. 단 하나뿐인 친구. 갠 나한테 전적으로 의지하거든."

그 말을 듣고 가슴속에 안도감이 차오르는 걸 느꼈다.

"나는 시모키 에나라고 해."

"저는 우즈메…."

"나쓰키에 대해서는 물론 알고 있어. 당연히 내가 모를 리 없잖아."

시모키 씨는 그렇게 말하고, 주머니에서 오른손을 꺼내 내밀었다. 크고도 가늘고 긴 손끝에 닿았다. 부드러운 피부는 핸드크림 같은 걸 발랐는지 촉촉했다.

우리는 구석에 놓인 벤치로 이동해 앉았다.

"그런 식으로 외치면 사생활이 다 드러날 것 같은데."

"부끄러운 모습을 보여서 죄송합니다."

내가 머리를 숙이자 나한테 사과할 필요는 없지, 하면서 시모키 씨가 쓴웃음을 지었다. 확실히 그렇긴 하지만, 어디를 향해 머리를 숙여야 하는지조차 알 수 없었다.

"소리치고 싶어질 정도로 힘들었나보네."

지면의 콘크리트 틈에는 거품처럼 이끼가 자라 있었다. 이

끼에 둘러싸인 풀은 두 장으로 갈라진 잎사귀를 힘없이 늘어뜨렸다.

"그 녀석도 진작 그랬으면 좋았을 텐데."

"시모키 씨는 이와토 씨에 대해 뭔가 알고 있으세요?"

"나는 전부 다 들었어. 말 그대로 전부 다."

"그럼 가르쳐주세요! 이와토 씨는 지금 어디서 뭘 하고 있나요?"

"본가에 있어."

"본가요?"

그러자 시모키 씨는 자기 입에 검지를 갖다댔다.

"그 이상은 말해줄 수 없어."

"왜요?!"

"유키가 원하지 않으니까."

"원하지 않는다고요…?"

시모키 씨는 천천히 고개를 끄덕였다. 원하지 않는다. 그 말을 어떻게든 이해해보려고 했지만 도저히 무리였다.

"유키에게 겨울은 그만큼 아킬레스건이야."

옥상 특유의 매서운 바람이 불어와 추위가 뼛속 깊이 스며들었다. 시모키 씨는 어깨를 움츠리고 주머니에 손을 넣어 코트를 바싹 여몄다.

"저는 버림받은 건가요?"

앞으로 더욱더 추워질 텐데. 앞으로 즐거운 일이 더 많이 기다리고 있을 텐데. 하필이면.

"어떤 것 같아?"

시모키 씨는 고개를 기울이며 나를 가만히 보았다.

"만약 겨울 동안 계속 못 만난다면? 아무리 부탁해도, 어떤 대책을 세워도, 겨울 동안 혼자 남겨질 수밖에 없다면? 그럼 버려졌다고 할 수 있을까?"

"다시 만날 수만 있다면 얼마든지 기다릴 거예요."

내가 단언하자, 시모키 씨는 입가를 끌어당겨 인위적인 미소를 짓고는 푹 빠졌네, 하면서 조금 소리를 높여 웃었다.

"어쨌든 진실을 알고 싶다면 유키를 직접 만나 물어보는 수밖에 없어."

이제까지 만난 누구와도 달랐다. 시모키 씨는 나를 위로하지도 않고 비웃지도 않으며, 단지 공기처럼 투명하게 완전히 중립적인 입장으로 이 자리에 있었다.

"하지만 그때쯤이면 틀림없이 넌 다른 사람을 좋아하고 있겠지."

"왜 그런 말을 하는 거예요?"

"그야 그런 법이니까. 학생의 연애는."

끄덕일 수도 없는 말에, 나는 딱딱하게 굳어 땅만 바라보았다.

"따로 좋아하는 애는 없어?"

"이와토 씨요."

"이와토 씨도 좋아하는 거겠지. 생물학적으로 난센스. 넌 다른 사람을 좋아하게 될 수도 있을 거야. 예를 들면 친한 여사친이라든가."

대답을 머뭇거리는 순간 또 다른 질문이 따라왔다.

"왜 유키야?"

시모키 씨는 더 이상 나를 추궁하지 않았다. 따져 물을 필요가 없었을지도 모른다. 목이 막힌 것처럼 소리가 나오지 않아서, 고개를 떨군 채 계속 땅만 노려보고 있었기 때문이다.

VII.

전철이 도착하고 수많은 인파가 몰려들었다. 대부분은 학생일 것이다. 반 이상이 이어폰이나 헤드폰을 끼고 있었다. 그중 몇 명은 지금 사랑을 하고 있을 것이다.

정해진 교제법 같은 건 존재하지 않는다.

인간관계에 이름을 붙이는 행위에 의미는 없고, 이름으로 관계를 묶어두는 것은 더더욱 난센스이기 때문이다. 단지 공공연히 드러내는 사람과 사람이 있을 뿐이라면, 좋아한다는 말은 그저 누군가의 곁에 계속 남아 있기 위한 면죄부일지도 모른다.

다섯 번째인지, 여섯 번째인지 전철이 지나갔다. 소리로 알 수 있었다.

"어? 나쓰키다."

느닷없이 등 뒤에서 들려온 목소리에 돌아보았더니 도모미였다.

"이런 데서 뭐 해?"

두 번이나 말을 걸어 하는 수 없이 고개를 들었다. 어느새 하늘은 검푸르게 가라앉았고, 벤치 가장자리에 늘어진 코트 밑에선 다리가 희미하게 떨리고 있었다.

추위는 독약처럼 온몸에 퍼져나갔다.

"보면 알잖아. 전철 기다리고 있어."

"이 시간에 어딜 가는데? 너네 집 이 근처잖아."

장난스럽게 말하는 도모미. 그러나 표정에 어딘가 생기가 없다.

"왠지 여기 있으면 안정되더라."

"하지만 전철 요금 들잖아."

"나중에 실수했다고 말하고 정산소에서 돌려받으려고."

"치사하지 않아?" 하고 눈을 가늘게 뜨고 말하는 도모미. 그제서야 도모미의 변화를 깨달았다. 아랫입술의 피어싱을 빼고 갈색 머리카락도 검게 염색한 모습이었다.

"도모미, 피어싱은 어쨌어?"

"알바 시작한 곳에서 안 된대."

"도모미는 제대로 아르바이트도 하고, 대단하네."

"나쓰키도 소설 쓰고 있으니까 대단하지 않아?"

도모미는 그렇게 말하며 살짝 고개를 숙이고는 우리 집은 한부모 가정이니까, 하고 중얼거렸다.

"오빠가 대학을 그만둬서… 계속 본가에 있거든. 그래서 난 일을 해야 해."

이럴 때 바로바로 무슨 말을 할 수 있으면 좋을 텐데. 신중히 말을 고르는 나머지 이야기할 타이밍을 놓치고 말았다.

아니… 애초에 있는 그대로 내 마음을 누군가에게 전한 적이 있었던가.

"있지, 지난번에 말했던 배기지즈 기억해?"

"응."

"베이시스트가 불상사를 일으켜서 라이브가 중단됐어. 베이스는 다들 변태라는 말 진짠가봐. 티켓 요금은 환불받았지만, 다른 한쪽이 또…."

"도모미는 언제나 진지하네. 그런 점이 참… 대단하고 멋지다고 생각해."

"뭐야. 갑자기 왜 이래."

"어떻게 그렇게 좋아할 수 있었어? 다른 누구도 아닌 바로 그 밴드를."

"어떻게? 너무 어려운 질문인데. 배기지즈가 무명일 때부터 쫓아다녔으니까, 첫 팔로워였어. 난 드러머인 나아가 최애였거든. 나아에게도 형이 있는데, 가정환경이 비슷해서 그랬을까…."

도모미는 머리를 감싼 채 한마디 한마디 꺼내다가 곧 흐릿한 기억 밑바닥에서 대답을 끌어 올리듯 말했다.

"하지만 좋아하게 되는 게 아니라, 어느새 좋아하고 있다는 걸 깨닫는 게 아닐까?"

아아, 그런가.

그렇구나.

처음부터, 좋아하지 않으면 안 될 이유가 어디 있겠는가. 좋아하지 않으면 관심을 가져선 안 된다는 법이 어디 있는가. 왜 유키일까? 그 이유는 나도 모르겠다.

하지만 그래서 오히려 알고 싶은 거다. 그걸로 된 거야.

도모미가 이해할 수 없다는 듯 쳐다보았다. 도모미에게는 미안하지만, 목구멍에서 막 나오려는 말을 이제야 확실히 알 수 있을 것 같았다.

"유키를 찾아야 해."

"이와토 씨 말하는 거지. 나도 소문 정도는… 알고 있어."

험악해진 도모미의 얼굴이 나를 밑에서부터 들여다본다.

"포기하는 게 좋을 것 같아. 휘둘리다가 상처받는 건 나쓰키야."

페이스북에는 주소는커녕 생년월일조차 나와 있지 않았다. 하지만 아직 포기할 수 없다. 나는 일어서서 힘차게 달리기 시작했다.

"미안. 나 먼저 가볼게."

"어디 가려고?"

에스컬레이터에 올라탄 나는 딱 한 번 뒤를 돌아보았다.

"지금 모습도 잘 어울려!"

만류하려는 목소리가 등 뒤에서 들려왔지만, 애써 뿌리치고 에스컬레이터를 덜컹덜컹 올랐다.

예술학부 캠퍼스까지 달려와 집으로 돌아가는 사람들의 흐름을 역행해 나아갔다. 미술학과 건물 4층까지 올라가자 마침 강사실 불이 꺼지기 직전이었다. 기둥 모퉁이에 몸을 붙인 채 고개를 내미니 불투명한 유리 너머로 움직이는 그림자가 보였다. 그림자는 곧 실체로 변했고, 직장인 같은 차림새의 여성이 어두워진 방을 빠져나와 약간 빠른 걸음으로 화장실로 향했다.

어둠 속을 울리는 발소리가 사라지고 난 뒤 스마트폰 손전등을 켜고 서둘러 문 안쪽으로 달려갔다.

학적부 비상 연락처에는 긴급 사태에 대비해 받아놓은 본가 주소가 실려 있을 것이다. 나는 문학부 강사실을 머리에 떠올렸다. 방 배치는 그다지 다를 것이 없었지만, 당연히 책상이나 프린터의 위치가 달랐고 무엇보다 석고로 만들어진 흉상이며 사용하지 않은 이젤, 캔버스까지 공간을 차지한 탓에 중요 서류를 보관하는 선반 위치가 눈에 띄지 않았다.

애초에 서고의 선반 열쇠가 열려 있긴 할까.

어둠에 익숙해진 눈으로 스마트폰 손전등의 힘을 빌려 한쪽 끝에서 선반을 찾았다. 중간고사, 세미나, 동아리 자료 등 라벨로 구분된 것은 그래도 괜찮다. 전혀 아무 표시도 안 된 건 내용을 서너 장 읽어보지 않으면 무엇에 대한 폴더인지 예상조차 할 수 없다. 여성은 돌아오지 않았다. 살짝 열린 문으로 들어오는 비상등 불빛에 으스스한 기분이 들었다.

뭘 하고 있는 거지? 무슨 가망이 있는 것도 아니다. 들키면 틀림없이 정학인데, 왜 이런 무모한 짓을….

"제길."

욕지거리가 치밀어 오르는 것을 작게 억누르며 입 밖으로 내뱉었다.

어디지? 어딜까.

플라스틱 서랍이 어딘가에 걸려서 좀 더 힘을 실었다. 그러자 힘이 너무 셌던지 트레이가 튀어나와 데굴데굴 구르는 소리가 어둠 속에 울려 퍼졌다. 거기다 또각또각하는 발소리가 겹쳐지는 바람에 심장이 정말 몇 초 동안 멈춘 상태였다.

"누구 있어요?"

숨을 죽이고 뒷걸음질 쳤다. 문의 사각지대를 지나 책상 밑으로 몸을 숨겼다. 나는 두 무릎 속에 머리를 감추고 손으로 입을 막았다. 여성의 존재를 알리는 것은 발소리뿐이었다. 발소리는 점점 커졌다.

"거기 누구예요?"

발소리가 멈추고 문을 열어젖히는 소리가 났다. 문가에서 들어오는 빛 때문에 여성의 그림자가 길게 드리워졌다.

"이야, 들켰군."

이번에는 뚜벅뚜벅하는 발소리였다.

"어머, 교수님. 어쩐 일이세요?"

"잠깐 짐 좀 놓고 가려고. 막 보강이 끝난 참이거든. 너무 늦었나?"

"많이 늦으셨어요."

여성은 온화함 뒤에 짜증을 숨기듯 말했다.

"또 개인 레슨인가요?"

"그래. 오늘 학생은 말이지, 데생 실력도 뛰어나고 그림에서도 빛이 나. 하지만 뭔가 좀 교착하는 점이 있어서 속마음이 보이지 않는 느낌이야."

발소리가 책상을 에워싸듯 다가왔다. 뾰족한 보라색 에나멜 구두가 내 앞을 지나가고, 이어 색깔 있는 양복이 시야를 가로질렀다.

"그걸 한 장 한 장 벗겨나가는 게 교수의 역할이지. 자네도 그렇게….."

발이 눈앞에서 멈췄다.

"트레이가 하나 떨어져 있네."

"아, 정말요?"

"이런 건 제대로 좀 하자고."

남자의 말투가 세지더니 갑자기 명령조가 되었다.

"하여간 요즘 젊은것들은."

"간자키 교수님도 젊으세요."

나는 그 말을 놓치지 않았다. 간자키 교수…. 분명히 이와토 유키가 듣는 수업을 담당하는 사람이다.

"나도 마음만은 항상 젊으니까."

간자키가 몸을 굽히자 그림자도 같이 구부러졌다. 트레이가 원래 위치로 돌아가고 뭔가가 책상 위에 놓이는 충격이 등을 통해 전해졌다.

"한잔하러 갈까? 둘이서만."

"그러게요, 기회가 되면…."

발소리가 멀어진다. 철커덩. 문을 닫는 소리. 엘리베이터를 기다리는 두 사람의 희미한 목소리가 잠시 들렸다. 여성 쪽이 부드럽게 거절했지만, 간자키는 끈질기게 물고 늘어졌다.

그 목소리마저 사라지자 완전히 움츠러든 내 몸을 어두운 밤이 감쌌다. 혼자 남았다는 안도감과 고독이 뒤섞여들었다. 휴우, 가슴을 쓸어내리며 일어나려다가 책상에 머리를 세게 부딪쳤다. 통증 때문에 나도 모르게 큰 소리를 내고 말았다.

머리를 쓰다듬으며 몸을 일으켰다. 불빛으로 책상 위를 비추자 명품 가죽 가방이 서류 위에 아무렇게나 내팽개쳐져 있었다. 단추를 끄르고 안을 들여다보았다. 책 세 권 정도, 마시다 만 녹차 페트병, 서류가 담긴 클리어 파일. 그중에는… 있다, 학생 명부다.

2열로 된 표 안에 빼곡히 채워진 이름과 학적 번호, 그리고 주소. 이와토, 이와토, 이와토…. '이와'라는 글자를 찾아 내려가다 이와토 유키라는 이름에 시선이 머물렀다.

찾았다. '나고야시'라는 글자가 보였다.

나는 곧장 카메라를 켜서 플래시를 터뜨리며 사진을 몇 장 찍은 뒤, 종이를 원래 순서대로 추려 가방에 되돌려놓았다.

어느샌가 온몸에 소름이 돋아 있었다. 히터가 꺼진 강사실이 점점 추워지는 모양이었다. 주위를 두리번거리며 밖으로 나와 엘리베이터에 올라탔다. 내려가는 동안 스마트폰의 사진 폴더를 열었다.

P02-50221 이와토 유키: 아이치현 나고야시 다이코구 다이코초 2초메 2번지

엘리베이터 안에서 도모미에게 전화를 걸었다. 두 번째 신호음이 갔을 때, "무슨 일이야?" 하는 도모미의 명랑한 목소리가 들렸다.

"티켓 아직 갖고 있어?"

"환불받았다고 했잖아."

"그거 말고 야간 버스 말이야."

엘리베이터에서 내리자 앞문은 이동식 울타리로 막아놓은 상태였다. 기억 속 지도에 의지해 낯선 캠퍼스 안을 걸었다.

"있어. 지금 환불해도 70퍼센트는 돌려받을 수 있대서…."

"내가 살게."

"그래도 3,000엔이 날아간 건 아깝… 응? 뭐, 뭐라고?"

평소 빈말로도 돈을 잘 쓴다고는 할 수 없는 내가 전혀 할

것 같지 않은 말을 했기 때문일 것이다. 도모미가 순수하게 곤혹스러운 티를 냈다.

빨간불에 멈춰 선 나는 전액을 지불할 테니 티켓을 양도해 달라고 말했다.

"그럼 나야 좋지만, 갑자기 왜? 그거 나고야 가는 건데…?"

도모미의 목소리가 거기서 그쳤다. 침묵 가운데 신호가 바뀌고 옆에 있던 학생들이 걷기 시작했다. 하지만 나는 점자 블록을 밟고 선 채 걸음을 떼어놓을 수 없었다.

"그런 거네. 여기에서도 이와토 씨가 나오는 거구나."

도모미의 목소리가 이내 무겁게 가라앉았다.

그리고 날카로운 창끝이 되어 귓가에 꽂힌다.

"나쓰키, 그만둬."

"이와토 씨 일인 거 어떻게 알았어?"

"오빠랑 아는 사이라 그래. 너 하는 거 보니까 집까지 찾아가려는 것 같아서."

"응."

나는 막힘없이 대답했다.

도모미의 목소리가 확 뒤집힌다.

"제정신이야? 나쓰키 너 7월부터 이상해졌어. 원래 진지하게 누군가를 좋아하는 타입 아니었잖아."

사실 그럴지도 모른다. 누구를 좋아하거나 무언가를 좋아하는 어려움은 겪어봐서 알고 있다. 하지만 이번에는 뭔가 다르다. 그게 무엇인지 밝혀낼 수 없는 것만 봐도 그렇다.

"네 마음 다 이해해. 외로운 거지? 이야기라면 내가 들어줄게. 그러니까 이제 제발 그만해!"

도모미는 분명 진심으로 걱정해주는 것이다. 남자에게는 없는 통찰력으로, 이와토 유키라는 여성의 무서움을 꿰뚫어보았기 때문일지도 모른다.

이제 더 이상 '상담'이 아니게 되었다.

"미안. 하지만 이미 마음은 정했어."

"…."

도모미는 침묵으로 일관했다. 바보 같다고 나를 동정하는 걸까. 그렇다 해도 앞으로 할 말이 바뀔 여지는 없었다.

"티켓은 직접 살게. 고마워."

그렇게 말하고 전화를 끊다가 뒷문이 열린 걸 발견했다. 수위의 눈에 띄지 않게 허둥지둥 캠퍼스를 빠져나왔다.

VIII.

3열로 된 야간 버스 안은 의외로 넓었다. 다만 발밑에서 뿜어져 나오는 뜨거운 난방 탓에 행복하게 잠든 옆자리 남자의 숨소리가 나를 더욱 잠에서 멀어지게 만들었다.

새벽 터미널에 도착해 도망치듯 맥도날드로 들어왔다. 낯선 동네에서도 변함없이 똑같은 체인점을 보니 어쩐지 진정이 되었다. 아침 한정 메뉴를 주문하고, 운 좋게 발견한 구석 자리에 앉아 멜론환타를 마시면서 턱을 괴고 있었더니 곧 수마가 덮쳐왔다.

고개를 들자 가벼운 두통과 함께 뭔가 땀에 달라붙는 느낌이 났다. 찌이익, 소리를 내며 떨어지는 냅킨. 침까지 흘리며 잤나보다.

주머니 안이 뜨거웠다. 당황해서 스마트폰을 꺼내자 언제부턴지 켜져 있던 카메라 모드에 배터리가 10퍼센트밖에 남지 않았다. 시간은 10시 반을 지나고 있었다. 식은 에그 맥머핀과 해시브라운을 입에 욱여넣고 묽어진 환타를 마신 뒤 가게를 나왔다.

자꾸만 감기는 눈에 힘을 주며 머리 위 히가시야마센의 노란 마크를 쫓는다. 지하상가에는 중고등학생을 위한 옷 가게며 드러그 스토어가 눈에 띄었다. 도쿄의 가게들에 비해 전체적으로 조금 연령대가 높아 보였다.

개찰구 근처에 있는 역무원에게 다이코초로 가는 방법을 물었다. 이대로 히가시야마센 다카바타 방면 전철을 타고 혼진역에서 내리면 된다고 했다.

승강장의 거무스름한 벤치 밑에는 페트병과 비닐봉지가 떨어져 있고, 친근한 안내음이 흘러나오다 금세 곰팡내 나는 뜨뜻미지근한 바람이 불며 차량이 도착했다. 텅 빈 전철 안에는 노인들만 앉아 있었다. 단팥색 시트에 앉자 배가 근질근질 가려워졌다.

…다음은 가메지마, 가메지마역입니다. 버추얼 영상으로 즐기는 배팅센터, 마이돔 방면은 이번 역에서 내리시길 바랍니다.

안내 방송이 나왔다. 가메지마역에 정차해도 승하차하는 사람은 거의 없다.

…다음은 혼진, 혼진역입니다. 약초 전문점, 한방 혼진 방면은 이번 역에서 내리시길 바랍니다.

여기다. 일어서서 문 쪽 손잡이를 잡았다. 차체가 격렬하게 흔들리며 쿠웅, 귀를 막고 싶어지는 낮은 소리가 울린다.

이곳에서 정말 나는 혼자였다.

이와토 씨.

그 이름 하나만을 의지해, 전철에서 내려 지도 앱을 보며 걸었다. 도심에 비하면 훨씬 길이 넓었다. 실버카를 밀며 걷는 노인들과 계속해서 마주치는 건 태어나서 처음인 것 같다.

큰길에서 샛길로 접어들자 도로가 좁아지다가 지도 위에 빨간 핀이 꽂힌 막다른 골목에 이르렀다. 역에서 도보 5분이라고 했는데 아무리 생각해도 20분 이상은 걸렸다.

갈색 외관의 2층짜리 단독주택. 통로에는 굵은 자갈이 깔려 있고, 지붕 아래 작은 차고에는 도요타 세단이 주차되어 있었다. 대리석 문패에 '이와토'라는 글자가 새겨진 걸 두 눈으로 보았다.

틀림없다.

나는 보답받은 기분으로 잠시 멍하니 서 있었다.

하지만 곧 아무것도 해결되지 않았다는 사실을 깨달았다. 11월의 바람이 불어와 열에 들뜬 머리를 식혀주었다. 마치 어렸을 때 옳다고 믿었던 산수 해법을 학원 선생님이 틀렸다고 말했을 때 같았다. 나는 선생님의 말을 며칠 동안 계속 의심하다가, 결국 내가 찾아낸 해법을 몇 겹으로 꼬아 억지로 정답에 갖다 붙이기도 했다.

행동으로 옮기려면 먼저 자신을 믿어야 한다. 그렇지 않으면 또다시 아무것도 하지 못한 채 타이밍을 놓치고 말 것이다. '행동하지 못하는 사람'이 되고 말 것이다.

하지만 내가 지금 하고 있는 일은 대체 뭐라고 설명할 수 있을까. 야간 버스 4,500엔과 전철 요금을 지불하고 300킬로미터를 넘었다. 말도 안 되는 가능성에 의지해, 그 돈과 거리를 넘어 여기까지 온 것이다. 내 안에 발견했을지도 모르는 '순수한 마음'을 따라서.

그러나 그 누구도 내 마음을 인정해주지 않는다. 내가 하고 있는 이 일은 마치….

"우와, 스토커다…."

한 손에 비닐봉투를 든 여자아이가 서 있었다. 밤색 머리카락을 양 갈래로 묶은 그 소녀는 치켜 올라간 커다란 눈으로 이쪽을 의심스럽게 노려보았다.

내가 한 걸음 움직이자 소녀도 한 걸음 물러난다. 소녀는 천천히 후드티 주머니에 찔러넣었던 한쪽 손을 뺐다.

"더 이상 움직이지 마세요! 신고할 거예요."

손에 들린 스마트폰의 통화 화면에는 이미 110번이 눌려 있었다.

"오, 오해예요."

"꼼짝 마세요."

나는 두 손을 든 채 굳어버렸다.

"경찰 부를 거예요. 소리도 지를 거고요."

"아니, 그러니까."

"당장 꺼져요! 나는 지켜야 하는 사람이 있으니까!"

팽팽한 목소리가 막다른 벽에 메아리쳤다. 그때 깨달았다.

치켜 올라간 눈매. 아몬드 모양의 얼굴형. 갈색으로 염색했지만 정수리 부분의 윤기 나는 검은 머리. 어딘지 모르게 이와토 씨와 비슷했다. 메이크업이나 옷차림, 분위기가 청초한 이와토 씨와는 정반대의 인상이었으나, 그래서 오히려 비슷한 점이 눈에 띄었다.

"저기, 혹시 이와토 씨의…?"

그러자 소녀의 얼굴에서 경계심이 흐려지며, 들고 있던 스마트폰이 허리쯤까지 내려온다.

"언니를 알아요?"

"동아리 후배예요."

소녀는 한숨을 쉬었다. 경계는 풀렸지만 빈말로도 우호적이라고는 할 수 없었다.

"대학생이었어요? 고등학생인 줄 알았네."

사실 지난해까진 그랬다. 내가 그렇게 어린애 같아 보였나? 그래도 대놓고 말할 것까지야….

"가끔씩 있거든요. 언니의 '소문'을 듣고서 찾아오는 바보들이."

"소문이요…?"

"언니를 모욕하는 쓰레기 같은 소문이에요."

소녀가 한순간 눈썹을 찌푸리며 나를 응시했다.

"잠깐만. 동아리 후배라고 했죠? 혹시 알파벳 세 글자 그거예요?"

"GTR요."

내 말에 소녀는 깜짝 놀란 듯 입을 열었다.

"그럼 당신이 언니가 말했던…."

그 순간 소녀의 눈빛이 날카로워지면서 화살 같은 시선이 나를 관통했다.

"따라오세요. 그쪽이 오면 들여보내라고 했거든요."

내키지는 않지만, 하고 소녀는 분한 듯 덧붙인다.

"언니가 당부했으니까요."

그러곤 내 눈앞을 가로질러 바깥쪽 문을 열고, 굵은 자갈 밟는 소리를 내며 걸어가 현관문에 열쇠를 꽂았다.

IX.

소녀는 벗은 신발의 뒤축을 잡아 가지런히 정리했다.

현관 선반 위에는 두 개의 눈사람이 손을 잡은 형태의 지점토 조각상이 있었고, 그 옆에 소형 가습기 같은 눈물 모양 단지가 따끈따끈한 수증기 고리를 뿜어냈다.

상쾌하고 조금 달콤한, 타인의 집 특유의 독특한 냄새다.

주방과 연결된 거실에는 중후한 느낌의 6인용 나무 테이블이 놓여 있고, 벽에는 금속제 선반이 달려 있었다. 테이블과 같은 디자인의 나무 의자 네 개 사이에 이질적으로 팔걸이 달린 플라스틱 의자 하나가 자리했다.

벽걸이 액자에는 깜깜한 밤을 배경으로 서 있는 편의점 같은 그림이 섬세한 색연필 스케치로 그려져 있다. 스케치 오른쪽 하단에는 작게 이와토 유키의 사인이 보인다.

소녀는 비닐봉투를 테이블 위에 놓고 나무 의자를 당겼다. 그리고 손가락으로 내가 앉을 곳을 가리켰다.

"불가능 할 때 불不, 유래 할 때 유由, 미인 할 때 미美 자를 써서 후유미不由美예요."

자리에 앉자마자 그 소녀, 후유미는 꾸밈없는 목소리로 말했다.

"저는…."

"그쪽 이름은 알아요. 우즈메 나쓰키 씨."

"동생분은 몇 학번이세요?"

"네?"

후유미의 눈이 가늘어지며 경멸 가득한 시선으로 나를 보았다.

"제가 어지간히 노안으로 보였나보네요. 전 고등학생이에요. 올해 고2요."

"고등학생…."

고등학생치고는 상당히 야무지다. 후유미의 모습을 넌지시 보면서, 아직 어린데도 남다른 각오 같은 걸 느꼈다. 그 각오가 후유미에게 고등학생한테서는 찾아보기 힘든 분별력과 믿음직한 언행으로 나타나는 듯했다.

"그런데 왜 교복을 안 입고… 학교 안 갔어요?"

"오늘은 엄마가 도저히 빠질 수 없는 볼일이 있어서요."

후유미는 비닐봉투에서 플라스틱 용기를 꺼낸 뒤 얇은 포장을 벗기고 뚜껑을 열었다. 명란 크림파스타에서 희미한 김이 올라왔다.

"누군가 지켜볼 사람이 필요해서요. 오늘은 저고요."

후유미는 플라스틱 포크를 내려 파스타를 돌돌 말았다. 그러곤 입을 크게 벌려 소리 없이 깔끔하게 편의점 파스타를 먹어나갔다.

"죄송해요. 아직 한 끼도 못 먹었거든요."

"천천히 드세요."

"말하지 않아도 그럴 거예요."

후유미는 무뚝뚝하게 대꾸한 후 쉴 새 없이 팔과 턱을 움직였다. 파스타가 점점 줄어들더니 순식간에 싹 비워졌다. 포크와 비닐 포장을 그릇에 밀어넣고 억지로 뚜껑을 닫은 뒤 부엌 쓰레기통에 던졌다.

녹차가 든 페트병을 쥐고 테이블로 돌아온 후유미는 손목시계에 시선을 떨어뜨리다 귀찮은 듯 나를 보았다.

"언니가 다니는 대학은 좋은 곳이에요?"

이와토 씨와 나는 같은 대학에 다닌다. 캠퍼스도 인접해 있고 학부만 다를 뿐이다. 그런데도… 대답할 수가 없다.

"…죄송합니다. 학부가 달라서 뭐라 말하기 힘드네요."

"그렇군요."

후유미는 다시 시계를 보았다. 그런 다음 페트병을 구겨뜨려 밀어내듯 녹차를 마시고는 옷소매로 입을 꾹 닦는다.

"언니가 그쪽이 올지도 모른다고 말했어요. 만약 오면 집에 들여보내고 정중하게 맞아주라고 했죠."

이와토 씨가 여동생에게 내 이야기를 했다. 더군다나 내가 올지도 모른다고 생각했다! 그것만으로도 나는 아직 숨을 쉴 수 있겠다는 생각이 들었다.

"하지만 이해가 안 돼요. 애초에 왜 도쿄에서 굳이 오는 건데요? 것도 집 앞에 우두커니 서서. 내가 오지 않았다면 도대체 어쩔 생각이었어요?"

"그건…."

생각하지 않으려 했다. 생각하게 되면 이제까지 그래왔듯, 행동으로 옮기지 못할 것 같았으니까. 일부러 흘러가는 대로 몸을 맡기고 위험천만한 길에 나섰다.

하지만 그건, 다시 말해….

"지금은 일단 눈감아줄게요. 이래 봬도 바쁜 몸이라서요. 다만 언니를 만나기 전에 하나 물어볼 게 있어요. 여긴 왜 왔어요?"

이건 그녀의 뜻일까, 아니면 이와토 씨의 뜻일까. 후유미는 다시금 나를 노려보았다.

"걱정돼서요."

나는 후유미의 안색을 살피며 말했다.

"이와토 씨, 아니 유키 씨와 갑자기 연락이 안 돼서. 학과 사람들한테 물어보니까 겨울에는 학교에 안 온다고 하고, 실제로 페이스북도 업데이트 안 한 지 오래됐고. 너무… 불안하더라고요."

"그렇군요. 그 말을 들으니 안심이네요."

후유미는 약간 얼굴을 풀고 누그러진 표정을 짓고는, 빙긋 웃으며 부드럽게 두 손을 맞잡았다.

"그런 이유라면 그쪽을 2층으로 들여도 별문제 없을 것 같아요."

그때 머리 위쪽에서 알람 소리가 울렸다. 후유미가 고개를 들어 마침 시간이 됐네요, 하고 중얼거렸다.

"유키 씨를 만날 수 있는 건가요?"

"네."

후유미는 부조화스럽게 한쪽 눈썹만 일그러뜨렸다.

"하지만 언니는 당신을 만날 수 없어요. 그래도 좋다면야."

이게 무슨 말이지.

그러나 어차피 나에게는 끄덕이는 선택지밖에 없었다.

계단의 층계참과 벽에 그림 액자가 걸려 있었다. 아래쪽 계단에는 밝은 수채화가 주를 이루었지만, 위로 올라갈수록 유화가 늘어나는 동시에 배경이 어두워지고 빛의 명암이 뚜렷하게 대비를 이룬 그림이 많아 보였다.

"언니가 그린 거예요."

스커트 자락을 누르며 올라가던 후유미가 말했다.

"내가 막 태어났을 무렵부터 그림을 시작해서 5년 전까지 이 집에서 그린 그림들을 걸었어요. 원래 벽장에 보관하고 있었는데 여기에 장식하자고 제안한 건 엄마고요."

"아름답네요. 배경이 전체적으로 짙은 색이고, 조금 그늘 있는 느낌이 유키 씨 같다고 할까요."

"그래요? 난 잘 모르겠던데. 우즈메 씨가 그림을 잘 아는 사람이면 저희 엄마랑 금방 친해질지도 모르겠네요."

후유미는 불쾌한 듯 말했다.

삐걱삐걱 소리를 내면서 2층에 도착했다. 긴 복도에는 여러 방이 연결돼 있었는데, 그중 가장 안쪽이 이와토 씨의 방인 듯했다. 유려한 필기체로 'Yuki'라고 쓴 그루터기 모양의 팻말이 닫힌 방문 앞에 걸려 있었다. 간헐적으로 들리는 알람 소리도 그 문에서 새어나오는 것 같았다.

"잠시만요."

손잡이에 손을 댄 후유미를 불러 세웠다.

"정말 들어가도 괜찮은 거죠?"

후유미는 나를 흘끗 본 뒤 대답하지 않고 문고리를 돌렸다. 내 머뭇거림 따위는 아랑곳없이, 아무 일도 없다는 듯 안쪽으로 문이 열렸다.

가장 먼저 은은한 기름 냄새가 풍겨왔다. 뜨거울 정도로 따뜻한 공기가 온몸을 휘감았다.

벽을 장식한 수많은 그림. 〈진주 귀걸이를 한 소녀〉와 달리의 〈녹아내리는 시계〉 그림부터 리터치된 도심의 야경 사진까지…. 그중에는 요시모토* 소속 희극 배우의 브로마이드도 섞여 있었다. 그리고 구석에 놓인 큰 의료용 침대에서, 이와토 씨는 조용히 잠들어 있었다.

두려울 정도로 평온하게 잠든 아름다운 얼굴은 죽은 게 아닐까 하는 착각이 들 정도였다. 생각해보면 그녀의 잠든 숨소리는 처음 듣는 것 같기도 하다. 이렇게 편안할 줄이야.

---

* 희극계로 유명한 일본의 유명 연예 기획사

"이와토 씨."

나는 이와토 씨를 다시 만나게 되었다는 안도감, 그리고 동일한 질량의 불안감에 사로잡혀 외쳤다. 얼굴을 찡그린 후유미가 입술에 검지를 대고 쉿, 하고 숨을 내뱉는다.

"침실에서는 조용히 해주세요."

간헐적으로 들리는 소리의 정체는 링거대에 부착된 수액 펌프였다. 이불 가장자리에서 뻗어나온 튜브와 납작해진 투명 파우치를 연결하고 있었다.

후유미가 펌프의 파란색 버튼을 누르자 알람 소리가 멈췄다. 이불을 배까지 걷고 오른팔에 꽂힌 바늘에서 튜브를 제거한 뒤, 주사기로 바늘에 투명한 액체를 넣어 새 파우치와 튜브를 연결했다. 다시 펌프를 가동해 클립 같은 것을 조이고, 보충한 액체의 흐름을 조절하는 손길에는 일말의 망설임도 없었다.

"자고 있을 뿐이에요."

멍하니 떠다니는 의식을 후유미의 목소리가 붙들었다.

"자고… 있다고요?"

"말 그대로예요. 언니는 단지 잠들어 있을 뿐이에요."

후유미는 침대에 등을 대고 웅크려 앉더니 무릎을 구부려 두 다리를 끌어안았다.

"겨울에는 내내 잠들어 있어요."

"겨울 내내요…?"

두 다리 사이에 숨긴 후유미의 표정은 보이지 않았으나, 차가운 목소리는 지금 당장이라도 달려나가고 싶다는 듯 몸을 앞으로 기울인 나를 끊임없이 견제하는 것 같았다.

하지만 그러지 않아도 어차피 움직일 수 없었다. 침대와 나 사이를 가로막은, 눈에는 보이지 않는 단층이 말없이 나를 거부하고 있었기 때문이다.

"네, 겨울 내내. 이르면 10월 말부터, 보통은 2월 20일 정도까지. 언니는 잠들어요."

"말도 안 돼. 그건…."

후유미는 장난치는 태도가 아니었다. 게다가 그녀가 나를 속일 이유는 하나도 없었다.

"그야말로 겨울잠이잖아요."

눈앞에 가로놓인 끝이 보이지 않는 길.

멀리서 지켜볼 때는 아무렇지 않지만, 눈을 바라보면 마치 용처럼 엄숙한 눈빛으로 나를 마주 바라본다.

그 길이 얼마나 길었는지 떠올릴 때, 내 몸은 언제나 지면에 못 박힌 것처럼 움직이지 않게 된다. 이제까지 살아오면서 몇 번이나 보았을 텐데, 그것은 받아들여야 할 세계의 일부일 텐데도, 두려움과 실망은 퇴색하는 법을 모른다.

나는 깨어나기를 기다리고 있다.

깨어날 때를 맞이하기 위해, 나는 기나긴 침묵의 들판을 걷는다.

2장

한밤의 편의점

I.

"이와토 씨, 안녕하세요."

처음으로 들어가본 이와토 씨의 방은 아무런 특징도 없는 1인실이었다. 의료용 침대와 링거대 때문에 약간 좁아 보일 뿐. 펌프의 기계음이 사라진 방은 무척 조용해서, 오후 3시 23분을 가리키는 책상 위 시계가 쓸데없이 시끄럽게만 느껴졌다.

벽에 등을 대고 앉아 흰 쇠기둥이 받치고 있는 두꺼운 매트를 올려다보았다.

"실례를 무릅쓰고 찾아왔어요."

검지만 한 크기의 캡슐 안으로 똑똑 물방울이 떨어지며 작은 물웅덩이에 파문을 그린다. 속도를 고르게 조절한 액체는 튜브를 타고 기포와 함께 이와토 씨의 몸속으로 들어간다.

"모처럼 왔는데 너무 말이 없으시네요."

반응은 없었다.

"계속 안 일어나면 〈기묘한 이야기〉 마지막 회 저 혼자 볼 거예요. 그동안 쭉 참았단 말이에요."

호흡 소리조차 들리지 않는다.

일어서서 침대 옆에 기댄다. 파리한 입술과 지나치게 창백한 얼굴을 보고 한 걸음 물러났다. 손에서 땀이 솟아났다. 자고 있을 뿐이라는 말이 역설처럼 느껴지고, 사실은 죽은 게 아닐까 하는 생각이 스친다. 두 어깨를 문지르거나 얼굴 앞에서 손차양을 하거나 귓가에 손뼉을 쳐보기도 했지만 이와토 씨는 전혀 미동도 없었다.

"자는 척하는 거 재미없어요. 그만두지 그래요?"

문 쪽으로 한 번 시선을 향했다가 이와토 씨의 어깨를 두 손으로 잡아 흔들었다. 이와토 씨, 하고 귓가에 속삭이며 뺨도 살짝 꼬집었다.

"정말 일어나지 않는군요…."

나는 놀라서 그렇게 중얼거렸다.

이 황당무계한 사태를, 현실감이 잠식해나가는 감각.

흐트러진 이불을 정돈하자 어렴풋이 이불이 오르락내리락

하는 것이 보였다. 하지만 페이스가 매우 느려, 숨을 들이쉬는 것도 내쉬는 것도 나보다 다섯 배 이상 느린 듯했다.

가슴에 손을 얹으니 한 박자의 심장 고동이 전해졌다. 그것만으로도 뛸 듯이 기뻤다. 저절로 노래가 나올 것 같았다. 하지만… 기다려도 기다려도 다음이 오지 않았다. 고양되었던 기분이 파도처럼 끌려간다. 아무 데도 가지 말아달라며 끌어안고 싶어졌을 무렵, 다음 한 박자가 울렸다.

나는 생기를 잃은 뺨에 손을 댔다. 천천히 자세를 낮추고 가까이서 바라보았다. 산들바람 같은 숨결이 코끝에 걸렸다.

"하나만 가르쳐주세요. 나를 버린 건지 아니면…."

그때 부산스러운 발소리와 함께 문이 벌컥 열리며, 헤드폰을 목에 걸고 단어장을 든 후유미가 얼굴을 내밀었다.

"큰일 났어요, 우즈… 꺅!"

새된 목소리가 방안에 울려 퍼져서 나는 재빨리 고개를 들었다.

"오해예요!"

"이게 어딜 봐서 오해예요?"

"전 그냥 말을 걸었을 뿐이라고요."

"그냥 말을 거는데 왜 그런 자세가 돼요?"

듣고 보니 확실히 변명의 여지가 없었다.

"그보다 빨리 숨어요!"

후유미는 절박한 모습으로 방에 들어와 목소리를 죽이며 외쳤다.

"왜 숨어야 하는데요?"

"엄마가 집에 오셨거든요. 예정보다 빨리!"

"하지만 아까 언니와 약속했다고."

"우즈메 씨를 집에 들이는 건 언니랑 제가 개인적으로 한 약속이지 부모님은 전혀 모르세요. 말 안 했단 말이에요."

나는 멍청하게 후유미의 말을 되새겼다. 점차 발끝에서부터 초조함이 밀려왔다.

긴급 사태. 제정신인 사람이라면 현실적으로 몸을 숨기는 것이 무리라는 것쯤은 알 수 있다. 즉 그때 우리는 제정신이 아니었다.

"숨자…!"

결심을 굳히고 숨을 장소를 찾았다. 순간적으로 생각난 것은 침대 밑이었다. 하지만 몸을 굽혀 확인해보니, 의료용 침대 아래는 너무 좁아 팔을 넣는 것만으로도 한계였다. 그러면 늘어서 있는 그림 도구 뒤에 붙어야 할까.

"아, 현관에 신발 있는데…."

내가 중얼거리는 소리를 듣고 후유미의 안색이 창백해졌

다. 그 사이에도 뚜벅뚜벅 계단을 밟고 올라오는 소리가 커졌
다. 후유미가 옷장을 열고 거부할 수 없는 힘으로 내 팔을 잡
았다.

"일단 숨어요."

붙박이장 속 반투명한 플라스틱 선반에 캐미솔이며 속옷
같은 것들이 보였고, 옆에는 겨우 어린애 한 명이 들어갈 만
한 줍디줍은 공간이 있었다. 후유미는 내 등을 마구잡이로 밀
었다. 하지만 내가 그런 곳에 들어갈 수 있을 리가 없었다.

밀치락달치락이 계속되는 가운데, 은은하게 이와토 씨의
냄새가 감돌자 여기에 온 의미가 떠올랐다.

"싫어." 소리 내어 말하고 옷장 테두리를 잡았다.

"난 이와토 씨를 만나러 온 거야."

"이 상황에서 그런 말이 나와요?"

"딱히 비난받을 일도 아니잖아!"

그 직후였다. 문이 열리고 쇼핑백을 든 호리호리한 여성이
모습을 드러냈다. 등을 밀어대던 힘이 서서히 빠져나갔다. 후
유미는 입을 크게 벌린 채 웃는 건지 우는 건지 모를, 그 중간
의 어디쯤 같은 표정이 되었다.

누구 하나 몸을 움찔하지도 못하는 삼파전의 상태.

이윽고 나는 입을 다물고 여성에게 인사했다. 그러자 여성

도 인사를 하며 나비가 날갯짓하는 듯한 목소리로 물었다.

"누구?"

"그게… 우즈메 나쓰키라고 합니다."

"그렇구나. 아래 있던 운동화도 학생 건가요?"

"네…."

"그래요…."

여성은 두세 번 천천히 고개를 끄덕이더니 침대 쪽을 한 번 보고는 빙긋 웃었다.

"여기서 말하긴 좀 그렇네. 아래층으로 갈까요?"

나도 후유미도 끄덕이고는 여성의 뒤를 따라갔다.

후유미와 이와토 씨의 어머니, 도코 씨라고 했다.

계단에서 거실로 내려가자 도코 씨는 소파에 앉으라고 권했다. 화난 기색은 아니었지만, 우리 둘 다 거절할 수 없었고 3인용 소파의 끝과 끝에 붙어 앉았다.

후유미는 더러운 걸 보는 듯한 눈으로 나를 쳐다보았다.

"엄마, 들어봐. 이건 오해야."

쇼핑백에서 식료품을 꺼내 냉장고에 넣는 도코 씨를 향해 후유미가 말했다.

"그러니?"

도코 씨는 돌아보지 않고 하던 일을 계속했다.

"내가 집에 들인 게 아니야."

나는 기겁해서 후유미를 보았다. 소파 팔걸이에 기댄 후유미가 어색하게 얼굴을 피했다.

"난 안 된다고 했는데, 이 사람이 맘대로…."

"후유미, 말도 안 되는 소리 하지 마."

내가 정정할 필요도 없었다. 도코 씨의 팽팽한 목소리가 거실에 울려 퍼졌다.

"네가 문을 안 열어주는데 어떻게 집에 들어온다는 거니?"

"하지만, 그건…."

"또 거짓말하면 아빠한테 말해서 용돈 줄일 거야."

후유미는 풀이 죽어 고개를 숙였다.

"나쓰키 군이라고 했나요?"

"네."

나는 자세를 바르게 했다.

"유키랑은 어떤 사이죠?"

"친구입니다."

이게 순간적으로 나온 대답인가… 스스로에게 환멸을 느꼈다.

"그냥 친구…?"

정정하려 했지만 틀렸다. 내 입은 멋대로 움직이고 있었다.

"대학 선후배 사이예요. GTR이라는 영상 동아리에서 만나서…."

작업을 마친 도코 씨는 이쪽으로 와서 웅크리고는 내 얼굴을 물끄러미 바라보았다. 붉은 립스틱의 강한 인상과는 반대로, 눈매에서는 얼어붙은 듯한 온화함이 느껴졌다.

나는 꿀꺽, 침을 삼켰다.

"유키가 신세를 지고 있네요."

도코 씨의 표정이 불을 밝힌 듯 확 밝아진다. 어깨에 들어간 힘이 멋대로 빠져나갔다.

"멀리까지 오느라 정말 고생 많았어요. 유키가 걱정돼서 와준 거죠?"

"아, 예…."

"고생했겠어요. 차비도 왕복 2만 엔쯤 되려나. 나중에 드릴게요."

"아뇨, 제가 멋대로 온 거니까요. 그런 건…."

"사양할 것 없어요. 그리고 오늘은 여기서 자고 가요."

"엄마!"

안절부절못하던 후유미가 소리를 높였다.

"엄마 진심이야?"

"그래. 내가 못 할 말이라도 했니?"

"그런 건 아니지만…. 처음 보는 사람이잖아."

"하지만 언니 친구잖니?"

"아냐. 그 사람은 어쩌면 언니의…."

"친구죠?"

도코 씨가 꼼짝할 수 없게 만드는 태도로 말했다. 후유미는 고개를 떨군 채 아무 말도 하지 못했다.

"힘들게 여기까지 와줬는데."

도코 씨는 다시 내 쪽으로 고개를 돌렸다.

"유키가 저런 상태라 미안해요."

"겨울잠…."

내가 그렇게 중얼거리자 도코 씨는 눈썹을 씰룩 움직였다.

"어머나. 그렇게 말할 수도 있겠네."

도코 씨는 시선을 방 이곳저곳으로 움직였다.

"그 아이는 다섯 살 때 이후로 이런 체질이 됐어. 겨울이 오면 다른 사람들보다 조금 더 오래 자는 거야. 그게 다야. 하지만 나쓰키 군은 아무것도 몰랐던 거죠?"

"네…. 정말 놀랐어요."

놀란 정도가 아니다. 마치… 죽은 사람 같았다. 그토록 차가운 사람의 피부에 닿은 것은 할아버지가 돌아가셨을 때 이후로 처음이었다. 그렇다.

그건 살아 있는 사람의 온도가 아니었다.

"저기! 정말 살아 있는 거죠…?"

도코 씨는 움직임을 멈추고 잠시 허공을 바라보다 고개를 끄덕이고는 목에 손을 댄 채 말했다.

"…이런 상태긴 하지만, 그 아이를 위해 이렇게 먼 거리를 와주는 사람이 있어서 솔직히 기쁘네. 차라도 마시고 가요. 친구한테 받은 시즈오카 차가 있었던 것 같은데. 잠깐 있어 봐요."

도코 씨가 다시 주방으로 향했다.

그 틈을 타서 후유미가 단숨에 거리를 좁혀왔다. 타이츠를 신은 발꿈치가 내 발끝을 쳤다.

"언니랑 그냥 친구예요?"

후유미의 눈동자가 이글이글 타오르고 있었다.

"잘도 그런 말을 하네요."

"그럼 뭐라고 할까요?"

"우리 언니한테 '그냥 친구' 같은 건 불가능해요."

나는 그 말에 깜짝 놀랐다. 아무리 자매 사이가 나쁘다고 해도 어떻게 언니를 그런 식으로 말할 수 있지?

"그런 거 아니야. 어른들 일에 어린애가 끼어들지 않았으면 하는데."

"그쪽이랑 두 살밖에 차이 안 나거든요?"

나와 후유미는 어느새 큰 소리를 내고 있었다. 서로의 행동에 대한 비판이 성격에 대한 비판으로 번지고 인격에 대한 매도로 바뀌었다.

결정적 순간에 후유미는 깊은 한숨을 내쉬며 속삭이듯 말했다.

"진짜…. 언니가 부탁해서 마지못해 만나긴 했지만, 사실은 당신하고 마주치고 싶지 않았어요. 당신도 결국 언니를 괴롭게 할 뿐인걸요."

결국? 괴롭게 한다고?

후유미가 하는 말의 의미를 모르겠다.

"빨리 좀 돌아가주세요."

후유미가 쥐어짜내듯 말했다.

잠시 후 도코 씨가 주전자와 세 사람 몫의 찻잔, 화과자를 담은 쟁반을 들고 와 낮은 테이블 위에 각각 내려놓았다. 팥소 덩어리가 물결치는 모양으로 만들어진 화과자는 처음 보는 것이었다.

"이거 아카후쿠赤福라고 하는데 이쪽에서는 엄청 유명한 과자예요. 일반 찹쌀떡하고는 반대로 팥소 안에 떡이 들어가 있어요."

내가 흥미롭게 보는 걸 알아차렸는지 도코 씨가 설명했다.

"들어요."

도코 씨가 의자에 앉아 찻물을 따랐다. 김이 나는 황록색 액체에서 맑은 녹차 향기가 감돌았다.

"유키, 학교에서는 어때요?"

도코 씨가 나를 보며 은근히 물었다.

"별로 가르쳐주지 않아, 그 아이. 잘하고 있을까. 나쓰키 군이 보기엔 어때?"

나는 학교에서의 기억을 끄집어내려고 했다. 그렇지만 떠오르는 것은 새벽 3시에 집에서 만났던 이와토 씨뿐이었다. 남에게 알리고 싶지 않은 부분은 잔뜩 알고 있는데, 그녀가 남에게 보여주는 모습에 대해선 조금도 모른다.

"학부가 서로 달라 평소에 어떻게 지내는지는 잘 모르겠습니다. 하지만 굉장히 성실하고 존경스러운 선배입니다. 저는 문학부라서 선배가 그림 그리는 모습을 보며 늘 자극받고 있어요."

입을 움직이면서도 위화감을 느꼈다. 이와토 씨를 알고 있다고 할 때마다 모른다는 사실이 분명해졌다.

틀렸다. 나는 막연히 그렇게 생각했다.

"죄송합니다. 실은 아무것도 몰라요."

도코 씨는 놀라지도 않고 그저 가만히 내가 하는 말을 기다려주었다.

"선배와는 학교 밖에서 만나 가끔씩 어울렸을 뿐이어서요…. 서로에 대해서 전혀 모른 채, 저희는…."

어떤 색채를 쓰고 있는지, 어떤 걸 소재로 삼고 있는지, 어떤 화풍을 좋아하는지. 아무것도 모른다. 이와토 씨가 나와의 관계를 어떻게 생각하는지조차.

내가 보고 있던 것은, 내가 보고 싶었던 그녀다.

"선배는 여름 한때의 관계라고 말했어요. 그냥 농담이겠거니 생각했죠. 하지만 9월 말쯤부터 정말 저를 거들떠보지도 않았어요. 그래서 강사실에서 주소를 알아내 여기까지 왔어요…."

말을 마치자 몸이 5킬로그램쯤 가벼워진 기분이 들었다.

동시에 경멸당할 각오를 했다.

"우리 애가 그런 면이 좀 있지. 휘둘리게 해서 미안해요."

도코 씨는 천장을 올려다보고는 아이의 장난을 사과하는 부모의 얼굴이 되어 머리를 숙였다.

"하지만 그 아이가 한 일에는 분명 의미가 있을 거야. 불행히도 지금 당장은 모르겠지만."

도코 씨가 한 손으로 천장을 가리키며 미소 띤 얼굴로 말했다.

"내년 2월에 다시 여기에 와서 직접 물어보면 어때요?"

"엄마!"

후유미가 소리를 지르는 것도 무리는 아니다. 그런 그녀를 도코 씨가 엄하게 노려보았다. 그뿐 아니라 빨리 공부하고와, 라고 못 박아두기까지 했다.

다시 말을 잃은 후유미가 조금 딱해 보인다.

"그래도 될까요?"

차를 한 모금 마신 뒤 물어보니 도코 씨는 빙긋 웃으며 고개를 끄덕였다.

"정말로 일어날 거라고 생각해요?"

반쯤 도코 씨의 명령으로 후유미는 억지로 나를 역까지 배웅했다. 그러다 그녀가 긴 침묵을 깨고 입을 열었다.

"그냥 설문조사예요. 처음으로 언니를 본 당신이 어떻게 생각하는지. 설문 결과에 따라서 이와토가 접객 서비스를 개선할까 해서요."

후유미가 다른 때보다 더 빈정대는 말투로 말했다.

그런 걸 어떻게 알겠는가. 나는 이와토 씨가 왜 겨울잠에 드는지조차 듣지 못했는데. 하지만 그건 후유미도 알고 있을 것이다.

"일어날 거라고 믿어요."

"흐음…. 낙관적이네요."

후유미가 마치 남 일을 말하듯 조소 섞인 어조로 대꾸했다. 너무 지당한 말이라 반격의 여지도 없었다. 오늘의 나는 그저 손님이었다. 이와토 씨의 실체를 처음으로 알게 되었고, 전부 이해하지 못했고, 지금도 여전히 혼란스럽기만 한.

하지만 눈앞의 이 소녀는 다르다. 적어도 철이 들고 나서 10년 가까운 세월 동안 겨울잠에 드는 언니를 가족으로서 마주해온 사람인 것이다.

"나도 그렇게 믿고 싶어요. 8년 전 같은 일은 이제 일어나지 않을 거라고."

"8년 전…?"

"엄마는 얘기하지 않으셨는데."

후유미는 말을 잠시 멈추었다가 다시 이어나갔다.

"그해는 굉장히 추워서 최대 한파라고들 했어요. 9월 말에 스위치가 켜진 언니는 10월 중순경에는 이미 잠들어 있었죠. 그리고 2월이 지나고, 3월이 되어도 언니는 일어나지 않았어요. 벚꽃이 피어도 좀처럼 일어나지 않아서…."

따뜻한 두터운 옷으로 갈아입고, 산타에게 어떤 선물을 달

라고 할지 생각하기 시작하는, 목욕과 식사가 한층 더 행복감
을 더하는 계절의 입구에서. 대체 이 소녀는 과거에 어떠한
불안을 끌어안고 있었던 것일까.

"결국 언니가 깨어난 건 1년 하고도 5개월이나 지나서였
어요."

"네?"

스스로 생각해도 한심한 목소리가 하얀 입김과 함께 입에
서 새어나왔다. 그 순간 발길을 돌려 걸어온 길을 되돌아보았
다. 이미 주택가 경관에 일부가 묻혀버린 이와토가의 2층 구
석방.

지금 당장 달려가고 싶다고 바라는 마음에 문지기 소녀가
일침을 가했다.

"당신은 왕자님이 아니에요. 키스를 한다고 언니가 깨어나
지는 않아요."

소녀의 시선은 그저 눈앞에 보이는 버스터미널 옆의 혼진
역으로 향해 있었다.

"그럼 내년 '의식'에서 봐요. 내년이 있을 때 얘기지만."

II.

교실 불이 켜지고, 나는 어둠에 익숙해진 눈을 가늘게 떴다. 근대영화사 수업의 다케다 교수가 교실 문을 나서는 모습이 간신히 보인다.

조교가 스크린을 올리고 출석 카드를 회수했다. 다급히 침을 닦고 출석 카드를 찾았지만 보이지 않았다. 어딨지? 당황해하며 찾고 있는데 뒤에서 목소리가 날아들었다.

"여기야, 여기!"

멍해진 눈으로는 가까이 있는 게 누구인지 전혀 모르겠다.

"지금 너무 웃긴데? 사진 찍어둬야지."

"뭐, 뭐야."

"여기 있다니깐."

눈을 비비며 제대로 된 시력을 되찾자, 스마트폰을 들고 있는 도모미와 동정하듯 이쪽을 보는 아쓰시의 모습이 눈에 들어왔다. 도모미는 스마트폰을 들지 않은 손으로 뺨을 가리켰다.

"뺨."

손가락 끝이 뺨에 닿자, 찢어진 출석 카드가 피부와 한 몸이 되어 있었다.

나는 책상 위에 흩어진 프린트를 모으고 블루투스 키보드를 접었다. 거치대 위에 가로로 놓아둔 스마트폰에는 필기하는 데 썼던 메모장이 표시된 상태였다.

"근데 언제부터 거기 있었어?"

"조금 늦게 들어왔어. 너 처음부터 자고 있었구나?"

아쓰시가 질렸다는 듯 말했다. 도모미는 귀찮아하면서도 가방을 찾아 예비 출석 카드를 건넨다. 이렇게 남을 잘 챙기는 점에는 고개를 들 수가 없다.

"최근에 잘 못 본 것 같은데, 학교 제대로 나오고 있어?"

카드를 무사히 제출하고 같이 교실을 나오면서 도모미가 물었다.

"뭐, 그럭저럭."

"이와토 씨랑은 어떻게 됐어?"

도모미의 추궁하는 시선에서 벗어나기 위해 목덜미를 긁으면서 고개를 기울였다.

"그런 건 왜 물어봐."

"그야… 당연히 걱정되니까 그렇지."

"요즘 계속 글 쓰는 것 같던데. 기대하고 있어."

아쓰시가 도모미의 말을 가로막듯이 목소리를 낮추어 말했다.

"으응….'

내가 건성으로 대답해도 아쓰시는 미소로 화답한다.

유치원 때부터 미술 시간을 좋아했다. 그 자리에 준비된 도구를 이용해 작품을 만들고 칭찬받는 순간이 좋았다. 창작은 그것과 동일 선상에 있다. 중학교에 들어가 처음으로 소설을 쓰기 시작했고, 친구들 몇 명에게 읽어달라고 했다. 지금도 기억하고 있다. 감상을 쥐어짜는 친구를 앞에 둔 그 긴장감. 평범한 일상이 아주 쉽게 모험으로 바뀐다.

하지만 고등학교 수험을 계기로 읽어줄 사람도 줄어들었다. 교사와도, 부모와도 상담하지 않고 이 대학 문학부에 들어왔다. 예술학부로 전과할 수 있다는 보험 때문에 선택했다는 것은 부모님께는 말하지 않았다.

그때 진로 희망란에 당당히 작가라고 쓸 수 없었던 내 미래는, 거기서 멈추어 있는 것이다.

역시 두 사람에게는 말하지 않으면 좋았을걸. 이건 가슴 속에 묻어두어야 할 문제다. 그런 생각을 하면서 적당히 대화에 맞장구치며 식당을 향해 걷다보니 콜로세움 같은 반원의 무대가 보였다. 행사가 있을 때나 댄스 동아리 연습에 사용되는 공간인데, 뭔가 기묘했다. 밀리터리 코트를 입은 덩치 큰 사람이 몸을 굽힌 채 손안에서 붉은 불꽃을 피우고 있었다.

미심쩍은 기분이 들어 걸음을 늦추었다. 왜 그래, 하고 나를 바라보는 아쓰시를 향해 그쪽을 보도록 유도했다. 그 사람은 금속 받침대에서 나오는 불꽃 위에 스튜 냄비 같은 걸 올려놓았다.

"캠프다."

내 말에 도모미도 주의를 돌렸다.

"그러게."

멍하니 말하는 도모미를 가로질러 아쓰시는 이끌리듯 무대로 다가갔다. 나도 도모미도 아쓰시를 따라갔다. 나는 무심코 목소리를 높였다.

"시모키 씨."

밀리터리 코트를 입은 데다 어깨도 넓고 뒷모습밖에 보이지 않았기 때문에 틀림없이 남자일 거라 생각했지만, 나는 또 같은 실수를 한 것 같다.

"아는 사람이야?"

도모미가 미심쩍게 나를 보았다.

"아아, 뭐….”

"말하는 거 보니까 이와토 씨랑 관련된 사람이구나."

내가 침묵하자 도모미는 뭐야, 내 말이 맞네, 하고 마음대로 정답 처리를 해버렸다. 그때 시모키 씨가 이쪽을 보고 천천히 손짓했다. 나는 그녀가 앉은 돌계단 한 칸 아래까지 걸어갔다.

"여어.”

시모키 씨가 먼저 인사를 건넸다.

"안녕하세요.”

나도 늦게나마 가볍게 머리를 숙였다.

캠프용 간이화로 위에 철판 두 장이 겹쳐져 있었다. 시모키 씨는 철판을 열고 안을 확인한 다음 철판을 뒤집었다.

"시모키 씨, 여기서 뭐 하세요?"

"보다시피 핫샌드를 만들고 있지.”

"핫샌드…?"

"저기서 식빵이랑 치즈랑 햄을 사 와서.”

시모키 씨가 학생 식당에 있는 편의점을 가리킨다.

"구워 먹는 거야."

그러고는 가스 화로를 조절해 붉은 불꽃을 약한 청색으로
바꿨다.

"그런데 왜 여기 계세요? 문학부 수업 청강하세요?"

"청강하고 말고 할 것도 없이 나는 문학부야. 문학부 독일
문학과 3학년."

"네…? 예술학부 아니셨어요?"

말도 안 돼.

"나는 한 번도 그렇게 말한 적 없는데."

희미하게 미소 지은 시모키 씨가 내 뒤쪽을 보고 머리를
낮게 숙여 인사했다. 도모미와 아쓰시도 당황해서 예의 바르
게 인사했다.

철판을 꺼낸 뒤 가스를 껐다. 열어보니 납작하게 눌려 노
릇노릇 구워진 런치 세트 같은 것에서 뭉게뭉게 김이 났다.

"먹을래?"

핫샌드를 손으로 나눈 시모키 씨는, 녹은 치즈가 실처럼
죽 이어진 샌드위치 절반을 넘겨주었다.

"돼, 됐어요."

"그래?"

시모키 씨는 개의치 않고 샌드위치 한쪽을 철판 위에 놓은

후 손에 들고 있던 쪽을 우물거렸다.

"이상하게 가끔 캠프가 하고 싶어질 때 있지 않아?"

"네, 뭐…."

"아무도 없이 혼자 밤에 몰래."

"외롭지 않으세요?"

"여럿이 하는 게 좋아?"

"애초에 캠프 자체를 그다지…."

"얘는 진짜 집돌이거든요. 12월에도 1월에도 아무 예정이 없어요. 모처럼 아르바이트도 하니까 여행이라도 한 번 가면 좋을 텐데."

갑자기 아쓰시가 끼어들자 도모미는 깜짝 놀란 것 같았다. 하지만 시모키 씨는 핫샌드를 야무지게 먹으면서 아무렇지 않게 아쓰시의 이야기에 귀를 기울였다.

"그러게. 딱 봐도 그래 보인다."

시모키 씨가 전적으로 긍정하는 바람에 반대로 아쓰시가 그 기세에 눌렸다.

"만약 얘가 외향적인 타입이었다고 해도 어차피 이번 겨울에는…."

말하다 말고 시모키 씨는 입을 다물었다.

그다음 기분 나쁜 미소를 띠고 시선을 허공에 둔 채 목을

131

기울였다.

"만났구나."

그것은 다른 사람을 향한 질문일 수도 있었다. 하지만 틀림없이 바로 나에게 하는 질문이었다.

"태도를 보면 알지. 넌 그 애를 만났어. 그리고 완전히 좌절해서 돌아왔지. 지금은 남몰래 상심하는 중이고."

"저기…."

그때 도모미가 끼어들었다. 도모미는 적의까지는 아니지만 경계심을 띤 채 나와 아쓰시보다 한 발짝 아래서 물었다.

"실례지만 나쓰키랑은 무슨 사이세요?"

"실례라고 생각하면 물어보질 말아야지."

시모키 씨는 심술궂게 말했다. 그러나 도모미가 물러나지 않는 걸 보고 잠시 후 대답했다.

"내 친구가 애랑 한바탕 소동을 일으켜서. 나는 애를 응원하는 입장이라고 해야 할까."

응원해주고 있었구나…. 처음 알았다.

아쓰시는 시모키 씨를 빤히 보면서 무슨 말을 하려다 말기를 반복했다. 한편 도모미는 여전히 경계하고 있었다.

그런 두 사람을 건성으로 보면서 시모키 씨가 말했다.

"그런고로 후배 여러분. 잠시 이 친구 좀 빌려가도 될까?"

비상문을 열자 차가운 바람이 불어와 몸서리가 쳐졌다. 눈 앞에서 시모키 씨의 코트 자락이 엄청난 기세로 펄럭였다. 먼 저 온 손님이 있었다. 몸집이 작은 여성과 길고 늘씬한 남성 이 카페라테 하나를 나눠 마시고 있었다.

자리를 옮기는 중에 대화를 나눌 수 없었던 건 시모키 씨 의 걸음이 이상할 정도로 빠르기 때문이었다. 나는 들키지 않 게 숨을 가다듬고 벤치에 앉았다.

"역시 여기가 조용하고 좋네."

시모키 씨는 그렇게 말하며, 오는 길에 샀던 뜨거운 녹차 라테에 입을 댔다. 나도 시모키 씨에게 받은 커피를 꺼냈다.

"내가 좀 빨리 걸었나?"

속마음을 들여다본 것 같아 내심 깜짝 놀랐다.

"조금요."

"미안. 유키는 늘 그 속도에 따라와주니까."

시모키 씨의 입에서 그 이름을 듣자 어째서인지 조금 안심 이 되었다. 그런 나를 흘끗 본 뒤 시모키 씨는 무릎에 팔꿈치 를 대고 기도하듯 모아쥔 두 손으로 이마를 받쳤다.

"난 고등학교 시절부터 계속 도망치듯이 걸어왔어. 여자치 고는 너무 크다고 주위에서 비웃는 게 두려웠거든."

170센티미터가 넘는 시모키 씨의 키는 확실히 평균에 비해 상당히 큰 편이다.

"대학에 들어가면 바뀔 거라고 믿었어. 하지만 아니더라. 생각해보면 당연한 거지. 고등학생이 허물을 벗지도 날개가 생기지도 않고, 그대로 대학생이 되는 거잖아. 환경이 바뀌면 뭔가 달라질 거라고 기대했던 나 자신이 부끄러웠어."

시모키 씨는 자조하듯 웃었다. 우리 앞을 지나가던 커플이 춥다고 서로의 어깨를 문지르면서 건물 안으로 들어간다. 시모키 씨의 시선이 잠깐 건물 안으로 사라져가는 여자의 뒷모습을 쫓는다.

"신입생 환영회 때 갔었어?"

"네, 일단은요."

"나도야. 거기서 유키를 처음 만났지."

그 말이 어딘가 걸렸다.

시모키 씨의 시선이 울타리 너머 하늘에 묶인다.

"당시엔 술자리가 그런 곳인 줄 몰랐어. 술이 얼마나 무서운 건지, 밤이 얼마나 깊은지도. 그런데 유키는 엄청 익숙하더라. 대학교 1학년치고는 모든 게 다 세련돼 보였어."

마치 이와토 씨와 처음 만났을 때를 간접 체험하고 있는 것 같았다. 시모키 씨도 비슷한 경험을 했다니. 갑자기 친근감이 솟아났다.

"나는 주는 대로 받아 마셨어. 그랬더니 시야가 흔들리고 목소리는 윙윙 울리는 거야. 꼭 물에 빠진 것 같았어. 그래도 술자리가 끝날 때까지 버텼어. 가게를 나올 때 유키가 어깨를 빌려줬던 게 기억나. 정신이 들었을 때는 파친코 가게 주차장에 널브러져 있었지. 내가 일어나니 유키가 생수병을 건네주더라. 자상했어."

이야기를 듣고 문득 밤을 걷는 이와토 씨의 뒷모습이 떠올랐다.

"알고 보니 내가 잠들어 있는 동안 쭉 곁에 있어줬다고 하더라고. 거의 처음 보는 사람인데, 몇 시간이나 쭉 말이야."

"잠시만요."

나는 이야기의 위화감이 실로 단순한 것임을 깨닫고, 당황해서 시모키 씨를 제지했다.

"시모키 씨, 지금 3학년이죠?"

"그래."

"그런데 왜 이와토 씨랑 신입생 환영회에 같이 있었어요?"

시모키 씨는 몇 번이나 고개를 끄덕이고는 아직 듣지 못했구나, 하며 녹차라테를 마셨다.

"나랑 그 녀석은 동기거든. 하지만 난 스물한 살이고, 그 녀석은 스물두 살인데 빠른 생일이야."

실감이 안 됐던 말이 열여덟이라는 내 나이와 비교하자 비로소 의미를 가졌다. 내가 중학생이었을 때 이와토 씨는 이미 대학에 들어갈 나이였던 것이다.

말이 막혀 무거워진 머리는 저절로 아래를 향했다. 이와토 씨의 진짜 나이 같은 건 아무래도 좋았다. 하지만 나는 그녀의 입에서 그 이야기를 듣지 못했다.

"그 모습을 보니 너는."

시모키 씨가 나를 들여다보듯이 말했다. 뭘 묻고 있는지 금방 알았다.

"역시, 만났구나."

나는 말없이 고개를 끄덕였다.

"그렇구나."

시모키 씨는 놀라지도 않고 낮게 말했다. 나는 진작 식어버린 커피를 끝까지 마시고 발꿈치 뒤편에 놓았다.

"축하해. 너도 나처럼 어엿한 스토커가 되었네."

하나도 기쁘지 않다.

"그 말 동생분에게도 들었어요…."

"그야 사실이잖아. 집까지 찾아가다니 제정신이라고 볼 수 없지."

시모키 씨 말은 지당했다. 나는 선을 넘었다.

그러자 시모키 씨는 남사친하고 하듯이 내 어깨를 꽉 끌어당겼다.

"뭐, 우울해하지 마. 심연에 빠져든 건 너만이 아니니까."

"네…?"

"그 녀석은 사람을 미치게 만드는 무언가를 가지고 있는 거야."

시모키 씨는 동정이 담긴 목소리로 귓가에 속삭였다. 어깨를 안는 힘이 세져서 조금 아플 정도였다.

사람을 미치게 만드는 무언가. 그렇다면 나는 벌써….

"그러니 유감이네. 이제 너도 한발을 들여놓은 거야. 곧 다가올 거야. 첫 번째 겨울이."

시모키 씨는 구름으로 뒤덮인 하늘을 가리켰다.

다시 강한 바람이 불었다. 발밑에 두었던 캔이 쓰러지더니 몇 바퀴를 회전하며 옥상을 데굴데굴 굴러갔다. 쫓아 달리다 속도가 약해진 순간을 노려 콱직, 찌그러뜨렸다.

"사람이 사람과 엇갈리는 데는 아주 사소한 차이만 있으면 충분해. 더구나 우리는 발밑조차 불안한 학생이지. 네가 언제까지 버틸 수 있을까?"

그 말에 돌아보자 시모키 씨도 일어서는 중이었다. 밀리터리 코트가 마치 나이 든 고양이의 꼬리처럼 둘로 갈라져 수상하게 흔들리고 있었다*.

"딱히 괴롭진 않아요!"

나는 위협적인 태도로 대꾸했다. 딱히 춥지도 않다.

"글쎄, 어떨까."

시모키 씨는 낮게 웃었다.

"외로워?"

"아뇨."

즉각 대답했다. 영원한 이별이 아니다. 3월이 되면 다시 만날 수 있다. 겨우 그 정도의 시간을 못 기다릴 리가 없다.

"하지만 이제 진짜 겨울이 올 거야."

나는 분명 괜찮을 것이다.

바람은 여전히 강하고, 손끝의 감각이 사라져갔다.

"그때쯤 넌 다른 사람을 좋아하고 있겠지."

어딘가의 교실에서 맑은 소프라노 소리가 들려온다.

오늘 아침 뉴스에서 기상캐스터가 올해는 예년보다 추워진다고 말했던 게 생각났다.

---

* 일본에서 나이 든 고양이는 꼬리가 둘로 갈라지며 요괴가 되고 둔갑을 잘한다는 설이 있다

III.

　조후역에서 내리자 역사 한 걸음 밖에 복잡한 주택가가 펼쳐졌다. 나는 술이 든 비닐봉투를 쥐고서 스마트폰을 보았다. GPS 상태가 나쁜지 지도가 풍향계처럼 계속 바뀌었다.

　마침내 나침반이 나아갈 방향을 가리킨 순간, 질주하는 여성의 모습이 시야에 들어왔다.

　"…도모미?"

　카드 게임에 져서 심부름이라도 하고 있는 걸까.

　지도 앱이 도착을 알렸다. 울타리에 둘러싸인 큰 건물이 보였다. 나는 바깥문을 손으로 밀고 안쪽 문에서 방 번호를 눌렀다.

　엘리베이터에서 내린 아쓰시는 어쩐지 서두르는 모습으로

내 앞을 지나쳐 일단 밖으로 나온 뒤 주위를 살폈다.

"도모미가 달려가던데?"

"아… 진짜?"

아쓰시는 내 얼굴을 흘끗 보고는 팔짱을 낀 채 엘리베이터 모서리에 등을 기댔다.

"결국 몇 명 왔어?"

"여섯 명. 아니, 너까지 포함하면 일곱 명인가."

"그 말은 여덟 명이라는 거지?"

"그러니까 일곱이라고. 나도 포함해서."

몇 명이 온 건지 물어봤는데…. 그런 생각은 엘리베이터가 열리는 소리에 가로막혔다.

6층에서 내려 9호실까지 걸어가자, 문이 열리고 같은 세미나 수업을 듣는 게이야가 얼굴을 내밀었다. 늘씬한 체형에 두부상 얼굴, 튀김 같은 색깔의 금발을 한 남자. 별로 안면은 없지만 기타를 치는 것 같다는 말을 도모미에게 들은 적 있다.

"여어."

게이야는 나를 보자마자 가벼운 느낌으로 인사를 날렸다.

"…오랜만이야."

게이야는 순간 나를 이상한 눈으로 보더니 다리를 흔들면서 방으로 돌아갔다.

"게이야 말야."

나는 어질러진 신발을 정돈하면서 말했다.

"인기 많을 것 같아."

"쟤가?"

신발 정리를 하는 동안 아쓰시가 문을 잡아주었다.

"저 녀석도 상당히 바보니까, 막상 사귀어보면 이건 아니다 싶을 것 같은데?"

"무슨 느낌인지 알겠다."

"뭐, 지금은 여자친구 있긴 해."

아쓰시가 놀리듯이 말했기 때문에 나도 짓궂게 중지를 세웠다.

화장실 앞 벽면에 쌓인 골판지 상자 더미를 보고 조금 멍하니 있었더니 문 앞에 선 아쓰시가 재촉했다.

"얼른 와. 다들 먹기 시작했어."

"미안. 통로가 좁아서."

"아냐, 괜찮아."

내가 걸어올 때까지 아쓰시는 절대 문 앞으로 먼저 가지 않았다.

아쓰시의 방은 원룸이지만 거실과 침실을 분리할 수 있었다. 침실 쪽에 책상을 둬서 탁자형 난로가 있는 거실은 넓었다. 내가 들어가자 시선이 집중되며 인사가 쏟아졌다. 얼굴을 향한 시선은 이윽고 손에 든 비닐봉투 안 내용물로 옮겨졌다.

"일본주야? 또 겹쳤네."

세상이 끝나기라도 한 듯 게이야가 마룻바닥에 머리를 대고 외쳤다. 사오리와 아이나는 게이야의 반응에 동조하며, 보글보글 끓는 냄비 너머로 나에게 유감스러운 시선을 보냈다.

"뭐, 어때. 이것도 나중에 마시자."

아이나 옆에 앉았던 준이 일어서서 옷장 쪽으로 간 다음 방석 한 장을 프리스비처럼 던졌다.

"자. 내 옆자리 비었으니까 여기로 와."

준은 선뜻 말하고는 냄비 앞으로 돌아갔다.

거실에 놓인 4인용 탁자형 난로 위에서 휴대용 버너가 창백한 불꽃을 밝히고 있다. 냄비 뚜껑을 열자 김이 확 오르며 물방울이 뚜껑에서 탁자 밑 이불로 떨어졌다.

해물찌개였다. 국그릇에 밥그릇, 심지어 머그잔까지 통일감 없는 식기들. 게이야가 가장 먼저 아직 입을 대지 않았다며, 자신의 젓가락을 냄비에 넣어 새빨간 문어와 배추와 당면을 국그릇에 담는다.

"앗, 뜨거!"

냄비 속에서 뭔가 터지며 국물이 튀었다. 게이야는 탁자형 난로 안에서 튀어나와 뺨을 문질렀다. 사오리가 걱정스럽게 달려가는 바람에 빈 병 하나가 데굴데굴 굴렀다.

"뭐야 이거. 맵고 너무 진해."

게이야가 몇 번이나 외쳤다. 아쓰시는 웃으며 냉장고에서 꺼낸 2리터짜리 생수를 건네주었다. 왠지 여기에 앉아 있다는 현실감이 안 느껴져, 옆 사람이 그릇을 건네려는 걸 미처 깨닫지 못했다.

"왜 멍해."

준의 목소리에 돌아본 나는 당황해하며 그릇을 받고 음식을 담기 시작했다.

"자취하는 대학생은 다 비슷비슷하구나 싶어서."

"그러고 보니 너네 집에 가본 적은 없는 것 같아."

준과 다른 친구들이 집에 놀러 오는 모습을 상상했다. 손님용 이불에 여섯 명은 잘 수 없다. 싱글 침대에 두 명 내지는 세 명…. 하지만 우리는 그 침대에 있었다. 이와토 씨는 틀림없이 그 자리에서 함께 잠들었다. 아침의 시작과 밤의 끝 모두 내 손을 잡아주었다. 확실히 있었던 것이다. 그 여름이 끝날 때까지는.

"왜 그래? 몸이 안 좋아?"

준의 목소리는 부드럽고 자상했다.

나는 고개를 저었다. 옆을 보자 준의 진지한 눈동자가 나를 응시하고 있었다. 준은 원래 과묵하다. 이데아론이나 사고 실험론처럼 같이 듣는 수업이 많았다. 감성이 비슷한 걸지도 모른다.

"실은 얼마 전까지 잘되어가던 사람이 있었는데."

"잘되어가던…. 응, 알겠어. 그런데?"

"그 사람이 갑자기 사라졌어."

준의 표정에 떠오른 것은 순수한 관심과 걱정이었다. '버림받은 거야?'라든가 '걱정하지 마' 같은 수박 겉핥기식 반응이 아니라 고마웠다.

"왜 사라졌는지 나쓰키는 알고 있는 거야?"

알고 있다마다. 모를 수가 없다.

그건 어쩔 수 없는 일이었다. 체질 때문이다. 딱히 내가 배신당한 것은 아니다. 생각해보면 이와토 씨가 없어진 사실을 누군가에게 제대로 말하는 건, 이번이 처음일지도 모른다. 준의 올곧은 시선이 용기를 주었다.

"그건 그 사람이 겨울이 되면…."

거기서 정신을 차리고 말을 멈추자 준이 이상하다는 듯 미간을 좁힌다.

겨울이 되면… 어쨌다는 거야? 겨울잠을 잔다고? 4개월 동안 계속 잠들어 있다고…?

너 바보냐?

"아니, 음, 그 사람은."

말할 수 없다. 말할 수 있을 리가 없다. 겨울잠을 자고 있다니. 식물인간 상태가 되어 직경 1센티미터의 관으로 영양을 취하고 있다니.

준이 나를 들여다보았다. 대답을 강요하지 않는 그 얼굴이 쓸데없이 고통스러웠다.

말을 삼켰다. 준은 물론이고, 아쓰시에게도, 부모님에게도, 상담사에게도. 말할 수 있는 사람은 당사자와 그 가족을 제외하고는 이 세상 어디에도 없다.

"겨울이 되면 본가로 돌아가야 해서 지금은 여기에 없어."

"집에 일이 있어서 가야 했던 거야?"

준이 말하면서 버너의 불을 살짝 약하게 조절했다. 기포가 떠 있던 냄비의 수면이 확 가라앉았다. 나는 가볍게 고개를 끄덕이고, 찌개의 빨간 국물에 시선을 떨어뜨렸다.

나는 무슨 말을 하는 걸까. 이와토 씨에게 난 연인도 아무것도 아니다.

그런데도 아직 조금은 기회가 있다고 생각해버리는 마음이 제일 성가셨다. 기대조차 없다면 괴로워할 일도 없을 텐데.

"나 잠깐 편의점 갔다 올게."

아쓰시가 뜬금없이 일어나서 현관 쪽으로 사라진다. 찌개가 어느 정도 줄어들자 재료를 더 넣기 위해 게이야와 사오리가 부엌으로 향했다. 그제서야 뭔가 부족하다는 인상을 받았다. 아쓰시는 일곱 명이라고 했다. 하지만 여기 있는 사람은 전부….

"어? 도모미는?"

그 이름을 말하자 모두가 일제히 나를 쳐다보고는 이내 침묵했다. 옆에 있는 준조차 난감한 시선을 보낸다.

"다들 왜 그러는데?"

"뭐 어때. 괜찮아, 괜찮아."

사오리가 달래듯이 말했다. 마치 금기를 건드렸다는 듯 나를 향한 네 명의 압력과 질책에 가까운 표정이 이어졌다.

"쟤네 사귀는 거, 혹시 나쓰키는 몰랐어?"

준이 작은 소리로 말했다.

내가 어안이 벙벙한 얼굴을 하고 있었기 때문에 질책은 곧 동정으로 바뀌었다. 그럴 리가 없어, 마음속으로 중얼거렸다. 그도 그럴 것이 두 사람의 입에서, 둘 중 누구에게서도 한 번도 들은 적 없었다. 그런 내색조차 없었던 것이다.

"언제부터…?"

"한참 됐는데. 봄에 있었던 신입생 설명회 직후였던가."

그렇다는 건 두 사람에게 이와토 씨에 대해 처음으로 이야기했던 그때, 두 사람은 이미 커플이었다는 건가.

"그랬구나. 난 몰랐어. 다들 알고 있었나보네."

내 물음에 네 사람은 각각 얼굴을 맞댄 채 끄덕였다.

"보통은 말 안 해도 알아차리지."

게이야가 경박하게 끼어들었다.

"저 상자들만 해도 그래. 누가 봐도 도모미 짐이잖아? 동거하는 거겠지. 내가 맨 처음에 왔을 때 내용물이 보였거든. 여자 속옷이랑 캐미솔 같은 거. 그래서 저 녀석이 실수한 거 깨닫고, 나중에 테이프를 붙인 거야."

"그만해."

쓰레기를 정리하고 있던 아이나가 허리를 펴고 말했다.

"하지만 이상하잖아."

게이야가 희미하게 웃고 배를 두드리면서 "그렇지, 사오리?" 하고 덧붙인다.

"응⋯."

사오리는 작게 말하고 도마 위로 시선을 되돌린다.

달칵, 소리가 났다. 신발 벗는 소리가 뒤를 이었다. 문이 열리고 아쓰시가 돌아온다. 힘찬 발소리를 내면서 물어볼 여지

따위는 전혀 주지 않은 채 침대 쪽으로 향했다. 한 발짝 늦게 도모미가 얼굴을 내밀었다. 눈가가 어렴풋이 붉어져 있었다. 물기 어린 눈동자는 실내등의 빛을 받아 반짝반짝 빛났다.

"미안, 슈퍼가 좀 멀어서."

도모미는 그렇게 중얼거리곤 빈 방석에 앉는다. 빨갛게 부은 눈은 나를 한 번 보고는 뭔가 켕기는 듯 금세 바닥을 향했다. 아쓰시는 침대 위에서 다리를 대자로 뻗고《원피스》2권을 읽기 시작했다.

두 사람에게 무슨 일이 있었는지 정확한 것은 알 수 없다. 그렇지만 하나 말할 수 있는 것은, 두 사람은 지금 이 순간 얼굴을 마주하지 않기를 선택했다. 그리고 얼굴을 마주하지 않는 선택을 할 수 있었다면, 분명히 서로 이야기할 수도 있었을 것이다.

나는 이 따스한 방에서 마음 깊은 곳으로부터 추위를 느끼고 있던 단 한 사람이었다.

…이제부터 진짜 겨울이 올 것이다.

시모키 씨가 옳았다.

창에는 끔찍한 결로가 생겼다.

IV.

　이케부쿠로 북쪽 출구에서 곧장 이어진 두 갈래 길이 하나로 합쳐지는 장소에 서 있는 오래된 건물. 1층의 노래방과 휴대폰 가게 사이에 연식을 느끼게 하는 과자점이 있다. 평소에는 타르트나 슈크림을 파는 가게지만, 이 시기가 가까워지면 크리스마스 특별 장식을 한 케이크를 판매한다.

　가게 밖에 둔 테이블에 분홍색 선물 상자가 쌓여 있다. 그 옆에 앞치마를 입고 선 판매원이 바로 나다.

　밤 9시를 지나는 현재, 인파는 어마어마하다.

　나는 미리 입력된 말을 반복하는 로봇이다. 로봇이 되는 일은 싫기는커녕 오히려 고마웠다. 케이크를 비닐봉투에 담아 건네주고 현금을 받거나 단말기로 전자화폐를 결제한다.

일련의 작업은 이미 몸에 배어 있다. 거기에 내 마음은 없다. 케이크를 살 생각이 없는 사람은 이쪽에 눈길도 주지 않는다. 그들의 시야에 내가 존재하지 않듯이 나도 그들을 시야에서 지운다.

마음은 유체 이탈을 한 것처럼 공중을 떠다니고 있다.

눈을 맞추자 젊은 부부가 다가온다. 내가 비닐봉투에 상자를 담아 조금 앞으로 움직이자 그들은 당황해서 지갑을 꺼낸다. 날렵한 턱을 가진 장신의 남성은 근육 있는 팔로 봉투를 들고 짙은 화장을 한 여성의 허리를 끌어안은 채 역 쪽으로 걸어간다.

가게 옆 노래방에 단체 손님이 들어갔다. 유리문이 열리자 말도 안 되는 소음이 새어나오는 통에 경쟁하듯 소리를 질렀다. 맞은편 DVD 대여점은 대대적으로 크리스마스 할인을 광고하고 있었다. 그 옆 튀김덮밥 가게는 크리스마스 덮밥을 제공하는 것 같다.

그게 뭐람. 절대 먹고 싶지 않다.

머리를 깔끔하게 세팅한 정장 차림의 샐러리맨이 울 코트를 입은 여성과 팔짱을 끼고 걸어간다. 긴장한 듯 어쩔 줄 몰라 하면서도 그 눈은 반짝반짝 빛나고 있었다. 그들은 양 갈래 길 중 오른쪽 길을 따라 나아갔다. 두 사람의 20분 뒤를 상상하는 것도 잠시, 가족 일행이 지나가자 마음 약해 보이는 여성의 눈을 들여다보며 말을 걸었다.

손님이 한순간 끊어져 잠깐 목을 쉬었다. 여기서 2시간 정도 계속 소리쳤다. 하지만 로봇이 된 나는 아픔도 느끼지 않는다. 고통을 느끼지 않는 것이다.

팔다 남은 케이크 중 하나를 받아 돌아왔다. 내일이 지나면 싸게 내놔도 결국은 팔리지 않기 때문에 그럴 거면 먹으라고 준 것이다.

나는 그 케이크 상자를 집까지 소중히 가져왔다. 옆집 문에는 크리스마스 장식이 되어 있었다. 나는 문을 열었다.

"어서 와."

들릴 리 없는 목소리를 지난 2주간 계속 상상하고 있다.

낮은 테이블에 케이크 상자를 내려놓고 적당한 접시와 포크를 두 개씩 꺼내 늘어놓았다. TV를 켜고 평소 버릇대로 OTT 화면을 열었다.

"아."

화면상에서 커서가 위치하던 〈기묘한 이야기〉의 시즌2 최종화가 멋대로 재생되는 바람에 당황해서 리모컨을 조작해 멈췄다.

이럴 줄 알았으면 9월 22일에 마지막 회까지 봤으면 좋았을걸.

케이크 상자를 열었다. 포크로 방금까지 내가 팔고 있던 하얀 덩어리를 억지로 자른다. 모양이 흐트러진 케이크 두 조각을 내 접시와 또 다른 접시로 옮긴다.

"잘 먹겠습니다."

아날로그 시계의 긴 바늘이 돌아가는 소리가 방을 가득 메운다. 느리고 심술궂은 속도로 시간은 내 눈앞에 누워 있다.

"잘 먹었습니다."

케이크를 버렸다.

그렇게 할 수밖에 없었다. 그래도 가증스러울 정도로 배가 고팠다. 다운 코트를 다시 걸쳐 입고 집을 나섰다.

무언가가 이마에 떨어졌다. 차갑다. 만져보니 머리카락이 살짝 젖어 있었다. 하늘을 올려다보았다. 눈꺼풀 위에 떨어진 것은 물방울이 아니라 가볍고 하얀 입자였다. 언제부턴가 눈이 온 거리에 내리고 있었다.

사람들은 걸음을 멈추지 않았다. 특별한 일은 아무것도 없었다. 하지만 나에게는 누군가와 꼭 보고 싶었던 눈이다.

그 소원이 이루어질 일은 없다.

그녀는, 이와토 유키는 눈을 볼 수 없으니까.

V.

미술학과의 아틀리에는 2월 제출 기한을 앞두고 작업복 차림의 학생들이 침낭이나 쿠션을 들고 와 학교에서 자며 마무리 작업에 들어가는, 조용한 전장이었다.

그런 가운데 홀연히 이와토 씨의 그림도 놓여 있었다.

120호의 거대한 캔버스에 그려진 유채화는 책상에 엎드린 채 잠에 빠져드는 여성의 모습이 그려져 있다. 크게 잡힌 구도와 밝은 색조가 특징이다.

"뭔가, 분위기와 다른 터치야. 여유롭다고 할까."

지나가다가 말을 건 것은 이시카와 슈지 씨였다. 미술학과에 몇 번이나 발길을 옮기면서 알게 된 그와 가끔 이야기를 나누곤 했다.

나고야에 다녀온 이후 학교 축제 책자와 미술학과 홈페이지를 조사해, 이와토 씨의 작품을 여럿 봐왔기 때문에 알 수 있다. 어두운 배경을 선호하는 이와토 씨는 빛에 감싸인 눈부신 배경을 그리는 일이 거의 없다.

　아름답다.

　순수하게 그리 생각하며 잠시 넋을 놓고 바라보고 있었더니 점점 그림 속에 삼켜지듯 빠져드는 기분이 들어 시선을 피하게 되었다. 왜 그렇게 되는지 몰랐다.

　"완성만 했으면 콘테스트에 출품할 수 있었을 텐데."

　캔버스 케이스에 자기 작품을 넣으려던 이시카와 씨가 중얼거렸다.

　"그러고 보니 다들 사람 얼굴만 그리고 있네요."

　무생물적인 소재에 표정을 부여하거나 사람을 물건에 빗대어 표현하는 작품도 있지만, 기본적으로 사람의 표정을 그린 그림이 많아 보였다.

　"그야 그렇겠지. 기말 과제가 자화상이거든."

　이시카와 씨의 무심한 대답에 고개를 끄덕였다.

　아, 그렇구나. 고개를 끄덕이자마자 바로 이해가 갔다. 심장이 덜컥 내려앉는 기분으로 그림을 노려보았다. 시선을 피하고 싶어졌지만 억지로 직시했다.

여유로운 그림이 아니었다. 왜냐하면 이 그림은 자화상이니까. 그것은 즉… 깨어나지 않을지도 모르는 겨울잠에 당면한 불온한 여정이었다. 끝을 모르는 어둠으로 떨어지는 이와토 씨의 두려움을 담고 있을 수밖에 없다.

시선을 피하고 싶은 건, 보는 것이 괴로운 건, 바로 내가 이겨울에 계속 느껴온 것 그 자체이기 때문이다.

긴 겨울을 뚜벅뚜벅 혼자 걸어와 겨우 2월의 이 순간까지 도착했다. 외로움을 인식하면서 마음을 달래고 달래며 조금씩 다가갔다.

하지만 만약 이와토 씨가 깨어나지 않는다면? 후유미가 말하는 대로 내년이 오지 않는다면? 완성되지 않는 그림처럼 1년 5개월, 아니 그 이상 계속 잠들어 있게 된다면?

"왜 그래? 안색이 나쁜데."

이시카와 씨의 목소리에 나는 쓴웃음을 지으며 고개를 저었다.

이 두려움에 비하면 외로움 같은 건 그저 웃어넘길 일에 불과하다. 또 만날 수 있다는 전제에 입각한 낙관주의일 뿐이다. 나의 마음은 실연에 이르지조차 못할 수도 있는 것이다….

생각하면 안 된다. 상상력은 도움이 되지 않는다.

집으로 가는 길에 지나친 편의점에는 밸런타인데이를 앞
두고 메이지* 초콜릿이 산처럼 쌓여 있었다. 고개를 숙인 채
아무것도 보이지 않는 척하며 지나갔다.

---

* 초콜릿, 과자, 유제품으로 유명한 일본의 식품 회사

VI.

모서리가 닳은 신칸센 이중창 너머로 맑고 푸르른 풍경이 펼쳐졌다.

창틀에 팔꿈치를 걸치려 했지만 맨들맨들한 테두리는 좁아서 팔꿈치를 올려둘 수가 없었다. 그렇다고 좌석과 벽 사이에 머리를 기대는 것도 뒤통수가 눌려 편하지 않았다. 앞자리에서 테이블을 내린 다음 거기에 엎드릴까도 생각했지만, 혹시 받침대가 부러지기라도 할까봐 꺼림칙했다.

결국 포기하고 똑바로 앉아서 팔짱을 끼었다.

일주일 전, 2월 21일 저녁 무렵 전화 한 통이 걸려왔다. 이와토 도코 씨로부터였다.

과제인 소논문을 쓰느라 컴퓨터 앞에 앉아 있던 나는 진동하는 스마트폰을 내려다보며 열 번이나 부재중으로 넘겼다. 받을 수 없었다.

인생에서 경험한 가장 긴 겨울. 나는 오직 한 통의 전화를 의지하며 보냈다. 그러나 막상 그 전화가 걸려오니 손이 떨려서 받을 수 없었다.

…당신은 왕자님이 아니야. 키스를 한다고 언니가 깨어나는 일은 없어.

후유미의 말은 등불이고 저주였다. 3개월간 매일같이 반추해왔다. 나는 왕자님이 아니다. 내가 있다고 해서 유키의 상태가 좋아지는 일은 하늘이 무너져도 일어나지 않는다.

그러니 유키는 깨어나지 않을지도 모른다.

이 전화는 의식의 중단을 알리는 전화일지도 모른다.

냉기가 서린 책상에 엎드려 머리를 식혔다. 그런 다음 스마트폰을 확인하자 자동응답기에 메시지가 들어와 있었다. 예의가 아니라는 건 알지만, 이걸 듣기 위해서는 날이 저물 때까지 기다려야만 했다.

거리가 잠들었을 무렵 음성 메시지를 들었다. 듣는 것은 한순간이었다. 유키가 깨어났다.

눈을 뜬 것이다.

다음 날 전화를 했다. 나는 지난밤 들은 말을 재차 확인했다. 상대방이 귀찮아하지 않을까, 하는 생각은 안중에도 없었다. 내가 물을 때마다 도코 씨는 같은 대답을 들려주었다.

그리고 일주일 후에 열릴 파티 초대장을 받아 들었다.

터널에 들어서니 귀가 먹먹해졌다. 기압 차에서 벗어나려고 애써봤지만 오히려 머리가 아파왔다. 다시 창틀에 팔꿈치를 붙였다. 이번에는 어찌어찌 턱을 괴는 데 성공했다. 터널을 빠져나오자 가벼운 진동이 느껴졌다. 스륵, 팔꿈치가 창틀 가장자리에서 미끄러졌다.

처음으로 나고야에 가던 날과는 다르다. 적어도 이번에는 나의 방문을 가족 모두가 알고 있다.

침착하자.

개찰구를 지나니 큰 주사위처럼 생긴 시계가 눈길을 끌었다. 이게 도코 씨가 말했던 '은시계'인 듯했다. 만남의 장소인 만큼 받침대에 기대거나 쭈그려 앉아 있는 사람도 많았다.

유독 날카로운 눈으로 주위를 살피는 소녀가 보였다. 반듯한 단발머리로 스타일을 바꾸고 분위기도 조금 어른스러워졌지만, 틀림없이 후유미였다.

말을 걸기도 전에 칼자국 같은 눈이 이쪽을 향해 번뜩였다. 그러곤 일단 한숨을 한 번 내쉬고 시작한다.

"안녕, 하세요…."

나는 쭈뼛거리며 인사를 했다.

"…."

"마중 와줘서 고마워…."

"…."

"오랜만… 이네."

"그쪽한테 그런 말을 들을 이유는 없는데요."

그렇게 말하고 고개를 돌리는 후유미. 변함없이 무뚝뚝한 태도에 내심 안도한 건 비밀이다.

건물 밖으로 나오자 소용돌이가 치는 듯한 거대한 오브제를 중심으로 교차로가 펼쳐졌다. 후유미는 빠른 걸음으로 교차로에 인접한 지하 입구로 내려갔다. 한 번 가본 터라 흐릿한 기억은 있지만, 그때는 계속 지도 앱만 들여다보고 있었기 때문에 나고야역의 풍경이 새롭게 다가왔다.

"진짜로 올 줄이야…."

지하상가를 지나고 있을 때 후유미가 작게 중얼거렸다.

다 들렸다. 왜 이렇게까지 미움을 받는 걸까.

지하철을 타고 두 정거장. 다이코초에서 내려 조금 걸었다. 대화는 거의 없었다.

3개월 만에 보는 이와토가는 기억 속에 남아 있는 모습 그대로였다. 몸이 떨렸다. 곧 추위나 바람 때문이 아니라는 걸 깨달았다. 다리의 떨림이 몸까지 올라오고 있었던 것이다.

대문을 연 후유미가 미심쩍게 돌아보았다.

"뭐 해요?"

"아니, 그….."

고개를 숙인 채 호흡을 가다듬었다. 갑자기 두려움이 밀려와 온몸을 삼키려는 것만 같았다.

"빨리 와요."

"나, 정말로 만나러 가도 되는 걸까?"

"네에?"

짜증과 실망이 담긴 목소리였다.

"이제 와서 무슨…. 지금 무슨 말을 하는 거예요. 본인이 세 달 전에 자기 의지로 온 거잖아요? 언니는 당신을 인정했다고요."

"마음이 바뀐 것 같아."

문에서 손을 뗀 후유미는 기세등등하게 걸어와서 나에게 바싹 얼굴을 들이밀었다.

"오늘은 중요한 의식이 있는 날이에요. 이런 태도로 나오면 솔직히 곤란해요."

"하지만."

"그러고도 남자예요?"

할 말이 없었다. 부끄러움 때문에 두려움이 날아가자 다리의 떨림도 멎었다.

후유미가 현관문에 손을 댔다. 그 순간이 몹시 기다려졌고, 동시에 참을 수 없이 무서웠다. 후유미가 손잡이를 잡은 채 나를 돌아보았다. 그 눈엔 적의로 가득했던 조금 전과 달리 절실함이 서려 있었다.

그때 현관문이 열렸다.

가운 차림으로 목발을 짚은 여성. 매끄러운 검은 머리는 마지막으로 보았을 때보다 상당히 길어 쇼트커트 정도가 되었고, 신비로운 분위기도 여전했다. 그리고 이 3개월간 계속 상상 속에서 그려온 모습보다 몇 배나 예뻤다.

나는 이때를 위해 준비해온 수만 가지의 말이 전부 무용지물이 되었음을 깨달았다.

"나쓰키?"

투명한 악기 같은 목소리로 이와토 씨는 이상하다는 듯 고개를 갸웃했다. 말하고 싶은데, 전하고 싶은데 목소리가 나오지 않는 나도 이상하다.

"네, 맞아요…. 나쓰키예요!"

마침내 나온 말은 뱃고동처럼 카랑카랑하게 울려 후유미가 곁에서 실소했다.

"이상하다. 진짜 나쓰키 맞아?"

나는 몇 번이나 세차게 끄덕였다.

깨어 있다. 그리고 말하고 있다. 이와토 유키가 내 앞에 서 있다.

이 순간을 얼마나 기다렸는지.

"그래도 반갑네."

투명한, 감정이 비치지 않는 얼굴로 이와토 씨가 속삭이듯 말했다.

"일단 들어와. 옷 갈아입고 올게."

나는 다시금 이와토가에 발을 내디뎠다.

VII.

종이 체인으로 장식된 커튼레일과 테이블 위에 놓인 크래
커. 언뜻 봐도 특별한 날임을 알아차릴 수 있게끔 단장한 거
실에서 혼자 덩그러니 남아 기다리고 있으니, 후드 달린 재킷
과 청바지 차림의 이와토 씨가 내려왔다.

아까의 목발 대신 왼손에 알루미늄 접이식 목발을 짚고 있
었다.

"같이 산책 갈래?"

집에서 나오자마자 큰 병원이 보였다. 우리는 돌담길을 따
라 걸었다. 주변 건물이 모두 낮은 탓인지, 하늘 끝에 나고야
역 근처에 있을 빌딩들이 높이 우뚝 솟은 게 보였다.

이와토 씨는 목발 디딜 곳을 확인하면서 천천히 길가로 나

아갔다. 이따금 자전거가 지나갔지만, 목발 짚은 모습을 보고 상대방이 적극적으로 피해 갔다. 그래도 여전히 위태로워 보여서 그녀의 한 발짝 뒤에 딱 달라붙어 걸었다.

"오랜만이네."

이와토 씨가 말했다.

"그러게요."

"몇 달 만이지?"

"마지막으로 만난 게 11월 말이니까 한 세 달 정도 됐으려나요?"

"너한테는 세 달일지도 모르지만, 나한테는 좀 더 오래전인걸."

이와토 씨는 조금 불만스럽게 말했다.

"내가 자고 있는 모습 봤구나?"

깜짝 놀라 잠시 발을 멈추었다. 그러자 이와토 씨도 그 자리에 멈춰 서서 돌담에 한 손을 짚은 채 돌아보았다.

"여기 있는 거 보면 알지."

"죄, 죄송해요!"

나는 무심코 외쳤다. 설마 가족들에게 내가 11월 말에 방문한 걸 못 들었을 리가 없는데.

"하지만 보기만 했어요. 자고 있는 모습."

여름까지는…. 그렇게 말하려다 말고 말을 거두었다. 이와토 씨는 이를 느낀 듯 추궁하는 시선을 보냈다.

"남한테 잠든 얼굴 보인 적 없는데."

기억에 아로새겨진 여름 한때의 역사. 무더운 침대 위에서 조용히 숨을 쉬는 이와토 씨의 옆얼굴과 땀 냄새가 너무도 선명하게 떠오른다.

"그랬나요…."

뺨이 확 뜨거워져서 시선을 피했다.

"누가 보는 게 싫으세요?"

이와토 씨는 그런 것도 모르냐는 얼굴이었다.

"그야 민낯에 땀범벅인 데다가 머리도 짧고 전혀 안 예쁘잖아."

그렇게 내뱉은 이와토 씨가 쿡쿡 웃고는 다시 걷기 시작한다. 병원 주위를 빙빙 도는 코스였다. 이번에도 변함없이 노인들과 자주 마주친다.

"오늘은 엄마가 이것저것 잔뜩 만들어주신대. 엄청 엄청 기대돼."

"역시 매운 요리인가요?"

"내가 먹을 건 조금."

절대로 조금 정도가 아닐 것이다.

"엔슈어*는 이제 질려버렸거든. 맛있는 흑당맛만 금방 없어지고."

현관의 종이 박스에 들어 있던 영양제를 말하는 걸까? 겨울잠을 자고 있었다면 당연히 4개월 이상 입으로 고형물을 섭취하지 않게 된다. 위도 줄어들고 소화 능력도 떨어졌을 것이 틀림없다.

"있잖아, 나쓰키."

"네."

"고마워. 여기까지 와주고 날 걱정해줘서."

기뻤다. 이와토 씨에게 감사 인사를 듣는 것이 참을 수 없이 기뻤다. 하지만 왜일까? 기묘한 느낌이 든다. 등이 근질거리는 듯한.

"옆으로 와."

"네."

"그리고 존댓말도 그만두지 않을래?"

"하지만 이와토 씨는 저보다 네 살이나…."

"그거 지금 꼭 말해야 해?"

생긋 웃으며 입을 꾹 다물고 머리를 기댄다.

---

* 식사가 힘든 환자를 위한 균형 영양제 브랜드

167

그렇다. 정말이지 그녀는 따를 수밖에 없는 사람이다.

"유키라고 불러줘."

"네…."

자고 일어난 후라 몸이 잘 움직이지 않는 탓인지 조금 혀
짧배기 같은 느낌의 목소리가 마치 아이의 말처럼 들렸다. 그
래도 평소 이와토 씨의 페이스 그대로였다.

나는 도로 쪽으로 조금 발을 디뎌 이와토 씨 옆으로 다가
섰다. 그리고 떨리는 입술로 이름을 발음하려 노력했다.

"유, 유키 씨."

"그렇게 말고. 제대로 불러."

"유키."

마침내 쑥스러워하지 않고 말할 수 있게 되자 이와토 씨
는, 아니 유키는 만족한 듯 고개를 끄덕였다. 그리고 말을 이
었다.

"그럼 우리 이제 친구네."

그때 나는 어떤 얼굴을 하고 있었을까. 한순간 태풍의 눈
에 들어간 것처럼 아무것도 느끼지 못했다. 다만 머리로는 알
고 있었다. 슬픔이 다가오기 전에, 아직 머리가 돌아가는 동
안에 준비를 하지 않으면….

"미안해. 넌 좋은 사람이니까."

난 좋은 사람도 아니고, 사과받을 만한 사람도 아니다. 유키가 멀어져간다. 격차를 느끼고 있던 겨울보다 더 멀리.

"역시 너와는 사귈 수 없어."

말도 잘 나오지 않고 시선은 어디를 향해야 좋을지 몰라 결국 땅으로 자취를 감추었다.

"나 정말 쓰레기지."

반응을 예상했다는 것처럼 유키는 조용히 말을 이었다.

"쓰레기 같은 말 하나만 더 할게."

유키는 아까보다 더 진지하게 내 눈을 바라보았다.

나는 우두커니 선 채 청각에만 신경을 집중했다.

"내일까지는 연인인 척 있어줘. 모레부터는 반드시 좋은 친구로 돌아갈 테니까."

"왜 그런 말을 하는 거예요."

"글쎄. 엄마가 걱정하실 테니까…?"

유키가 면목이 없는 듯 고개를 기울였다.

그것이 재회하고 처음 보인, 가장 환한 미소였다.

집으로 돌아오자 채소가 익어가는 맛있는 냄새가 가득했다. 유키는 접이식 목발을 우산꽂이에 꽂고 현관에 쪼그려 앉아 신발을 벗은 뒤, 고개를 들고 살짝 손을 뻗어왔다.

"도와줘."

"응."

유키의 손바닥에 닿는다. 새로 간 시트처럼 서늘한 손끝. 힘을 꽉 주어 끌어 올리자 무릎이 꺾이며 내 가슴에 쓰러지듯 균형을 잃었다.

"미안."

"괜찮다니까요."

나는 마음이 비틀리는 소리를 듣고 있었다.

"그렇게 몇 번씩 사과하지 마세요."

부엌에서는 도코 씨가 솜씨를 발휘하는 중이었다. 유키는 철제 선반 받침대에 걸쳐둔 알루미늄 지팡이를 들고 소파에 앉는다. 나도 옆에 앉았다. 탈취제의 상쾌한 냄새에 유키의 달콤한 향기 섞인다.

"수고했어."

도코 씨가 말했다. 이어서 나에게 시선을 옮긴 뒤 나쓰키 군도, 하고 덧붙였다.

"유키, 넘어지지는 않았니?"

"괜찮아, 엄마. 나쓰키가 도와줬거든. 역시 의지가 되네."

유키는 그렇게 말하고 나에게 미소를 짓는다.

"오히려 제가 전봇대에 부딪칠 뻔했어요."

도코 씨가 웃어준 것만으로도 기분이 조금 나아졌다.

"뭐 만드시는 거예요?"

"화이트스튜. 이제 우유랑 파르메산 치즈랑 버섯만 넣으면 완성이야."

"맛있겠네요."

우스울 만큼 충실하게 유키의 말에 따르는 나 자신이 비참했다. 하지만 그렇게 하지 않으면 이 집에 내가 있을 곳은 없었다.

"파티는 7시부터야."

"아, 전에 말한 의식이군요."

나는 후유미의 말을 인용해 아무렇지 않게 대답했다. 그러나 도코 씨는 고개를 갸웃하며 의식… 하고 의아하다는 듯 되풀이했다.

"이상하네. 왜 그런 말을 하지?"

"어, 그건."

예기치 못한 질문에 흠칫 놀라 식탁에서 닭가슴살을 찢고 있는 후유미에게 시선을 향했다. 무언의 지명을 본 도코 씨는 버섯을 자르던 칼을 놓고 후유미에게 다가가서 억누른 목소리로 말했다.

"후유미가 그랬니?"

후유미는 대놓고 한숨을 쉬면서 어머니를 무시한 채 닭가슴살을 계속 찢었다.

"그렇긴 한데."

"보통은 파티라고 하잖아. 의식이라는 말, 이상하지 않아?"

"뭐라고 부르든 상관없잖아."

"언제 그런 말을 한 거니? 나쓰키 군한테 괜히 걱정이나 끼치고."

후유미가 손을 멈추었다. 그리고 잘게 찢고 있던 닭가슴살 조각을 그릇에 집어 던졌다.

"걱정 끼친다고…? 일주일 전까지는 매일 밤 시궁창 같은 분위기였잖아. 언니가 일어나자마자 곧 바로 아닌 척하라는 거야?"

도코 씨의 얼굴이 순식간에 창백해졌다. 도코 씨는 물기가 남아 있는 손으로 후유미의 팔을 잡더니 잠깐 와봐, 하고는 복도 쪽으로 향했다.

"유키한테 말하지 않기로 약속했잖니?"

닫힌 문 안쪽에서 새어나오는 언쟁이 벽 틈새로 들어오는 한기처럼 거실에 스며들었다. 나는 슬며시 이어폰을 귀에 꽂고 벽에 걸린 편의점 그림을 바라보았다.

희극 배우의 영상을 한 편 보았을 무렵, 땅을 뒤흔드는 충격이 느껴져 돌아보았다.

"왜 그렇게까지 심각하게 생각하는 거야? 중학교 2학년 때… 단 한 번이야. 그 이후로 안정됐잖아. 지금도 이렇게 평범하게, 남자친구도 집에 데려오고."

도코 씨의 목소리가 이어폰을 뚫고 들어온다. 큰 발소리를 내며 부엌 쪽으로 향한 후유미가 냉장고에서 우유팩을 꺼내 그대로 한 손에 든다.

유키도 아무 일 없다는 듯 TV 화면에 시선을 고정했다. 하지만 나는 더 이상 모르는 척할 수가 없었다.

"몰라!"

후유미는 눈가가 새빨갛게 물든 채 외쳤다.

"몰라! 몰라! 몰라! 이제 전부 내 알 바 아니라고!"

역시 더 이상 가만히 지켜볼 수만은 없었다. 나는 자리에서 일어나 후유미를 달래려 했다. 그러나 돌아온 것은 얼음송곳처럼 날카로운 말이었다.

"대체 왜 여기 있는 거예요? 왜? 어차피 아무것도 못 하는 주제에. 어차피 언니 앞에서 사라질 거면서!"

계단으로 향하던 후유미가 문을 가로막듯 서 있는 도코 씨를 앞에 두고 발을 멈췄다.

유키는 몸을 숙이고 무릎 사이에 머리를 묻었다.

"손님 앞에서 무슨 짓이야. 그리고 자기에게 불리할 때마다 모르는 척하는 거 아니야."

"누가 그렇대? 그런 말한 적 없잖아. 내 말은…. 내가 하고 싶은 말은, 왜 엄마는 항상 언니 편만 드냐는 거야."

"그렇지 않아. 엄마는 후유미 입장도 제대로 생각하고 있어. 하지만 언니가 돌아왔을 때 정도는 평범하게 대해줘."

"평범하지 않잖아!!"

후유미가 크게 팔을 휘둘렀다. 그 직후 굉장한 속도로 뭔가가 내 머리 위를 통과해 정원으로 이어지는 유리창에 세차게 부딪쳤다. 눈앞이 온통 새하얗게 물든다.

"언니는… 평범하지 않잖아…."

그렇게 쥐어짜듯 말하고 후유미는 그대로 계단 쪽으로 사라졌다. 도코 씨는 잠시 멈춰 서 있다가 내 쪽을 보고 말했다.

"우리 딸이 미안해."

진심으로 부끄러운 듯 머리를 숙인 도코 씨는 한동안 고개를 들지 않았다.

내가 일어서려 하자 유키가 팔을 잡아 멈춰 세웠다.

"그냥 둬. 엄마가 직성이 안 풀려서 그래."

쿵. 다시 천장이 울렸다. 천장의 소리는 한참 동안 계속되었다.

사방에 튄 우유를 치우느라 우선 물걸레를 양동이에 빨고, 뜨거운 물을 뿌린 뒤 마른걸레로 다시 닦았다. 도우려는 유키를 소파로 돌려보내고 나와 도코 씨 둘이서 힘을 합쳤는데도 30분 이상 걸렸다.

7시 가까이 되자 드디어 고소한 냄새가 풍겨왔다.

유키는 소파를 혼자 차지한 채 게임 실황을 보고 있고, 나는 의자에 앉아 도코 씨가 요리하는 모습을 보았다.

유키와 연인다운 이야기를 하려고 할수록 연인에서 멀어져간다는 걸 알아차린 나는 일정한 거리를 유지하는 법을 깨달았다. 그쪽이 오히려 도코 씨에게는 연인다워 보이는 것 같았다.

현관이 열리는 소리가 들리자 도코 씨의 얼굴이 한층 밝아졌다.

"아빠다."

그 말에 나는 깜짝 놀랐다. 구두 벗는 소리가 들린 뒤 문이 열리고 정장 차림의 남성이 나타났다. 키는 그리 크지 않았지만, 다부진 몸에 안경을 쓴 이지적인 얼굴의 남자였다. 짧게 자른 머리카락은 반쯤 희끄무레했다.

나는 자리에서 일어나 인사했다. 대학 입시 면접에서도 이렇게 정중한 인사를 한 적은 없다.

"혹시 나쓰키 군?"

남성은 가방을 의자에 놓고 나를 향해 손을 내밀었다.

"처음 뵙겠습니다. 유키와 후유미의 아버지, 레이지라고 합니다."

온화한 목소리와 자상한 눈빛에 조금 안심이 된 나는 긴장해 뻣뻣해진 등을 풀었다.

"오늘은 잘 와줬어요. 실제로 보는 건 처음이지만, 나쓰키 군 이야기는 유키가 자고 있을 때부터 자주 들었어."

처음 듣는 말이다. 내심 놀랐지만 태연하게 그렇군요, 하고 대답했다.

"유키를 걱정해서 머나먼 도쿄에서 온 열혈남이라고."

순식간에 뺨이 붉어지는 걸 느꼈다. 노골적으로 눈을 떼기도 뭐해 고개를 떨구고 사과할 수밖에 없었다.

"그때는 죄송했습니다."

"나쓰키 군은 아무것도 몰랐고, 기본적으로는 두 사람 간의 문제니까. 그래도 돌발적인 행동을 하기 전에 밟아야 할 순서는 있었을지도 모르겠네."

"…정말 죄송합니다."

내가 더욱 깊이 머리를 숙이자 레이지 씨는 말이 조금 심했나, 하며 웃었다. 쓸데없이 즐거워 보이는 얼굴이었다.

"유키가 화나지만 않았다면 환영이야. 나한테는 그게 가장 중요하니까."

레이지 씨가 유키를 바라보자 그녀는 쑥스러운 듯 희미하게 웃고는 얼굴을 돌렸다. 부모에게 자랑하고 싶지만 부끄럽기도 한, 그런 태도를 연기하는 완벽한 자세였다.

그 순간 나는 어떤 얼굴을 하면 좋을지 알 수 없어졌다.

"그럼 옷 갈아입고 올게."

레이지 씨가 계단으로 사라지자 유키는 목을 울리며 등을 쭉 폈다. 두두둑 소리가 나면서, 걷어 올린 플리스 옷자락과 트레이닝복 사이로 배꼽이 드러났다.

내 시선을 깨달은 유키는 아버지 앞에서와는 전혀 다른 사람처럼 장난스러운 미소를 띠었다. 그 순간만큼은 주변의 공기가 다시 여름밤으로 물들었다.

레이지 씨가 트레이닝복 차림으로 돌아오자 도코 씨는 냄비를 불에 올려놓고 큰 내열 접시를 오븐에 넣었다. 테이블에 앉아 나와 유키 쪽을 흘끗거리던 레이지 씨가 후유미는, 하고 물었다. 무거운 침묵이 흐른다. 나도 두 사람을 따라 입을 다물었다.

"자기 방에 있겠지."

도코 씨가 약간 가라앉은 톤으로 대답했다.

"공부하고 있나?"

"…아마도. 딴짓하고 있을지도 모르지만."

"그렇군. 이제 슬슬 의식을 시작할 시간이니까 내려와야 하는데."

도코 씨의 얼굴이 조금 굳어졌다.

레이지 씨는 의심 없는 표정으로 석간신문을 펼쳤다.

엄마를 위해서…. 유키의 소원이 떠올랐다. 이유는 말하지 않았지만, 자신이 찬 상대에게 연인인 척을 시키다니 유키도 제정신이 아니다.

그 정도로 이 의식, 아니 파티는 이 가족에게 있어서….

"저어."

내 등은 덜덜 떨리고 있었다. 요즘 계속 떨고 있다. 유키네 가족이 내게 시선을 집중하자 위축되는 목구멍을 무리하게 열었다.

"제가 보고 와도 될까요. 후유미, 괜찮은지…."

레이지 씨는 신문을 반으로 접고 신기한 듯 얼굴을 내밀었다. 부엌장갑을 낀 도코 씨는 어깨의 짐을 내려놓은 것처럼 밝아진 얼굴로 나를 보았다.

슥, 신문을 접은 레이지 씨와 도코 씨의 시선이 교차했다. 잠깐의 침묵 뒤 레이지 씨는 몇 번이나 고개를 끄덕이며 그럼 부탁해도 될까, 하고 말했다.

자리에서 일어나 문으로 가려는데 등 뒤에서 유키의 차가운 목소리가 속삭인다.

"안 그래도 되는데."

나는 돌아보지 않고 그림들로 장식된 계단을 올랐다.

VIII.

　유키처럼 후유미의 방에도 그루터기 이름표가 걸려 있었다. 로마자로 쓰인 'Fuyumi'라는 글자는 삐뚤빼뚤한 낙서처럼 보였다.

　"안에 있지?"

　노크 두 번. 대답은 없다.

　"들어갈게."

　문 안쪽에서 털썩, 하는 소리가 났다. 반사적으로 손잡이를 잡고 돌렸지만, 45도 각도에서 멈추더니 도로 밀려났다.

　"잠깐만 얘기 좀 해."

　"싫어요."

　손잡이와 문의 접합 부분이 삐걱거린다. 별로 어른스럽진 않지만 나도 두 손을 사용해 밀어냈다. 하지만 상대방의 힘도 꽤 치열했다.

"왜 안 내려오는 건데. 다들 기다리잖아."

"나, 같은, 건, 필요, 없어요."

"그렇지 않아."

"당신, 이, 뭘, 알아!"

손잡이를 두고 팔씨름한 결과 문이 안쪽으로 확 열렸다.

어두컴컴한 방이었다. 나는 엉덩방아를 찧은 후유미의 왼발에 걸려 균형을 잃었다. 후유미의 두 다리 사이에 내 무릎이 쾅 떨어지고, 우리 둘의 머리가 부딪칠 듯 가까워졌다. 눌러 죽인 비명이 귓가로 흘러들었다.

"미안!"

"닫아!"

"뭐?"

"저거, 저거!"

후유미가 가리키는 방향. 마침내 의미를 이해하고 문을 닫은 뒤 바닥에 주저앉았다. 거의 완전한 어둠에 둘러싸여 서로의 위치조차 모른다. 그 가운데 후유미의 숨결만이 들려왔다.

"불 켜야겠다."

그렇게 말하고 일어나 벽을 따라 손을 더듬었다. 스위치를 전혀 찾을 수 없었다. 그러자 등 뒤에서 소리 없이 다가온 후유미가 내가 만지고 있는 곳의 바로 아래에 정확히 손을 뻗는다. 달칵, 소리가 나고 방이 빛으로 가득 찼다.

"대단하다."

내 말에 후유미는 바보 같다는 듯 나를 올려다보았다.

"자기 방이니까 당연한 거 아니에요?"

후유미의 방은 책상과 침대를 제외하고는 기본적으로 책장만 놓여 있었다. 빼곡히 채워진 책장의 첫 번째 줄에는 유명 국공립학교의 붉은 책이 주르륵 꽂혀 있었고, 그 아래에는 난해해 보이는 의학서도 있었다. 유키의 방에 있던 것 같은 화구나 그림 등은 일절 보이지 않을뿐더러 봉제인형이나 만화, 게임기 같은 것도 하나 없었다.

요즘 보기 드문 CD 수납장과 벽에 걸린 두꺼운 헤드폰, 그리고 벽에 딱 한 장 《케이온!*》의 포스터가 붙어 있을 뿐. 오직 그뿐이었다.

"그렇게 빤히 보지 마세요."

후유미가 먼저 못을 박듯 말했다.

"그래서 왜 온 건데요?"

---

* 주인공 여자아이들이 학교 경음악부에서 활동하는 만화

완전히 평소대로 돌아온 모양인지, 후유미는 언짢은 표정으로 침대에 앉았다. 의자는 나한테 양보하는 건가 싶어서 앉으려는데 그건 아니죠, 하는 싸늘한 목소리가 날아왔다.

"그럼 서 있으라고?"

"대충 앉아요."

그렇게 말하는 바람에 다시 주위를 둘러보았지만, 의자 말고는 앉을 만한 곳이 없었다. 설마 하는 마음에 발밑을 가리키자 후유미는 고개를 끄덕였다.

나는 석연치 않은 기분으로 차가운 바닥에 무릎을 꿇고 앉았다.

"그래서 누구 사주를 받고 온 거예요?"

"사주라니, 내 의지로 온 거야."

"나쓰키 씨의 의지? 재미있는 말씀을 하시네요."

후유미가 깔깔 웃으며 조소하는 표정으로 나를 내려다보았다.

"별생각 없이 우리 언니에게 접근해서 연인 놀음이나 하고. 그래봤자 결국 언니가 예쁘니까 적당히 갖고 놀려 했던 거잖아요?"

그럼 한눈에 반하면 괜찮았을까. 아님 옛날부터 그녀를 알고 있었다면 괜찮았을까. 아니다. 거기에 있는 사실은 하나.

내가 지금 아무것도 반박할 수 없다는 것뿐.

"그래서 언니가 정상이 아니라는 걸 알게 되면 금방 히어로로 행세하면서 구하고 싶어 하지. 구할 수 있다고 생각해. 아무것도 못 하는 주제에. 진짜 웃겨요."

"정상이 아니라니…."

"정상이 아니니까요!"

흥분한 목소리가 방에 울려 퍼졌다.

"겨울잠을 자는 여자? 판타지 같은 말로 얼버무리지 마세요. 겨울 내내 식물인간처럼 식사도 배설도 제대로 못 해요. 생명을 완전히 다른 사람에게 맡겨야 하죠. 언니는 그런 사람이에요. 왜 그런지 알아요? 뇌에 이상이 있거든요. 시상하부인지 뇌하수체인지, 아니 전두엽이랬나?"

후유미는 관자놀이에 검지를 들이대고 쏘아붙였다.

"아직 그렇다고 결정된 건 아니잖아."

"아직…?"

증오와 경멸이 섞인 시선이 나를 관통했다.

"무슨 근거로 아직이라는 거예요? 우리 가족이 지금까지 아무것도 안 했을 거라고 생각해요? 천연성의식장애* 연구를

---
* 식물인간의 의학적 명칭

하는 대학병원은 닥치는 대로 찾아다녔어요. 나도 알아보는 걸 도왔고요. 하지만 아무리 권위 있는 선생님에게 진찰받아도 여태껏 병명조차 알 수 없었다고요."

후유미의 입에서 나오는 말은 전혀 다른 세계의 언어였다.

이 집에서 나만 소외되고 있다고 생각했다. 하지만 그것은 오만한 착각이었다. 나는 소외되는 입장조차 아니었다. 그녀를 만난 날부터 한 걸음도 나아가지 못했으니까.

"내가 무슨 말을 하는지 알겠어요?"

후유미가 침대에서 일어나 내 눈앞에 두 다리를 내렸다.

"언니의 병은 평생 낫지 않을 거예요!"

그리고 그대로 앞으로 고꾸라지듯 쓰러져 내 위로 달려들었다.

"뭐, 뭐 하는 거야!"

쓰러진 내 두 다리 사이로 후유미의 다리가 파고들었다. 아까와는 정반대의 상황이었다.

나는 후유미를 똑바로 바라보았다. 수치심을 눌러 죽인 표정이 역광 속에 붉은 별처럼 떠올랐다.

"희롱하고 싶은 거면 나한테 하면 되잖아요."

나는 후유미의 어깨를 잡고 약한 힘으로 밀어냈다. 저항 없이 밀려난 후유미는 엉거주춤한 채로 멍하게 있었다.

"안 돼."

"왜요?"

"그야 당연하잖아."

"당연하지 않아. 모르겠어. 당신은 딱히 언니가 아니어도 상관없잖아!"

"처음엔 그랬지."

움찔한 얼굴로 후유미는 나를 보았다.

말해야만 했다. 나는 줄곧 참회를 들어줄 상대를 찾고 있었다.

"처음엔 어쩌다보니 그렇게 됐어. 가능성이 있다고 생각해서 그랬어. 하지만 유키가 사라져버렸고 나는 미칠 것 같았어. 견딜 수 없었어. 하다못해 딱 한 번만이라도 다시 만나고 싶었어. 혼자 남은 겨울은 죽을 정도로 힘들었어."

이와토 유키는 나의 무엇도 아니다. 그녀가 내 인생에 나타난 것이 아니라, 내가 그녀의 인생에 등장한 엑스트라에 불과할 뿐이라는 건 오래전부터 알고 있었다. 하지만 마음까지 얼어붙게 만드는 그 겨울의 추위는 나를 뼛속 깊이 깨닫게 해주었다.

"나는… 역시 유키가 없으면 안 돼. 아까 친구로 지내자는 말을 들었어. 내일까지 연인인 척 연기해주면 그걸로 끝이라는 의미였어. 무리라는 건 이미 알아. 하지만 도저히 포기할 수 없어서 지금도 매달리고 있어."

"…."

분노를 넘어선 복잡한 표정을 한 후유미의 두 눈이 살짝 글썽였다.

"이래서 스토커는 안 된다니까…."

"자주 들어."

다리에 힘이 풀려 엉덩방아를 찧은 후유미에게서 몸을 일으켜 돌아섰다.

"미안."

내가 그렇게 말하자 후유미도 저야말로… 하며 가볍게 머리를 숙였다.

째깍, 째깍, 째깍. 시계 소리가 흘렀다. 이미 8시 반이었다.

"엄마는 자신의 딸이 평범하지 않으면 직성이 안 풀리는 거예요."

침묵을 깨뜨린 것은 후유미였다.

"엄마는 언니에게 평범한 남자친구가 생기는 걸 항상 기다려왔어요. 평범하다는 건, 휴일에 쇼핑을 하거나 손을 잡고 걷거나 함께 밥을 먹는 그런 일상적인 관계를 말하는 거예요. 겨울 동안 쭉 언니의 방에 죽치고 앉아서, 평생 언니를 보살피겠다고 말하지 않는 사람."

마치 옛날에 그런 사람이 실제로 있기라도 했던 것처럼 후유미의 눈동자가 어둡게 가라앉는다.

"언니가 아니라 오빠라면 얼마나 좋았을까. 아니면 당신이 여자였으면 좋았을 텐데."

하필이면 예쁜 외모 때문에 남자들이 모여든다. 그렇다면 목적은 달성했을 텐데, 유키의 핸디캡을 알자마자 도망간다.

"신체도 성 정체성도 바꿀 수 없어. 어쩔 수 없어. 나는 솔직히 말하면, 동성이었다면 이와토 씨에게 끌리지 않았을지도 몰라. 만나는 일조차 없었을지도. 여자인 이와토 씨를 남자인 내가 만날 수밖에 없었다고 생각해."

"솔직하네요."

후유미가 눈을 치켜뜨고 나를 올려다보았다.

"거짓말하기 싫으니까."

내 말에 후유미는 아주 조금 부드러운 눈을 했다.

"일단 내려가자."

"왜요? 내가 있어도 아무 도움도 안 돼요."

"그래도 가자."

약하게 거절하는 후유미의 팔을 잡고 일어섰다. 무릎을 꿇고 있던 후유미도 마지못해 일어선다.

"잠시만요."

계단에 접어들기 직전 후유미가 발을 멈추고, 스마트폰으로 뭔가 하더니 내 앞에 들이밀었다. 화면에는 흑백으로 된 복잡한 모양의 QR 코드가 표시되어 있었다.

"연락처."

그렇게 말하고 나서 머리를 숙이며 일단은, 하고 덧붙인다.

"내가 먼저 연락해도 돼?"

"아뇨, 제가 필요할 때만 연락할게요."

별로 진전 없는 대화를 나누며 나는 스마트폰으로 코드를 읽었다. 프로필 사진은 입을 마스크로 덮은 치켜 올라간 눈매의 외국인이었다. 끝까지 보지는 않았지만, 어깨의 붉은 별 마크를 알아보고 무심코 말했다.

"〈캡틴 아메리카〉 재미있지."

마음에 안 드는 듯 눈썹을 올린 후유미가 흘끗 이쪽으로 시선을 주었다.

"그야 아시다시피."

"프사, 윈터 솔저 맞지?"

옛날에 본 영화를 떠올리자 추측은 확신으로 바뀌었다. 꼭 후유미 같다는 말에 당사자는 얼굴을 피하고 침묵했다.

윈터 솔저는 개조되어 겨울 땅에서 사는 냉철한 암살자다.

하지만 마음 깊은 곳에서는 언제나 가장 친한 친구인 캡틴 아메리카를 생각하고 있다.

계단을 내려가니 갖가지 요리가 식탁을 가득 채우고 있었다. 두 개의 나무 그릇에 산처럼 쌓인 콥샐러드와 감자샐러드, 바구니에는 크루아상과 바게트, 큰 접시에는 로스트비프와 미트파이가 담겨 있었다.

"슬슬 올 때가 됐다고 생각했어."

시계와 우리를 번갈아 보면서 레이지 씨가 말했다.

"냄비 가져갈 테니까 가운데 좀 비워줄래?"

도코 씨의 말에 후유미가 냄비 받침을 가져와, 그릇을 조금씩 옆으로 치우며 정중앙에 자리를 마련했다.

"이야기한 성과는 좀 있었니?"

"글쎄요. 하지만 조금은 후유미와 친해진 느낌이 들어요."

"그래? 잘됐네."

냄비를 내려놓고 뚜껑을 열자 감자와 당근이 들어간 맑은 수프가 모습을 드러냈다. 그걸 본 레이지 씨가 "응?" 하고 고개를 갸웃했다.

"어라, 스튜 아니었어?"

도코 씨와 후유미는 눈을 맞추고 둘이서 짓궂은 미소를 지어 보였다.

"포토푀*가 어울릴 것 같아서."

"어? 이거 닭고기가 들어 있는데?"

"오늘은 그런 포토푀랍니다."

도코 씨의 단언에 레이지 씨가 떨떠름하게 고개를 끄덕였다. 도코 씨와 후유미가 자리에 앉자 비어 있는 옆자리에 시선이 집중되었다. 거실 소파에서 유키가 벌떡 몸을 일으켰다.

"유키, 시작하자."

유키가 조금 비틀거리며 걸어와서 의자를 당겼다. 오늘의 주빈主賓. 드디어 깨어난 잠자는 숲속의 공주.

"그럼 의식을 시작하자."

레이지 씨의 신호에 전원이 박수를 보내고 나도 뒤늦게 손뼉을 쳤다. 창밖은 이미 캄캄했다.

"우선 나부터. 깨어나줘서 고마워. 올해는 최강 한파라서 아직 춥지만 앞으로 점점 따뜻해질 테니까, 유키에게도 따뜻한 미래가 찾아오기를 바랄게."

레이지 씨는 말을 마치고 좋은 아침이야, 하고 덧붙인다.

"다음은 나."

---

* 주로 소고기와 채소를 넣고 수프처럼 끓이는 프랑스 전통 요리

손을 든 도코 씨에게 레이지 씨가 배턴을 건넸다.

"어쨌든 겨울이 끝나서 안심이야. 지난해에는 조금 티격태격했으니까 올해는 좀 더 원만하게 지냈으면 좋겠어. 유키가 평범하게 성장해줘서 기뻐. 좋은 아침이야."

도코 씨는 어머니다운 미소를 지었다. 배턴을 건네받은 후유미에게서 약한 저항이 느껴졌지만, 곧바로 배턴을 고쳐 잡고 이야기를 시작했다.

"언니, 좋은 아침이야. 드디어 언니가 깨어났으니까 좀 더 이야기를 많이 나누고 싶어. 올해는 입시도 있으니까 이것저것 상담해줬으면 좋겠고. 겨울에 나한테 폐 끼친 만큼 여름에는 내가 폐 끼칠 거니까 언짢게 생각하지 마."

그때만큼은 후유미도 진심으로 웃고 있는 것 같았다.

이것이 의식… 이상한 가족이다. 그렇게 생각하며 한 발짝 떨어진 거리에서 지켜보다가 예기치 않게 지명을 당했다.

"그럼 마지막으로 나쓰키 군."

"어, 저도요?"

움찔해서 레이지 씨의 얼굴을 보았다. 유유히 고개를 끄덕이는 레이지 씨에게서 봐주지 않겠다는 장난기가 느껴졌다.

"하지만, 무슨 말을 해야…."

"그냥 유키에게 생각하고 있던 걸 말하면 돼. 좋아해, 사랑해, 아니면 '결혼하고 싶어'도 괜찮고."

"아빠!"

후유미가 미간을 찌푸리며 외쳤다. 레이지 씨는 더 이상
아무 말도 하지 않았다.

"음, 그러니까…."

가슴이 조여들었다.

이건 이루어지지 않을 사랑이고, 그냥 연기다. 나는 한 번
도 유키의 연인이었던 적이 없다. 좋아하는 마음이 방해가 되
어 친구조차 될 수 없을지도 모른다.

그래도 이 의식만큼은 망쳐서는 안 된다.

연기하는 거야. 유키를 위해. 이 가족을 위해.

"유키 선배. 좋은 아침이에요."

"말 안 했었나?"

유키가 가로막았다.

"이제 선배 아니야."

"네?"

"유급했으니까. 너랑 같은 학년이야."

"그렇군요…."

유키한테는 우울한 사실일 텐데, 조금 기뻐하고 만 내가
밉다.

나는 천천히 얼굴을 들었다.

"당신을 좋아해요."

그 자리의 공기가 얼어붙었다.

나 자신조차 어째서 이런 말을 입에 담았는지 알 수 없다.
이건 실수다. 지금 우리는 연인이니까. 그러니까 이런 건….

"신입생 환영회에서 처음 만났을 때부터 끌렸던 것 같아
요. 하지만 그 사실을 인정하는 게 두려웠어요. 왜냐하면 난
당신과 어울리지 않으니까요. 주변 사람들도, 나 자신도, 지
금도 그렇게 생각하는걸요."

나는 침을 삼키고 숨을 돌렸다. 심호흡을 한 번 했다.

"그래서 버려질 날을 대비해 자신을 지키려고 했어요."

밤을 헤매는 이와토 유키의 모습이 지금도 눈에 선하다.
도쿄 신주쿠, 그 혼돈의 거리 속에서. 나는 이 마음을 사랑이
라고 부르는 것에서 줄곧 도망쳐왔다.

"하지만 정말로 버려지고 나니 비참하고, 슬프고, 결국 그
사실을 인정하지 않을 수 없게 됐어요. 음…. 말하고 보니 정
말 아이러니하네요."

유키는 천천히 시선을 들어 올렸다. 나도 그녀의 눈동자를
시야의 한가운데 붙잡았다.

"그러니까, 그… 그 그것뿐이에요. 네."

194

무언. 정적. 후유미의 착잡한 표정. 거기에 퓨- 하고 전기 포트가 물 끓는 것을 알리는 소리가 끼어들었다.

당황해서 자리를 뜨는 도코 씨. 미소를 지으며 나를 바라보는 레이지 씨. 당사자인 유키는 기가 막힌 듯 입을 조금 벌린 채 나를 물끄러미 보았다.

"이걸로 충분할까요⋯?"

"좋아, 지금 거 좋았어!"

레이지 씨가 손뼉을 두 번 치고 선언했다.

시선을 향하자 유키는 멋쩍은 듯 고개를 숙였다. 하지만 그 직전 아주 살짝 입꼬리 양쪽을 끌어 올리고 속으로 웃는 것처럼 보이기도 했다.

IX.

 성대한 요리 대부분은 놀라운 속도로 유키의 배 속으로 들어갔다. 4개월간 기능을 멈추었던 유키의 몸은 지난 일주일 동안 원 상태를 되찾고, 이제는 본래 역할을 기억해낸 장기들이 일제히 영양을 원하는 듯하다.

 식사가 끝나자 도코 씨의 지시에 따라 다 같이 식기를 주방으로 옮겼다. 처음에는 움직임이 둔한 유키를 후유미가 보조하듯이 움직였는데 레이지 씨가 만류했다.

 "유키는 이쪽에서 쉬고 있어."

 도코 씨가 설거지를 하면서 레이지 씨를 한 번 보았다.

 "후유미, 알지?"

 레이지 씨가 말하자 후유미는 고개를 끄덕이고 언니 몫까지 척척 접시를 옮겼다.

어느새 부엌에서 있을 자리를 잃은 유키는 레이지 씨에게 이끌려 거실로 돌아와서는 소파 위에 벌렁 드러누웠다. 실컷 먹고 빵빵해진 배로 뒹굴거리는 모습이 어딘지 모르게 바다표범을 떠오르게 했다.

행주로 식탁을 닦은 뒤에 나도 소파로 가려는데, 베란다에서 담배를 피우던 레이지 씨가 손짓으로 나를 불렀다. 패딩을 걸친 후 따뜻한 차를 들고 베란다로 나와 툇마루에 걸터앉았다. 담배인 줄 알았는데 연기에 냄새가 없다. 반짝였던 건 불이 아니라 비슷한 색깔의 LED였다.

"좀 놀랐어요. 이렇게 축제 같은 날에 불러주시다뇨."

"놀랐어?"

레이지 씨는 입술 사이로 짙은 수증기를 토해냈다.

"네. 솔직히 어째서 절 부르셨는지 잘 모르겠어요."

"유키는 옛날에 다른 사람을 상처 입혔어. 하지만 우리도 책임이 있어. 무엇보다도 누군가의 이해자가 되고 싶어 하는 젊은이의 순진한 마음을 이해해주지 못했지. 그러니까 이번에는 이렇게 제대로 이야기하고 싶었어."

나도 모르는 사이 미간에 패여 있던 주름을 눌러 펴고 상처 입혔다는 말에 대한 추궁을 일단 삼킨다.

"하지만 결과적으론 잘된 걸까. 아님 앞으로 좋아진다면."

"그렇… 군요."

나는 추위에 맞서기 위해 두 팔로 몸을 껴안았다.

"이건 말이지, 우리 가족이 적응한 모습이야."

전자담배의 흰 연기가 짙게 어둠이 깔린 하늘을 향해 뻗어 나간다.

"옛날에는 이렇지 않았어. 다섯 살의 유키에게 처음 증상이 나타났을 때 우리는 훨씬 '평범'한 가족이었어. 하지만 유키가 초등학교에 들어가자 조금 상황이 바뀌었어. 겨울이 되면 학교에 오지 않으니까, 뭔가 이유가 있지 않나 싶었던 거지. 처음에는 담임 교사가 그랬어. 유키를 학생지도실로 불러서 겨울에 결석하는 이유를 물어봤나봐. 유키는 솔직하게 잠들기 때문이라고 대답했대. 다음 날 집에 전화가 왔어. 내가 받았지. 하지만 당시에는 나도 유키의 증상이 초래하는 폐해를 잘 몰랐어."

레이지 씨는 말을 끊고는, 가만히 견디는 듯한 표정을 짓더니 이마를 짚던 손으로 머리카락을 빗어 넘겼다.

"담임은 유키를 방임한다고 의심했어."

레이지 씨는 스마트폰을 꺼내 내게 사진을 보여주었다. 벚꽃이 흩날리는 벽돌 건물에 '입학 축하해'라고 쓰인 문자. 유키와 레이지 씨 둘만 찍힌 입학식 사진이었다.

"저기, 도코 씨는….."

"도코는 그때 무척 바빴어. 안 그래도 바쁜 간호사가 젊은 나이에 수간호사 다음가는 직책을 맡게 돼서 말이지. 중견기업에서 일하는 내가 행사에 참석하는 일이 많았지. 생각해보면 그것도 방임을 의심한 원인이었을지 몰라."

"끔찍한 이야기네요."

"도코와 나는 교사에게 어떻게 설명할지 고민했어. 사흘 밤낮을 계속 의논했지. 나는 진실을 말해야 한다고 했어. 하지만 도코는 이해할 리가 없으니까 졸업할 때까지 숨겨야 한다고 했어."

"진단서라든가 뭔가 증거가 될 만한 건?"

"유키는 말이지, 수치상으로는 아무런 이상도 없어."

레이지 씨가 기다렸다는 듯 말했다.

"유키의 '평범'과 대다수인 우리들의 '평범'이 엇갈렸을 뿐이야. 그러니까 병으로 인정받지 못하고, 제출할 수 있는 진단서도 없어. 그래도 우리는 의논한 끝에 담임 교사를 믿고 삼자면담 때 진실을 이야기하기로 했어."

레이지 씨가 연기를 내뿜자 전자담배의 오렌지색 불빛이 점멸했다.

"그때 우리를 지독히 업신여기던 교사의 시선을 아직도 또렷이 기억해. 자격 없는 부모가 아이를 가졌다고 동정하는 듯했지. 하지만 정말 상처받은 건 나도 도코도 아니었어. 유키였지. 당시 유키는 주위 사람들과 자신이 다르다는 것에 무척 겁을 먹었어. 건강하던 여름에도 불안성 장애를 일으키게 됐지. 그래서 쓸데없이 진실을 알리지 않기로 했어. 그게 지금에 이르기까지 이와토가의 방침이 된 거야."

도코 씨가 집요할 정도로 평범에 집착하게 된 이유는 틀림없이 그 때문일 것이다. 근본적인 해결책은 아니더라도, 대처 요법으로써 평범을 목표해왔다. 완치할 수 없다면 적어도 증상을 완화해 유키의 마음이 무너지는 걸 막으려 했다.

평범이라는 틀을 지키는 것으로.

회오리바람이 불어 정원에 쌓여 있던 낙엽이 흩날렸다. 좀 더 이야기를 듣고 싶어 몸이 떨리는 걸 참았다. 레이지 씨가 전자담배를 충전 케이스에 넣고 나지막한 목소리로 물었다.

"솔직하게 물을게. 나쓰키 군은 유키를 어떻게 생각하지?"

가벼운 말에 깊은 의도가 숨어 있다.

쉽게 대답할 수 없는 질문에 내 입은 무거워졌다.

"아내는 유키가 보통 애들하고 똑같이 평범하다고 생각해. 하지만 나는 평범에 가까워도, 평범하지 않다고 인정해야 하

200

는 부분이 있다고 생각하거든. 자네는 어때?"

"저는….."

이번에는 돌풍이 불었다. 정원의 낙엽을 모조리 날려버리는 강한 바람이었다.

해야 할 말은 처음부터 정해져 있었다.

"아직 모르겠어요. 하지만 선택해야 하는 상황이 온다면, 저는 뭐든 유키에게 물어보려고 해요. 뭐든지 둘이서 의논해 결정하고 싶어요."

이윽고 레이지 씨는 내 눈을 똑바로 보고 말했다.

"솔직히 말해줘서 고마워. 역시 자네가 와줘서 나는 기뻐."

2층 창고에서 머물게 되었다. 방에는 이젤이며 올겨울의 역할을 끝낸 링거대와 심전계, 심지어 레이지 씨가 옛날에 쓰던 드럼 세트가 놓여 있어 꽤 좁았지만, 유키와 같은 방에 머무는 상황보다는 훨씬 나을 듯했다.

이불을 깔았을 때는 이미 12시가 지나 있었다. 이를 닦으려고 배낭 속을 뒤적거리다가 휴대용 칫솔을 놔두고 온 걸 깨달았다. 패딩을 입고 가능한 한 발소리를 죽여 계단을 내려갔다. 불은 거의 꺼져 있었지만 거실에서 희미한 불빛이 보였다.

도코 씨가 혼자 테이블에서 TV의 푸르스름한 빛을 바라보고 있었다. 도코 씨는 무슨 일이야, 하고 물었다.

"칫솔을 깜박했어요."

"칫솔이… 있었나. 있으면 아마 세면대 아래 있을 거야."

"아뇨, 나가서 사 오려고요. 근처에 편의점이 있나요?"

"있어. 현관을 나가서 왼쪽으로, 신호를 두 번 건너면 개구리가 있는 약국이 보일 거야. 거기서 오른쪽으로 꺾으면 바로 오른쪽에 있어."

"왼쪽, 오른쪽, 오른쪽이네요."

"그래. 왼쪽, 오른쪽, 오른쪽."

도코 씨의 웃는 얼굴에는 피로가 가득했다.

"괜찮으세요?"

"그래, 괜찮아. 별일 아니야. 그냥 조금 피곤해서."

"오늘 꽤 힘드셨죠."

"그래, 큰일 치렀지. 하지만 소중한 딸의 파티니까, 이 정도는….

도코 씨의 시선이 알루미늄 CD 수납장 위에 장식된 한 장의 그림에 멈추었다. 색연필로 그려진, 칠흑 같은 밤이 떠오르는 조금 색다른 풍경의 편의점 그림이다.

등대처럼 세로로 긴 점포에 잡지 진열대, 계산대, 주차장 입간판이 그려진 이상한 그림. 유키의 작품은 전체적으로 어두운 쪽이 많다고 생각했지만, TV의 빛을 받아 어둠 속에서 떠오르는 이 그림은 어둠에 둘러싸여 있기에 오히려 편의점의 빛이 두드러져 보였다.

"응. 좋은 그림이지?"

내 시선을 받으며 도코 씨가 말했다.

"그 아이는 이걸 좋아하거든."

"편의점 말인가요?"

"24시간 깨어 있는 편의점은 혼자서 밤길 걷는 사람을 비추는 피난소 같은 거래."

도코 씨는 이상한 아이지, 하며 작게 웃었다.

확실히 어둠 속 편의점은 밤길을 비추는 등대 같다.

"그 아이가 그림을 그리는 건 외로울 때야. 그림은 그 애가 느낀 외로움의 숫자지. 그래도 난 이 그림이 좋아."

나도 이 그림이 좋다.

구도를 잡는 법이라든가, 색채나 농담의 솜씨라든가, 콘셉트라든가, 그림에 대해서 자세한 것은 모른다. 하지만 이 그림에서는 뒷면이 확실히 보인다. 이와토 유키가 이 그림을 그리고 있는 모습이. 필사적으로 호흡을 하기 위해, 수면을 향해 헤엄쳐 올라갈 때와 같은 절실한 메시지가. 반드시 그려야만 했다는 확실함이.

"그러니까 나도 노력해야지."

이윽고 꾸벅꾸벅하던 도코 씨는 그대로 자신의 팔과 팔 사이로 가라앉았다. 거실 난방은 꺼진 지 오래라 남아 있던 온기도 도망갈 처지다. 흔들어 깨울 수도 없어서, 다른 의자에 걸려 있던 겉옷을 동그스름한 등에 덮어주고 TV를 끄기 전다시 그림을 보았다.

유키는 대단해.

그런 진부하고 밋밋한 말밖에 나오지 않는 나 자신이 부끄러웠다. 아니, 그렇지 않아. 보통 다들 그럴 거야. 누군가의 창작의 깊이를 처음부터 이해할 수는 없다.

'그렇구나⋯. 거짓이 아니었던 거야.'

아쓰시가 작가가 되겠다는 내 꿈을 자랑스럽게 생각해주는 것도, 도모미가 글쓰기를 응원해주는 것도 전부 거짓이 아니었다. 거짓말로 치부했던 건 나의 두려움 때문이었다. 도전을 겁내고, 내 꿈을 부끄러워하던 나약한 마음 때문에.

소설을 쓴다고 남들에게 말하면서 방어적으로 허들을 낮추고 있었을 뿐이다⋯.

"진짜 바보 같다."

일부러 입 밖으로 소리 내어 말한 뒤 발소리를 죽이고 현관을 나섰다.

왼쪽, 오른쪽, 오른쪽. 머릿속으로 따라 외우며 걸어가다 첫 번째 신호등을 지나쳤을 무렵 강렬한 기시감이 덮쳐왔다. 밤의 어둠 속으로 녹아들기 직전의, 수수께끼 같은 여성의 뒷모습이 눈앞에 나타났다.

그때 나는 이 사람을 따라 연기가 자욱한 술집을 빠져나갔다. 그제야 비로소 남에게 맞추지 않으면 숨을 쉴 수 없던 내 모습에서 한 발짝 나아갈 수 있었다. 그녀가 아니었다면 분명 나는 '창작'과 마주하는 갈등의 출발선에 설 수조차 없었을 것이다.

전부 이 사람이었어.

전부 이 사람 덕분이었어. 덕분에 나는 지금….

"이와토 씨."

한밤의 거리에 목소리가 울려 퍼졌다. 윤기 나는 검은 머리카락을 나부끼며 그녀가 돌아본다.

"나쓰키…."

외출복 위에 코트를 걸치고 머플러를 두른 이와토 유키의 표정이 뭔가를 숨기는 것처럼 흐려졌다.

"밖에 나와 있었네요."

모두가 잠든 고요한 시간이었다. 눅눅한 밤거리는 무서울 정도로 적막에 가득 차 있었다. 종종걸음으로 유키에게 다가가 "좀 걸을래요?" 하고 물었다.

유키가 머플러에 얼굴을 묻은 채 살짝 고개를 끄덕였다.

녹색으로 그려진 자전거 우선 표시 길을 가능한 한 천천히 걸었다. 나도 모르게 존댓말로 돌아갔다는 걸 깨달았다. 하지만 지금은 그게 더 위화감이 없을 것 같았다.

"왜 말해주지 않았어요?"

"…."

유키는 두 손을 주머니에 넣은 채 팔을 뻗었다. 유키의 펠트 코트가 뻣뻣하게 서걱거리는 소리를 냈다.

"알고 있잖아."

유키가 무책임하게 말했다.

그래, 알고 있다. 당연히 말할 수 없었겠지. 설령 말하고 싶었더라도 어떻게 설명해야 하는데? 겨울 동안 잠드는 특이 체질이라고? 그렇게 말했다면, 나는 십중팔구 그녀의 이야기를 믿지 않았을 것이다. 그런 내 모습이 눈에 선하다.

"그래도 말해줬으면 했어요."

이를 꽉 깨무는 소리가 난다.

"아니면… 역시 절 믿지 못하는 건가요?"

"그렇게 말한 적 없어."

길가의 도랑에서 두 눈이 반짝 빛났다. 짙은 털을 가진 고양이가 도로로 뛰어올라 내 바로 옆을 스치고 지나갔다. 깊이 파고들지 않고 취할 수 있는 것은 전부 취하며 그렇게 몇 명이나 유키 옆을 지나쳐 간 것이다.

"그럼 왜 그랬는데요?"

"난 네가 행복하길 바랐다고."

"누가 그러라고 했어요?"

두 사람의 목소리가 고즈넉한 밤에 메아리치고, 고양이는 어두운 골목 속으로 사라진다.

"내가 행복했으면 해서 그랬어요? 그래서 무시했어요? 구닥다리 영화 찍어요? 그런 같잖은 자기희생 같은 건 지긋지긋해요. 웃기지도 않는다고요. 절 위해서라고 핑계 대면서 도망치지 마세요."

난 대체 무슨 말을 하고 있는 걸까. 남 말할 처지가 아닌데.

그래도 지금은 말해야 했다. 이게 마지막 기회일 테니까.

푸드득, 까마귀 몇 마리가 날아올라 전깃줄이 지잉 흔들린다. 유키는 나에게서 멀찍이 떨어져 선 채 입을 꾹 다물고 노려본다.

"그럼 나보고 어떻게 하라는 건데? 사실대로 다 털어놓고 '앞으로 잘 부탁드려요' 하면 되는 거야? 그 정도로 네가 믿음직한 존재였니? 무슨 영웅이라도 되고 싶은 거야? 더는 누군가를 믿었다가 배신당하고 싶지 않아."

"그럼 왜 나를 집에 들여도 된다고 말했어요?"

반론이 딱 멈췄다. 미용실 앞 담배 자판기의 역광을 받아 흐릿하게 보이는 유키의 표정이 어둠 속에 떠올랐다. 쏟아지는 불빛 때문에 물기 어린 눈동자가 반짝반짝 빛난다.

"왜 잠든 이와토 씨 곁에 있는 걸 허락했어요?"

"…."

나는 유키가 짊어진 무게의 십분의 일도 알지 못했다. 아무리 노력해도 모든 것을 온전히 이해할 수는 없을 것이다.

그래도.

"이와토 씨의 심장이 아주 느리게 뛰고 있었어요. 그 소리를 듣고, 저는 돌이킬 수 없게 됐어요."

"…."

나는 손을 내밀었다. 유키와의 거리는 고작 두 걸음 반. 하지만 유키가 잡아주지 않으면, 내 손은 그저 멍청하게 허공을 헤맬 뿐이다.

목의 근육이 울렁이며 꿀꺽, 유키가 침을 삼켰다. 살짝 열린 입술 틈새로 하얀 숨결이 새어나왔다.

"…고통스러울지도 몰라."

이윽고 유키는 기침을 토해내듯 그렇게 중얼거렸다.

"그래도 좋아요."

"나, 혼자가 되고 싶지 않아."

"함께 있을게요."

"힘들 거야."

"그래도 제가 곁에 있을게요."

이제까지 모든 것이 거짓이었다면 지금부터 시작하면 된다. 그렇게 여유롭게 말할 수 있는 것도 분명 지금뿐이겠지.

"이와토 씨, 저랑…."

목을 가다듬고 그녀의 눈을 바라보며 또박또박 한 글자씩 마음을 전했다.

정신이 들자 우리는 편의점 앞에 서 있었다. 확실히 유키가 그린 편의점 그림처럼, 이곳은 길 잃은 영혼들을 인도하는 등대같이 따뜻한 빛을 발하고 있다.

그 빛에 지지 않을 정도로 세게 유키의 손을 잡았다. 앞이 보이지 않을 만큼 깜깜한 밤길에 두 번 다시 떨어지지 않도록, 나는 필사적으로 유키를 붙들었다.

손에는 작은 등불 하나. 일렁이는 불꽃은 속삭임.

지도도 없고, 머물 곳도 없이, 나란히 걸어주는 이는 오직 내 그림자뿐.

그곳은 나 혼자만 버려진 시간.

나는 어둠의 바다로 던져져 물에 빠진 것처럼 숨을 쉬고 헤엄치듯이 바닥을 기었다. 품에 안은 등불의 불빛이 꺼지지 않도록 어둠을 빠져나갈 때까지 필요한 시간을 헤아린다.

오직 시간만이 해결해준다는 걸 알면서도 진정되지 않는 이 몸은 나를 어딘가로 데려가고 있다.

나는 깨어나기를 기다리고 있다.

깨어날 때를 맞이하기 위해, 나는 머나먼 정적의 강을 건넌다.

3장

**히카리 599 11:32
신오사카행**

I.

눈을 뜨자 커튼이 열려 있고, 초여름의 햇빛이 이마부터 가슴까지 비추고 있었다. 아직 해가 높지 않은데도 볕이 쨍쨍 내리쬐어 옷 아래로 땀이 배어났다. 나는 두 손으로 재빨리 얼굴을 가렸다.

갑자기 무언가 침대로 올라오는 바람에 무거워져 몸이 조금 가라앉았다. 잠이 덜 깬 눈을 문지르며 몸에 달라붙은 여름용 이불을 떼어냈다.

나는 저항하듯 눈을 감고 몸을 둥글게 말았다. 머리맡에 흩어진 귀마개를 더듬어 다시 귀를 막았다. 그 행동에 항의라도 하듯이 침대가 격렬하게 흔들린다. 어쩔 수 없이 눈을 뜨자, 반바지에 후드티 차림의 이와토 유키가 침대 위에서 뛰어오르고 있었다.

"앗!"

내가 완전히 눈을 뜨니 그제야 유키가 뛰는 걸 멈추고 내 위에 힘껏 쓰러졌다. 내장을 파고드는 충격에 위가 요동친다.

"아아, 유키…."

멍하게 이름을 부르자 유키는 마치 고양이처럼 장난치며 내게 머리를 비볐다.

"겨우 일어났네."

속삭이는 목소리조차 고양이처럼 간드러졌다. 유키의 어깨 너머로 로프트*에서 내려온 파란 비닐 시트가 보였다. 유키는 어젯밤에 그림을 그린다고 했으니 분명히 로프트의 아틀리에에 틀어박혀 있었을 것이다.

잘 돌아가지 않는 머리로 생각하다가, 유키의 가녀린 몸 뒤로 손을 둘러 확 끌어당겼다. 문득 알람 소리가 들리지 않는 걸 깨닫고 오싹해졌다.

"지금 몇 시야?"

유키는 바로 대답하지 않는다. 나는 유키의 그림자에 가려진 아날로그 시계를 보려고 힘껏 목을 뻗었다.

---

* 복층 구조에서 다락이나 창고 등으로 사용하는 2층 공간

"어… 7시, 반?"

나는 얼굴을 찡그렸다.

"아직 꼭두새벽이잖아."

유키는 장난스러운 얼굴로 심심해서, 하고 대답했다.

"오늘 우리 2교시…. 10시 반부터 아냐?"

어젯밤에는 3시 즈음까지 소설을 쓰느라 알람은 9시 반 정도로 설정했던 것 같은데. 예정보다 일찍 일어나버렸다.

"하지만 나쓰키가 너무 늦게 일어나는걸."

"유키가 너무 일찍 일어나는 거야."

어디선가 멀리서 삐삐삐 소리가 울렸다. 유키는 몸을 일으켜 부엌 쪽으로 걸어간다. 지난해에 소모품이라고 생각해 100엔 가게에서 사온 키친 타이머는 아직 현역으로 활약하고 있다. 타이머를 끈 유키가 냄비를 들고 뜨거워진 물을 싱크대에 버렸다.

"뭐 만들어?"

"수란."

"아침이야?"

"아침으로 먹어도 되고, 요리에 쓸 수도 있을 것 같아서."

세면대로 가는 동안 치지직, 뭔가 굽는 소리가 들렸다. 방으로 돌아왔을 때는 유키가 아침 식사를 나르는 중이었다.

"항상 깨워주고 아침 만들어줘서 고마워."

"좋아서 하는 일인걸."

대부분 유키가 준비했기 때문에, 내가 한 일이라고는 유리 컵 두 잔을 꺼내 우유를 따르는 정도였다. 잘 먹겠습니다, 라는 목소리가 동시에 울려 퍼졌다. 먹음직스럽게 구워진 베이컨, 반숙 달걀프라이를 얹은 토스트, 올리브오일을 두르고 소금을 뿌린 샐러드.

유키는 우유를 한입 마시고는 리모컨으로 뉴스를 틀었다. 아침 방송에서는 요즘 연이어 일어나는 지진에 대한 화제로 떠들썩했다. 발음이 안 좋은 지진학자에 따르면, 앞으로 100년 이내에 일본 열도는 바닷속으로 가라앉을 모양이다.

"요즘 지진이 엄청 많네."

"그런가?"

"이대로 세상이 끝나버리는 건 아니겠지."

나는 토스트를 베어 물었다. 우선은 흰자 부분부터. 노른자 형태가 망가지지 않도록 신중하게 먹었다.

"그건 그때 가서 생각하자."

해설자 자리에 앉은 기상청 직원이 어젯밤 세타가야구에서 진도 5를 기록했다고 전했다.

"전혀 눈치 못 챘는데. 그릇 같은 건 괜찮았어?"

"괜찮았어."

유키는 그렇게 말하고 베이컨을 먹다가 오늘 아침에 본 거 긴 하지만, 하고 급히 덧붙였다. 나는 노른자만 남은 토스트를 두고 샐러드를 입으로 가져갔다.

"그러고 보니 머리카락 많이 길었네."

옆에서 본 유키의 머리카락은 단발 정도였다. 반년 전 잠들기 앞서 치르는 의식을 위해 고향으로 돌아가기 전날, 진보초에 있는 미용실에 함께 갔던 기억이 난다. 그때 처음으로 유키가 머리카락을 바짝 깎는 이유를 알았다. 겨울잠을 잘 때 욕창이 생기는 걸 방지하기 위해서였다.

"응."

유키는 고개를 끄덕이고 머리카락을 손가락 안쪽으로 쓰다듬었다. 햇빛을 받고도 속이 비쳐 보이지 않는 짙은 검은색의 윤기 나는 머리카락은 유키가 손을 거두자 귀를 스치며 어깨 위로 스르륵 떨어졌다.

"더 긴 게 좋아?"

"그런 거 아니야. 어떤 머리든 좋아."

"지금 그거 좀 여우 같았어."

무릎 위에서 놀고 있는 손을 잡아주자 유키는 꽃처럼 화사하게 미소 지었다.

올해 5월, 조금 넓은 로프트가 딸린 복층형 원룸으로 이사하면서 유키의 짐도 어느 정도 옮겼다. 유키의 하숙 계약이 갱신될 내년 3월까지의 이중생활. 2층은 유키의 아틀리에 겸 짐을 두는 장소로 하고, 1층에 책장과 테이블, 세미 더블 침대를 놓았다.

나는 한입에 노른자 부분을 먹으려고 입을 크게 벌렸지만 결국 접시에 쏟고 말았다. 빵 조각으로 접시 위 노른자를 닦으면서 물었다.

"그림은 잘 그려져?"

파란 시트를 붙인 로프트의 벽에는 접은 이젤과 50호 캔버스가 세워져 있었다. 마르지 않은 화폭에 달라붙는 걸 막으려 네 귀퉁이에 고정한 나뭇조각 위로 커다란 덮개를 완전히 덮어놓았다. 벌써 3년이나 유급했기 때문에 퇴학 일보 직전이지만, 유키는 모르쇠로 일관하는 중이었다.

"유키, 그거 콩쿠르에 낼 거지? 좀 더 열심히 그리는 게 좋지 않을까? 어제도 놀기만 했잖아."

"어머. 신경 쓰고 있었어?"

유키는 장난스럽게 웃으며 빵 조각을 베어 물었다.

"하지만 나쓰키 옆에 있을 수 있는 동안에는 계속 같이 있고 싶은걸. 그러니까 지금 이대로도 좋아."

이렇게 말해주는 건 기쁘지만, 그것과 과제 작업을 땡땡이치는 것은 다르다고 생각한다. 그렇지만 나는 더 이상 추궁하지 않고, 우리가 먹은 접시를 정리했다. 토스트 접시 두 개에 샐러드 그릇을 겹쳐 주방으로 향하는 중이었다. 갑자기 발바닥에서 극심한 통증이 느껴졌다. 상상을 초월하는 아픔에 무릎이 꺾이며 그대로 고꾸라질 뻔했다.

"왜 그래?"

유키가 당황해서 달려왔다. 가까스로 접시는 바닥에 내려놓았지만, 그만 샐러드 그릇이 미끄러지며 남아 있던 드레싱이 바닥에 흩뿌려졌다. 발바닥에는 레고 블록이 박혀 있었다. 바닥과 거의 비슷한 크림색이라 눈에 띄지 않았던 것이다. 나는 블록을 빼내고 비틀비틀 일어서서 현관에 장식한 밀레니엄 팔콘호 옆에 놓았다. 상자도 설명서도 진작 버렸기 때문에 어디서 나온 부품인지는 모르겠다.

"미안. 우주선 조각이 바닥에 떨어져 있었나봐."

"괜찮아?"

"응. 난 괜찮아. 근데 현관이 올리브오일투성이가 되어버렸네."

"행주 가져올게."

"내가 할게."

욱신욱신한 통증을 느끼면서 세면대 아래 선반을 보고 있는데, 갑자기 등에 부드럽게 무게가 실렸다. 두 팔이 내려와서 머플러처럼 내 목을 감았다.

　"놀아줘."

　달콤한 목소리로 속삭인다. 나는 그녀의 부드러운 뺨에 키스를 하고 말했다.

　"현관 닦고 나서."

　"나중에 해도 되잖아."

　유키는 내게 매달린 채 떨어지지 않았다. 그대로 유키를 업고 복도를 걸어 싱크대 밑에서 걸레를 꺼낸다.

　"지금 해야지."

　부드럽게 유키의 팔을 잡아 몸에서 떼어놓고는 현관을 물걸레로 닦은 뒤 세탁실로 향했다.

II.

반년 전.

신주쿠역 남쪽 출구에서 날 기다리고 있을 약속 상대를 찾는 도중에 스마트폰이 울렸다. 아쓰시에게서 온 송년회 초대였다. 답장을 미루고 다시 사람을 찾았다.

또 한 번 스마트폰이 울렸다. 이번엔 내가 찾고 있는 바로 그 상대였다. 메시지에 쓰인 대로 기둥 쪽을 보자, 나보다 조금 키가 작은 남자가 가방을 들지 않은 쪽 손을 흔들었다. 탄탄한 근육질의 남자는 정장 위에 트렌치코트를 걸치고 검은 머플러를 두르고 있었다.

"오랜만이네."

허스키한 목소리의 주인은 이와토 레이지 씨였다.

"오랜만입니다."

나는 주위 사람들의 시선도 신경 쓰지 않고 깊숙이 머리를 숙였다.

"아하하. 그렇게 딱딱하게 굴 것 없어."

레이지 씨는 손목시계로 시선을 떨어뜨렸다. 막 7시가 지난 참이었다. 이제 곧 사람들이 확 많아지고, 대부분은 네온사인이 가득한 큰길로 향할 것이다. 술집에 가는 일이 거의 없는 나는 유일하게 알고 있는 맛집을 골랐다. '탄지르'라고 쓰인 빨간 글자가 그날 밤의 정경과 함께 떠오른다.

"분위기 좋다."

포렴을 걷으며 레이지 씨가 말했다. 뒤따라 들어가자 곧바로 수많은 향신료 향기가 코끝을 간질였다.

"실은 예전에 유키 씨가 데려와줬어요."

"아아, 그렇구나. 그럴 것 같았어. 그 애가 고르면 이상하게 실패가 없더라."

그렇게 말하고 레이지 씨는 한층 감개무량한 듯 가게 안을 둘러보았다.

자리에 앉았다. 이번에는 카운터석이다.

"일단 뭐 좀 마실까. 맥주로 할래?"

"죄송합니다. 맥주는 잘 못 마셔서요. 저는 포도사워로 할

게요."

레이지 씨가 가볍게 웃고는 혀가 마비될 정도로 매운 오이 절임과 창난젓도 함께 주문했다. 한동안 이번 겨울의 추위와 대학, 그리고 쓰고 있는 소설 이야기를 했다.

"그랬구나. 유키의 그 그림 때문에."

"네. 그걸 보니 제가 부끄러워져서… 창작을 부끄럽게 여기던 게 가장 부끄러운 일이라는 걸 깨달았거든요. 그래서 공모전에 냈어요. 자신은 없지만."

안주와 술이 나오자 레이지 씨와 나는 조촐하게 건배했다.

"한 걸음 내디딘 젊은이를 위하여."

레이지 씨의 건배사에 쑥스러워져 쓴웃음을 지었다.

"그런데 유키 씨는."

매운 오이를 한입 먹었다. 지난 1년 동안 유키와 지내면서 자극적인 음식을 많이 접했기 때문인지 예전 같은 충격은 느낄 수 없었다. 혀도 고통에 익숙해진 것 같다.

"잘 지내. 도코와 후유미 두 사람 덕분에."

레이지 씨는 그렇게 말하고 맥주를 단숨에 반쯤 마셨다.

아침저녁으로 유키에게 링거를 놓고 소독한다. 배뇨, 배변 파우치를 교체하고 몸을 씻기고 근육이 위축되지 않도록 손발 체조까지 해주어야 한다. 유키가 매일 건강하게 살아 있기 위해 필요한 과정들이다.

그 부담이 무려 100일 이상이나 계속된다. 일주일에 한 번 간호사와 재활물리치료사를 불러 간호를 받는다는데, 어쨌든 유키의 혼수상태는 현재로서는 4개월 만에 끝날 예정이다. 과거 딱 한 번, 중학교 2학년 때 1년 5개월 동안 잠들었던 적이 있다고 했다. 나중에 신청해서 그 기간만큼 1급 장애연금이 나왔지만 이마저도 일시적인 것이었다.

지금의 유키는 의학적으로는 건강 그 자체이다. 보험 적용이 불가능하다. 그 말은 곧 복지 제도의 혜택을 받을 수 없다는 뜻이다. 세계적인 의료 기술로도 구할 수 없는 인생은 무수히 많다. 그러니 두 사람은 윈터 솔저가 될 수밖에 없었다.

"하지만 후유미는 올해 고3인데."

"누구보다 유키를 생각하는 아이니까. 우리끼리 분담하겠다고 했는데도 말을 안 듣네. 야무지고 책임감 있는 아이야. 가끔은 그게 문제지만."

레이지 씨가 긴 젓가락으로 창난젓을 접시에 담은 후 큰 덩어리를 입으로 옮겼다. 큰일 났다. 미리 충고했어야 하는데, 뒤늦게 깨달았다.

"와. 이거 엄청나네…."

레이지 씨는 그렇게 중얼거리고 맥주를 쭉 들이켰다. 순식간에 잔이 비워졌다.

"유키 씨는 정말 매운 걸 좋아하더라고요."

"유키는 그렇지. 딱하게도."

나는 사워를 한입 마시고 나서 레이지 씨를 보았다.

"그게 무슨 뜻인가요?"

"이미 알고 있겠지만, 그 아이는 잠들기 전에 심장 박동 수가 점점 떨어져. 그러면서 신진대사도 느려지고 감각이 둔해지지. 물론 2월에 깨어나면 대부분 원래대로 돌아오지만. 딱하나 돌아오지 않는 게 있었어."

무슨 말을 하는 걸까 생각했다. 하지만 돌아오지 않는 것이 무엇인지 조금만 헤아려보면 알 수 있었다. 이야기 도중 레이지 씨는 하이볼을 주문했다.

"그 아이의 미각은 열세 살 겨울에 이상해진 뒤로 두 번 다시 원래대로 돌아오지 않았어."

"…."

"그해 봄에도 도코는 요리를 잔뜩 만들었어. 비프스튜에 오징어먹물 스파게티, 문어 카르파초, 체에 걸러 곱게 다진 매시트포테이토도 한가득 만들었지. 하지만 이상하게도 유키는 전혀 먹고 싶어 하지 않았어. 낮에 재활 훈련을 너무 많이 해서 식욕이 안 생기나 했는데 아니었어. 유키는 하나같이 맛이 이상하다고 했어."

하이볼을 받아 든 레이지 씨는 곧장 삼분의 일 정도를 들이켰다.

"닭고기라면을 먹어도, 그렇게 좋아하던 물만두를 먹어도, 전부 맛이 이상하다고 하는 거야. 맛있지만 맛없어. 물에서도 단맛이 나. 그래서 속이 안 좋아. 유키가 먹을 수 있는 음식이 거의 없어서 우리는 이비인후과에 데려갔어. 의사 선생님은 원인을 모르니 상태를 지켜볼 수밖에 없다고 했지만, 관리영양사로 일하는 지인이 유키가 먹을 수 있을 때까지 간을 극단적으로 하면 좋을 것 같다고 해서 시험해봤지. 소금으로 하면 염분 과다 섭취가 될 것 같아 처음에는 후추를 잔뜩 뿌렸어. 그다음에는 식초. 둘 다 실패였고 마지막으로 도전한 게 고춧가루였지."

나는 입으로 가져가려던 술잔을 테이블에 도로 내려놓았다. 그리고 상체를 틀어 뒤쪽을 보았다. 바로 여기였다. 바로 저 소파 자리에서 그녀에게 들었다. 이건 체질 같은 거라고.

"그런 거였군요…."

애써 마음을 다스리며 중얼거렸다.

"하지만 어째서 그 사람… 아니, 유키 씨는 저한테 말해주지 않았을까요."

"아마 유키한테는 특별한 일이 아니라서… 아닐까?"

특별하지 않다고? 그럴 리 없다.

그런 말로 무마할 수는 없다.

"저한테는 말해도 소용없어서 그런 걸까요?"

"그렇다기보다 사람에게 팔이 두 개인 이유를 네가 굳이 말하지 않는 것과 마찬가지겠지."

그것이 평범하게 살아간다는 걸까. 오히려 반대다. 평범에 집착하고 있다면 미각이 이상한 이유를 말했을 것이다. 그녀는 지금의 상태를 평범으로 받아들인다. 그것은 즉 자신이 이상하다고 인정한다는 뜻이다.

"제대로 물어볼 걸 그랬어요."

"글쎄. 물어본다고 이야기해주는 아이라면 좋겠지만. 괜히 걱정 끼치고 싶어 하지 않을 거야."

걱정하지 않을 수 없잖은가. 이래서는 둘이 함께 있는 의미가 없다. 더욱 그녀를 이해하고 싶다. 어떤 문제라도 유키와 함께 극복하고 싶다.

하지만 그녀가 없는 이 겨울을, 나는 혼자서 어떻게 극복하면 좋을까? 내 마음을 다스리기 위해, 나는 어떻게 살아가야 하는가?

"좀 더 제대로 하지 않으면 안 되겠네요, 저는."

"나쓰키 군, 조금 달라졌네."

너무 책임감을 느끼면 안 돼, 레이지 씨가 말을 이었다.

주문한 요리가 나와 테이블을 가득 채웠다. 구운 요리가 메인이었다. 레이지 씨와 나는 조금씩 나누어 먹었다.

"지난달에 사노사랑 이야기했어. 이게 벌써 몇 번째인지."

"사회보험노무사의 약자였던가요?"

안심커틀릿을 한입 먹고 절임에 젓가락을 뻗은 레이지 씨가 오독오독 씹는 소리를 내면서 끄덕인다.

"유키는 다양한 의사들에게 진찰을 받았어. 하지만 누구도 유키의 증상에 병명을 붙일 수 없었지. 명백히 뇌의 문제라고 생각해서 뇌신경외과만 찾아다니긴 했지만 말이야."

그 이야기는 후유미에게서도 들었다.

"지난해 1월부터 2주간 후지와라 내과에서 검사 입원을 했었어."

"2주면 꽤 길었네요."

"그래. 거기서 확실한 혼수상태라고 인정받았는데, 원인을 뇌 활동에서 찾을 수 없다면 정신의 병도 의심해야 한다는 조언을 받았어. 후지와라 내과는 정신과 클리닉도 같이 운영하거든."

"그래서 어떻게 됐나요?"

"아직은 몰라. 하지만 장애인 수첩을 신청하기로 했어."

너무 세게 잡았는지 어느새 젓가락이 빠직, 소리를 냈다. 눈썹이 이마 중심으로 몰려서 미간이 뭉칠 것만 같았다.

"도쿄도 동의했어."

그 사실을 직시하자 매우 이상한 기분이 들었다. 기쁜 건지 아니면 이제 돌이킬 수 없다는 느낌인지 모르겠다. 유키가 어떤 존재가 되든 나는 그녀 옆에 있고 싶다. 하지만 유키는 이걸 받아들일 수 있을까? 아니, 다르다. 이건 나만의 이야기도, 유키만의 이야기도 아니다. 문제는 그 사실을 나와 유키 두 사람이 잘 다룰 수 있을까 하는 것이다.

"25년 만에 드디어 우리는 여기까지 왔어."

레이지 씨는 자랑스러워 보이기도 하고 겸연쩍은 것 같기도 한, 그 사이 어딘가의 얼굴을 하고 있었다. 나는 스스로가 뻔뻔하다는 것을 알면서도 앞으로 몸을 당기며 물었다.

"하나만 가르쳐주세요."

"뭐가 궁금한데."

"만약 유키 씨가 납득하고 수첩을 발급받으면… 그녀의 인생은 달라질까요?"

레이지 씨는 눈을 감고 천천히 고개를 옆으로 기울였다.

"달라지지 않는 삶은 어디에도 없어."

레이지 씨와 이야기하면 너를 온전히 받아들이는 데 조금이나마 도움이 될까, 너를 속속들이 이해할 수 있을까 기대했지만 그런 건 역시 불가능했다. 나는 혼자였다. 하지만 이 외로움은 봄에 만날 수 있을 때를 위해 존재했다.

새벽녘 어중간한 시간에 눈이 떠졌다. 방 안에는 냉기가 진동했다. 그러자 나 혼자 덩그러니 겨울에 남겨졌다는 공백감이 덮쳤다. 부엌 선반에서 종이 상자를 꺼내, 두 다스나 쌓아두었던 몽골탄탄면을 먹었다. 검은 타월지로 만들어진 담요를 온몸에 두르고 테이블 불빛에만 의지해가며 먹었다. 이 붉은 컵에 담긴 인스턴트 탄탄면이 아직 유키의 흔적을 담고 있는 듯한 기분이 들었다.

아아, 나는 네가 길고 긴 꿈으로 여행 떠나는 것을 배웅한다. 그 잠든 얼굴에, 앞으로도 매년 계속 손을 흔드는 것이다.

우리는 결코 같은 시간을 함께 보낼 수 없다.

너는 나를, 겨울에 남겨두고 떠날 테니까.

다음 날 아침 오랜만에 우편함을 열었다. 종이 더미가 우르르 쏟아져 나왔다. 수많은 전단지 속에 갈색 봉투가 섞여 있었다. 심사위원회에서 온 것이었다. 나는 방으로 가져와 봉투를 찢었다. 미키 도시키 문학상에 입선했다. 입선자에게는 심사평과 함께 QUO 기프트 카드 5,000엔을 부상으로 전달하는 것 같다.

책상에 종이를 놓고 심호흡을 했다. 네가 없는 겨울에, 나는 또 한 걸음 어른이 되어버렸다.

문득 침대를 바라보았다. 나는 네가 고른 보태니컬 무늬 시트를 씌운 침대에서 오늘도 잠들 것이다. 네가 고른 화집으로 가득한 책장을 뒤로하고, 내일 볼 드라마를 결정할 땐 너와 함께 볼 것은 제외하고 고를 것이다.

사라진 너의 흔적이 마치 틀에서 찍어내듯 이곳에 또렷이 떠오른다. 기다리는 것은 나만이 아니다. 이 방도 네가 돌아오길 기다리고 있다.

"그러니까 올해도 제대로 일어나줘, 유키."

중요한 일인 만큼 제대로 입 밖에 내서 이야기한다.

끝나지 않을 겨울을, 깨어나지 않을 너의 모습을 나는 몇 번이나 상상해왔다. 걷잡을 수 없는 두려움이 몰려올 때마다 틀림없이 괜찮을 거라고 스스로를 마취하듯 진정시켰다.

상상력은 아무런 도움이 되지 않는다. 지금은 만질 수 있는 것들만이 너와 나를 이어주는 매개체처럼 느껴진다. 이 방의 공기도, 아침 햇살에 떠오르는 먼지 하나도, 냉장고 안에 가득 채워둔 네 몫의 음식도, 매일 저녁 혼자서 잘 먹겠습니다 하고 인사하는 것도 전부…. 네가 돌아오는 날을 기다리는 증표다.

나는 스마트폰을 꺼내 초대받은 연말 모임에는 가지 못할 것 같다는 메시지를 보냈다. 아쓰시에게서 바로 왜, 하고 묻는 답장이 왔다. 나는 소설에 집중하고 싶어, 하고 답장했다.

이제 두 번 다시 너를 불안하게 하지 않기 위해, 나는 틀려서는 안 된다. 자부심을 가지고 너를 맞이하기 위해서는, 흔들리지 않는 '올바름'이 필요하다.

"입선 따위로는 안 돼. 더 크게 인정받아야 해."

내가 지금 할 수 있는 일은 글을 쓰는 것 정도다. 그러니 성실하게 글을 써야만 한다. 내 안에 차오르는 망설임과 불안을 짓밟을 수 있을 정도로, 어떤 것에도 흔들림 없는 확실한 토대 위에 서서.

III.

시선이 시계와 정면을 끊임없이 오간다. 다른 한 손은 유키의 손목을 끌어당긴다. 어두운 고가도로 밑을 빠져나가자 지금 막 도착한 차에서 내뿜는 바람이 등에 달라붙었다.

"잠깐만."

유키가 약하게 팔을 내저으며 반항한다.

"안 돼. 벌써 10시 32분이잖아."

지난겨울 레이지 씨와 나눈 대화가 머릿속에 떠올랐다. 유키를 뒷받침하는 것이 나의 사명이었다.

"그래도."

떼를 쓰듯 뺨을 부풀리는 유키의 얼굴을 보고 있자니, 내가 왜 이렇게 서두르는지 알 수 없어졌다.

"내가 아니고 유키의 수업이야. 제대로 들어야지."

목요일은 3교시 오후 수업부터 시작한다. 2교시 추상화 수업은 지난해 출석 일수 부족 때문에 유키가 재수강하는 수업이었다.

"간자키 교수는 지각하면 엄청 뭐라 하지 않아?"

"그 사람이 하는 건 성희롱인걸."

"그런 말할 때가 아니잖아? 교수랑 잘 얘기해서 겨울 동안 결석하더라도 학점을 받을 수 있게 됐잖아."

다만 학기 중에 출석하는 동안은 무지각 무결석이라는 조건이 붙었다.

"자, 좀 더 씩씩하게 걷자고."

가늘기 짝이 없어서 세게 잡으면 부러질 것만 같은 손목이다…. 그리 생각했지만 실제로 잡으면 의외로 튼튼해 팔을 끌어당길 때 꽤 힘을 줘야 했다. 처음에는 이런 식으로 대할 수 없었다. 하지만 1년 이상 함께 있다보니, 유키의 마이 페이스가 진학에 좋은 영향을 미치지 못한다는 것 정도는 눈치챌 수 있었다.

내가 해야 했다. 그녀 옆에는 지금 나밖에 없다.

팔을 당기는 힘에 돌아보자, 유키의 얼굴이 아파서 일그러져 있었다. 나는 당황해 손을 놓았다. 손목을 문지르며 곤혹스러운 표정을 짓는 유키. 그때 어디선가 유키, 하고 부르는 굵은 목소리가 들려왔다. 나는 갑작스러운 일에 깜짝 놀라 목소리의 주인을 찾았다.

반지하에 위치한 럭비공과 테니스 라켓으로 장식된 바. 점포의 셔터를 막 내리려던 거구의 남자가 이쪽을 향해 손을 흔드는 듯 보였다.

"학교 가는 길이야? 잘 갔다 와."

내가 움찔하는 사이, 유키는 사교적인 미소를 지으며 남자 옆에 다가가 가볍게 인사하고 돌아온다.

"지금 그건…."

"날 알아본 모양이야."

나는 그 스포츠 바*로 추정되는 가게를 흘끗 보고, 곧바로 당면한 문제를 떠올렸다. 멀찍이 파란불이 노란불로 바뀌는 것이 보였다. 유키를 재촉해 걸음을 빨리했다. 인도를 막 밟은 순간 신호가 빨간불로 변했다. 맞은편까지는 짧은 거리다. 신경 쓰지 않고 건너려는데 유키가 팔을 끌어당겼다.

"위험해."

차가 오가기 시작하는 바람에 건너는 걸 포기했다. 학교가

---

* 대형 스크린 TV를 설치해서 다 같이 술이나 음식을 먹으며 축구나 야구 등 스포츠를 관전할 수 있는 환경을 제공하는 음식점

바로 눈앞이다. 여기까지 왔으니 괜찮다고 생각하고 싶지만, 미술학과 건물은 캠퍼스 안쪽에 있었다. 손목시계를 확인한 뒤 조금 수척해진 유키의 옆모습으로 시선을 옮겼다. 밤에 잠을 못 잔 걸까. 오늘 아침에도 내가 일어났을 때 유키는 이미 아침 식사를 만들어놓고 기다리고 있었다.

"응?"

유키가 이상하다는 듯 내 얼굴을 보았다. 뭐라고 말해야 하나 망설였더니 유키가 먼저 말을 꺼냈다.

"아, 좀 전에 그 사람?"

나는 두루뭉술하게 끄덕였다. 사실 서두르는 길이라 별로 인상에 남아 있지는 않았다.

"아는 사람이야."

"어떻게 아는 사이인데?"

"아르바이트하는 데서 만났어."

정신을 차리자 파란불로 바뀌어 있었다. 일부러 예술학부 캠퍼스 앞까지 유키를 데려다주고, 거기서 손을 놓았다.

"고마워! 안 늦을 것 같아!"

종종걸음으로 손을 흔드는 유키를 배웅하고, 일단 편의점에 들러 점심으로 먹을 주먹밥을 산 뒤 문학부 캠퍼스 뒷문으로 들어갔다. 3교시부터 시작이니 아직 2시간 반이나 남았다. 화창한 가을의 맑고 상쾌한 아침이었다.

도서관을 향해 가고 있는데 정장 차림의 남녀가 걸어가는 모습이 눈에 들어왔다. 문득 며칠 전 아오야마*에서 왔던 메일이 떠올랐다. 고개를 숙이고 되도록 그쪽을 보지 않으려 했지만, 어떻게 된 건지 그들은 점점 이쪽으로 다가오더니 우회하려던 나를 불러 세웠다.

"불렀는데 왜 못 들어."

아쓰시, 그리고 옆에 있는 건 도모미였다. 두 사람의 낯선 정장 차림에 다소 주눅이 들었지만 오랜만이야, 하고 최대한 태연하게 말을 건넸다.

"오랜만! 진짜 오랜만이다. 잘 지냈어?"

도모미가 수줍어했다. 허벅지에 딱 달라붙는 타이트한 스커트와 투버튼 재킷을 입고 있는 것만으로도 다른 사람처럼 보였다.

"왜 그래? 그렇게 놀란 얼굴을 하고."

도모미가 이상하다는 얼굴로 물었다. 그 악의 없는 미소를 본 아쓰시가 나에게 들리지 않게 손으로 가리고 귓속말을 했다. 그러자 도모미가 날 보며 "미안!" 하고 말했다. 뭘 사과하

---

* 일본의 남성복 브랜드

는 건지 몰라 그저 두 사람을 번갈아 볼 수밖에 없었다.

"왜, 1학년 때."

재킷 앞을 활짝 열어젖힌 아쓰시가 말했다.

"우리들 사귄다는 말을 안 했지? 그게 미안하다는 생각이 들어서."

"나는 말이지, 이미 들킨 줄 알았어. 게다가 그때는 금방 헤어질지도 모른다고 생각했고….."

말을 덧붙이는 도모미의 얼굴이 살짝 붉게 물든다. 그러자 아쓰시가 왜 헤어지는데, 하며 웃음을 터뜨리고는 그녀의 옆 구리를 팔꿈치로 살짝 찔렀다. 그날 집에서 함께했던 술자리 뒤 두 사람이 어떻게 됐는지 나는 몰랐다. 지난해에도 그런 이야기는 전혀 없었다.

"그래서 다음에 만났을 때는 가장 먼저 너한테 말하려고 했어."

묘하게 달라진 어조.

"우리."

"우리."

말이 겹치자 둘은 서로 얼굴을 맞대고 웃는다. 행동이 일 치할수록 두 사람은 우스운 모양이었다.

"지금은 잘 지내고 있어."

아쓰시가 정리하듯이 말했다. 나는 몇 번이나 고개를 끄덕이며 그런 것 같다고 생각했어, 하고 대답했다.

오래간만의 재회로 식당에서 이야기를 나누게 되었다. 도모미와 나란히 앉은 아쓰시의 맞은편에 내가 앉았다.

"한참 된 것 같네."

도모미가 컵케이크를 우물거리며 말했다.

"이렇게 얘기하는 거. 1학년 때 이후로 처음 아냐?"

"확실히. 2학년 때는 별로 못 만났잖아, 우리들."

"그래?" 하고 나는 창 쪽을 보면서 대답했다. 한 남자가 야외 테이블 위에 한쪽 무릎을 대고 어쿠스틱 기타를 연주하면서 노트에 뭔가를 바쁘게 적고 있었다. 작곡이라도 하는 중인 걸까.

"다들 바빴잖아. 나는 동아리 때문에 바빴고, 아쓰시는 교원 자격증 준비하고."

도모미는 GTR 부장 자리까지 오르고, 아쓰시는 복지의 길로 나아가는 대신 금방 그만둘 줄 알았던 교직 이수를 지금까지 계속하는 모양이었다.

"과제는 힘들지만 사람을 상대하는 일이니까 괜찮다고 생각해."

"그렇구나."

도모미가 몇 번이나 고개를 끄덕이며 아쓰시의 왼손을 잡자, 아쓰시도 손을 꼭 잡아주었다. 창밖의 남자가 기타를 연주하는데 노트가 팔락팔락 엄청난 기세로 넘어가고 펜이 굴러떨어졌다. 남자는 그걸 주워 다시 뭔가를 적는다.

두 사람에게 시선을 돌렸다. 똑같은 색조로 통일된 복장 때문인지 둘은 이전보다 훨씬 성장한 것처럼 보였다.

"소설, 쓰고 있는 거지?"

나는 겐토샤의 환상문학상에 여름 동안 쓴 장편 작품을 응모했다는 이야기를 했다.

"뭐야, 썼으면 보여주지."

아쓰시가 크게 기지개를 켜면서 말했다. 우두둑우두둑, 등이 울리고 의자끼리 부딪칠 정도로 크게 몸을 젖힌다.

"나쓰키는 소설가가 될 거야?"

"응."

나는 깊게 고개를 끄덕였다.

"그렇구나. 대단하다."

도모미의 구김살 없는 미소가 흐릿한 조명이 비추는 식당에서 눈부시게 빛났다.

"역시 꾸준히 쓰는 사람에게는 이길 수 없어."

나는 하얗고 거친 테이블 위로 시선을 떨구었다. 지금은 그 '대단하다'도 '이길 수 없어'도 온전히 진심이며, 또한 자신과 다른 세계에 사는 사람을 명확히 구분하기 위한 벽이라는 걸 안다. 그렇기 때문에 나도 진심으로 말할 수 있다.

"제대로 취업 준비하는 너희 둘이야말로 대단한걸."

2년 전 우리들은 대학생이라는 익명의 젊은이였다. 서로 두드러지게 눈에 띄는 일 없이, 서로의 성장을 두려워할 걱정도 없는, 친구라는 얄팍한 껍질에 보호받는 그저 집단에 불과했다.

하지만 지금은 다르다. 존경하는 마음을 담아, 집단에서 자신을 분리할 때가 온 것이다.

"정말 소설가가 될 수 있을지는 모르겠지만, 딱히 다른 꿈도 없으니까. 지금은 이걸 하는 게 맞는 것 같아서. 현재는 그렇게 생각해."

아쓰시가 눈을 크게 뜨고 감동했다는 표정으로 내 얼굴을 보았다.

나는 다시 창밖을 보았다. 기타를 치던 남자는 사라졌다. 테이블 틈엔 여전히 노트가 끼어 있다. 아직도 세차게 부는 바람 때문에 페이지가 펄럭인다.

"세미나 같은 거 있어?"

"응. 둘 다 다른 수업이긴 한데. 3교시 끝나면 중간까지 같이 가려고."

아쓰시는 교육 실습, 도모미는 음악 출판사의 강습회가 있는 것 같았다. 그러고는 아쓰시가 화장실에 갔다. 굳이 듣고 싶지 않은데 큰 거 신호가 왔어, 라는 말을 남기고. 아쓰시가 없어지자 시끄럽던 식당이 갑자기 조용해진 기분이 들었다. 나는 그동안과는 전혀 다른 인상이 된 정장 차림의 도모미를 다시금 마주 보았다.

"뭔가 꽤 분위기 나오네."

"그거 칭찬이야?"

"칭찬이야."

"그럼 고맙고."

도모미가 자연스럽게 미소 짓자 나도 따라 웃었다. 점차 창밖 풍경에도 신경이 쓰이지 않아졌다.

"나쓰키 너 말이야. 잘 지내고 있는 거야?"

"무슨 뜻이야?"

"같이 사는 거지? 사오리가 그러던데."

"뭐…."

"있지, 나 나쓰키한테 할 말 있어."

도모미는 일단 시선을 무릎 위에 떨어뜨렸지만, 곧 내 눈을 들여다보며 말했다.

"그때 이와토 씨를 만나러 가는 거, 막아서 미안해."

도모미가 자리에 앉은 채 이마가 테이블에 닿을 정도로 깊이 머리를 숙였다. 나는 뭐가 뭔지 모른 채 목소리를 높여 사과를 거부했다.

"나한테 오빠 있는 거 알지?"

나는 끄덕였다. 오래전에 대학을 그만뒀다고 했었나.

"오빠가 드디어 전문학교에 다니게 됐어."

"잘됐네."

도모미는 고개를 옆으로 저었다. 그리고 결심한 것처럼 말을 이었다.

"오빠 이름은 하루토인데, 우리 학교 예술학부 영화학과에 다녔어. 나보다 네 살 위고 GTR이었어. 그 무렵엔 영상 제작도 많이 했었나봐. 오빠는 차기 대표 소리까지 들었는데."

"오빠가 예술학부였다고?"

"응. 거기서 이와토 씨를 만나게 됐어."

어디까지나 전해 들은 이야기야, 도모미는 몇 번이고 다짐하듯 덧붙인다.

나는 이야기가 어디로 나아갈지 예상치 못했고, 정신이 들었을 때는 엄지손톱을 물어뜯고 있었다.

"이와토 씨의 사정, 사실은 알고 있었어. 오빠한테서 들었으니까…. 엄청난 일이잖아. 오빠는 말이지, 당시에 선배였던 이와토 씨를 좋아하게 됐어. 둘 다 예술가 타입이고 코미디 영화를 좋아해서 이야기가 잘 통했나봐."

확실히 유키는 코미디 영화뿐 아니라 희극이라면 거의 다 좋아했다. 영화관에서 눈물을 흘리며 웃는 유키의 옆모습이 눈에 선했다.

"그래서 친해진 두 사람은 서로 고민을 나누다 사귀게 됐어. 영화 속에서 이와토 씨의 그림과 연계해서 작업하기도 하고. 잘 지냈어. 하지만 어느 날 이와토 씨가 갑자기 사라져버린 거야."

"겨울잠…."

"겨울잠, 정말 그렇네. 딱 그거야!"

도모미는 마침내 정확히 들어맞는 표현을 찾은 것처럼 몇 번이나 끄덕였다.

"그래서 오빠는 이와토 씨를 뒤따라갔어. 나고야의… 본가까지 갔어. 거기서 잠들어 있는 이와토 씨를 보게 된 거야."

할 말을 잃었다.

나는 이와토 유키의 유일한 사람이 아니었던 것이다.

잘 생각해보면 후유미의 말에는 속뜻이 있었다. 도코 씨가 그렇게나 '평범한 연인'을 원했던 것도, 그 범주를 일탈한 '전례'가 있었기 때문이라면….

"오빠는 약속했어. 이와토 씨를 계속 지켜주겠다고. 무슨 중학생 같지. 바보 같아. 하지만 사귄다는 건 그런 거라고 진지하게 말할 정도로 바보처럼 순진한 오빠였어."

그러나 그건 틀렸다. 나는 생각했다. 그런 건 유키를 틀에 가두어둘 뿐이다. 도모미는 괴로운 듯 미간을 찡그렸다.

"오빠는 이와토 씨가 잠들어 있는 동안 자기가 계속 돌보겠다고 말했어. 말도 안 되는 일이지. 하지만 실제로 그렇게 말했어. 이걸 받아들인 이와토 씨도 이상해. 자기는 알았을 거 아냐. 이런 걸 상대에게 원하면 어떻게 되는지 정도는. 그런데도 거절하지 않았어."

유키는 나쁘지 않다. 잘못한 건 유키를 깨지기 쉬운 물건처럼 취급하고, 영웅을 자처하던 하루토 씨잖아.

나는 침을 삼켰다. 꿀꺽, 혀 위에 타액이 끈적하게 늘어졌다.

"결국 오빠는 대학을 그만뒀어."

도모미가 나를 바라보았다. 그 눈은 분명 '바보 같은 오빠'를 바라보는 시선 그 자체였다. 문득 이런 생각이 들었다. 그동안 도모미가 유키를 탐탁지 않게 여겼던 건 나를 염려해서가 아니라 자기 오빠와 나를 겹쳐 보고 있었기 때문이구나.

이제까지 그녀의 행동이 비로소 앞뒤가 맞는 것 같았다.

"그다음에는…?"

"대학을 그만둔 오빠는 모르는 여자의 본가에 머물렀어. 자세한 사정을 모르는 나한테는 그저 그렇게만 보였어. 그것뿐이라면 차라리 괜찮았을 거야. 오빠는 대학 공부도, 동아리 친구들도, 취미도 전부 버리고 이와토 씨에게 모든 걸 다 쏟아부었어. 그때부터 이상해진 거야. 오빠는 늘 이와토 씨에게 붙어 있게 됐고, 결국 그쪽 집에서 우리 집에 전화했어. 이제 더 이상 만나지 않았으면 좋겠다고 하더라. 그래서 우리 부모님은 오빠를 집에 가둬놨어. 마법이 풀릴 때까지…."

'…유키는 옛날에 다른 사람을 상처 입혔어.' 레이지 씨의 말이 떠올랐다. 그게 하루토 씨를 말한 거였나. 머리 위에서 돌아가는 거대한 환풍기 소리가 점점 크게 들렸다.

"그래서, 마법은 풀렸어?"

"아마. 그 후론 만나지 않았을 테니까."

도모미가 깊은 한숨을 쉬자 그제야 나도 겨우 한숨을 쉴 수 있었다. 쭉 그런 분위기였다.

"그래서…."

"무슨 얘기해?"

어느샌가 아쓰시가 찻잔 세 개를 담은 쟁반을 들고 왔다.

도모미는 태연한 얼굴로 아무것도 아냐, 하며 내게 눈짓했다.

"그래서 불안했지만…, 지금은 나쓰키를 응원하고 있으니까!"

"그러니까 무슨 얘기 중이었냐고."

"아쓰시는 몰라도 되는 얘기."

"와, 남자친구한테 비밀로 하는 거야? 나빴다…."

아쓰시는 도모미 앞에 둔 찻잔을 자기 쪽으로 끌어당겼다. 도모미도 바로 힘을 주며 저항했다.

20분 정도 이야기를 나눈 뒤, 나는 두 사람에게 인사하고 자리를 떴다. 식당을 나와 조금 걷다가 두 사람이 시야에서 사라진 걸 확인하고는 호흡을 가다듬었다. 이제 와서 뭘 동요하는 거지? 유키가 다른 남자와 사귀었다는 것쯤은 처음부터 알았잖아.

그 이상은 생각하지 않으려고 서둘러 도서관으로 향했다.

IV.

축제가 열리는 회장의 문을 들어서자 고추와 향신료 냄새가 감돌아, 여기가 별세계임을 금세 알 수 있었다. 일기 예보에 따르면 오늘 밤 날씨는 흐린 데다 비가 오는 곳도 있다는데 인기는 여전했다. 가부키초에서 매년 가을에 열리는 '최강 매운맛 축제'의 마지막 날이었다.

해는 저물었지만 남은 빛이 하늘을 푸르게 물들이고, 사방팔방에서 무수한 조명이 회장을 비추었다. 소녀처럼 들뜬 유키가 내 손을 잡아당겼다.

"전에도 온 적 있어?"

"아니, 처음이야! 같이 올 사람이 없어서."

"시모키 씨는?"

"에나는 매운 것만은 무리거든."

꼭 나는 매운 것을 잘 먹는다는 말투다. 그러고 보니 요즘 유키는 시모키 씨와 연락을 하지 않았다. 편집자를 지망한다고 했는데, 무사히 취직은 했을까. 게다가 유키의 말이 조금 신경 쓰였다.

"매운 것만 무리라고?"

"에나는 뭐든 함께 어울려줘. 자기는 좋아하지도 않으면서. 루미네 the 요시모토*도 그렇고, 미술전도 그렇고, 한밤의 캠프도 그렇고."

이야기하는 동안 티켓 판매소 앞에 도착했다. 아마도 여기서 어느 가게에서나 사용할 수 있는 식권을 구입하는 모양이다. 나는 대화를 멈추고 유키에게 매수를 확인했다. 열 장이라니. 그렇게 많이 사? 나는 질색하며 지갑에서 5,000엔짜리 지폐를 꺼냈다.

"잠깐만. 한밤의 캠프라고…?"

천연덕스러운 얼굴로 평범한 일인데, 하는 표정을 짓는 유키. 나는 "그게 뭐야?"하고 물었다.

"뭐가? 말 그대로야. 그냥 한밤중에 공원에서 캠핑하는 거

---

* 코미디 전문 극장

야. 접이식 그릴로 마시멜로를 구워 먹거나 핫샌드를 만들어 먹거나."

"세상에 그런 사람이…."

어디 있냐고 말하려 했는데, 실제로 본 적이 있다는 사실을 깨달았다. 딱 2년쯤 전. 학교 반원형 무대에서 시모키 씨가 핫샌드를 만들고 있지 않았는가. 유키의 영향이었나보다.

"왜 그런 걸 하는 건데?"

내 물음에 유키는 글쎄, 하고 고개를 갸우뚱하며 잠시 생각에 잠겼다.

"배고프니까?"

유키가 그렇게 대답하자마자 절취선이 표시된 새빨간 티켓과 스탬프 빙고가 있는 팸플릿을 건네받았다. 줄에서 떨어져 팸플릿을 펼쳤다. 겹겹이 쌓인 우리 두 사람의 옅은 그림자가 종이 위에서 겹쳐졌다.

"음…. 어디부터 갈까."

최강 매운맛으로 유명한 도쿄 내 가게 중 토너먼트를 통해 올라온 열세 곳이 모인 것 같았다. 가게 리스트 중에는 탄지르도 있었다.

유키가 머리카락을 쓸어 올리며 팸플릿에 얼굴을 가까이 댔다. 9월에 들어선 뒤, 학과 주임인 간자키 교수와 상담해 유키의 귀가 일시가 정해졌다. 지금은 단발 길이가 된 머리카락도 본가에 돌아가기 전에 잘라야 했다.

하늘은 급속히 붉은빛을 잃어간다. 밤이 깊어질수록 너는 아름다워진다. 나는 이제 곧 잃어버릴 그 10센티미터 남짓한 시간에 손을 뻗으려 했다.

"나쓰키도 같이 생각해줘."

"응."

"또 머리카락 보고 있었어?"

유키는 질린 듯 말했다. 손을 거두었지만 변명의 여지가 없었다. 유키는 조금 경멸하는 시선으로 나를 보았다.

"남자들은 긴 머리를 좋아하더라."

손등으로 털어내듯이 머리카락을 흩뜨린다. 눈앞에 있는 이 소녀가 잡지 모델처럼 보인다. 무서울 정도로 완벽한 이목구비와 늘씬하게 쭉 뻗은 팔다리. 만약 유키가 겨울잠을 자는 일이 없었다면, 유키 곁에 있는 건 분명 나 같은 사람이 아니라….

"아냐, 그렇지 않아. 나는 어떤 유키라도 좋아해."

그 말에 거짓은 없었다. 나는 각오하고 있다. 그러니까 다른 누군가를 좋아하게 되는 건 불가능하다.

"정말?"

유키는 몸을 조금 기울이며 장난스럽게 웃는다.

"내가 자리에 쭉 누워 있어도 좋아해줄 거야?"

나는 유키의 문제를 기회 삼아 빌붙는 그런 인간과는 다르다. 하지만 만약 유키에게 지금까지와 다른 증상이 나타난다면? 10년 전처럼 1년 반 가까이 잠들게 된다면? 혹은 미각이 돌아오지 않았던 것처럼 뭔가 더 중요한 감각이 돌아오지 않게 되면….

"자리에 누워 지낼 계획이라도 있는 거야?"

주눅이 들어 목소리가 작아졌을지도 모른다. 유키는 입술을 살짝 뗀 채 내 눈을 보고 있다. 다시 한번 입에 올릴 이야기가 아니다.

"아, 저기."

나는 유키의 흔들리는 눈동자에 호소했다.

"응? 뭐라고 했어?"

유키가 퍼뜩 정신을 차린 듯 물었다. 나는 아무것도 아니야, 하고 대답했다.

고추 전문점이며 대만 요리, 모로코 요리 가게가 나란히 자리 잡은 가운데, 우리가 처음으로 발길을 옮긴 곳은 '텐징 셰르파'라는 네팔 요리점이었다. 쭉 늘어선 박스형의 임시 조리 공간에서 차례차례 요리가 나왔다. 어느 가게나 줄이 길었는데, 텐징 셰르파는 비교적 손님이 적었다. 티켓 두 장을 건네자 갈색 피부의 남자가 플라스틱 그릇에 그린카레와 아주 매워 보이는 소시지를 보기 좋게 담아줬다.

우리는 텐트 자리 한구석에 앉았다.

"카레에 피망이라니, 매운맛치고는 목가적이네."

"이거 피망이 아니고 풋고추야."

부드러운 녹색의 카레에 들어 있는 큼직한 녹색 고추를 보고, 나는 전율을 느꼈다.

"유키, 그 미각 말인데."

"알아. 아빠한테 들었다며."

"응⋯."

조금 고개를 떨구자 유키는 내 머리를 검지로 쿡쿡 찔렀다. 얼굴을 드니 유키가 새빨간 가루를 뿌린 소시지를 내 입에 밀어넣었다. 의외로 맛있다. 감상을 말하려고 생각한 순간, 목구멍 안쪽에서 시작된 뜨거움이 입안에서 단숨에 불붙듯 퍼져나가 잠시 과호흡 상태가 되었다.

"취향이 아니라 체질이라고 했잖아."

유키는 밥이나 난도 없이 그린카레를 묵묵히 먹었다.

"그거 거짓말이야."

나는 이미 텅 비어 있는 컵의 바닥을 바라보았다.

"사실은 매운 걸 좋아하게 됐어. 그야 그렇잖아? 좋아하지 않으면, 난 앞으로 쭉 이상한 미각인 채로 살아가야 한단 말이야."

유키는 숟가락을 멈추지 않고 입과 그릇을 오가며, 풋고추조차 망설임 없이 입으로 옮겼다.

"그래서 좋아하게 되고 말았어."

유키가 미소 지었다. 분명 지금은 정말 좋아하는 것이다. 하지만 그 모습이 단지 쑥스러움을 숨기는 것으로 보이지는 않았다.

그린카레 대부분이 유키의 배 속으로 들어갔는데, 이마에는 땀방울이 하나도 없다. 게다가 심지어 부족하다는 얼굴까지 하고 있다.

"이거 맛이 좀 약하네."

"진심이야?"

"응. 먹어봐."

유키가 그릇 바닥에 남은 카레를 떠서 내 입으로 옮긴다. 소시지를 절반쯤 먹고 방심하던 차 불의의 습격을 당하고 만 것이다. 한입만으로도 온몸에서 땀이 뿜어져 나오는 바람에 입을 쩍 벌린 채 얼굴을 일그러뜨렸다.

"왜 그래?"

"맵잖아."

"진짜로?"

"이게 거짓말 같아?"

아직 물이 가득 남아 있는 유키의 컵을 빼앗아 들이켰다. 유키는 남은 소시지를 마저 먹고 자리에서 일어나려 했다. 하지만 중심을 잃고 뒤로 넘어지며 의자에서 미끄러질 뻔했다. 그리고 스스로도 무슨 일이 일어났는지 모르는 얼굴로, 등을 받쳐주는 나를 이상하다는 듯 올려다본다.

"…괜찮아?"

나는 일단 유키를 앉히고 눈을 들여다보며 물었다. 응, 유키는 고개를 끄덕이고는 바닥에 떨어뜨린 빈 접시를 주웠다.

"탈수 증상일지도 몰라. 목말라."

그러고 보면 유키는 이렇게 매운 걸 먹으면서도 식사 중에 별로 물을 마시지 않는다. 짚이는 건 하나. 미각이 망가져 아무 맛도 나지 않는 물을 이상한 맛으로 느끼기 때문이다.

그녀에게 식사는 싸움이었다.

"미안, 내가 다 마셨어."

나는 유키를 보살피며 방금 그 가게에서 차이티 2인분을 산 다음 한 손에 플라스틱 컵을 들고 다음 가게를 찾았다. 맛있게 매운 닭날개 요리, 타이완 마제소바, 마파두부 등을 먹어나가는 동안 티켓은 순조롭게 줄어들었다. 사람들도 적당히 빠지기 시작했을 때 아까 갈 곳을 계획하면서 가장 눈길을 끌었던 이케부쿠로의 인도 요리점 '사마랑' 줄에 합류했다. 임시 점포라 규모는 별반 차이가 없지만, 가게 앞쪽에 센바즈루*처럼 끈으로 묶은 수많은 고추들이 매달려 있었다.

"일본에서 제일 매운 카레 하나요."

티켓을 건네며 지나치게 돌직구인 이름의 일품요리를 받았다. 그 순간부터 누가 봐도 최종 보스일 것 같은 느낌이 나를 때려눕혔다.

기다릴 수 없다는 듯 자리에 앉자마자 먹기 시작한 유키는 내키지 않아 보였던 표정이 확 바뀌었다. 숟가락이 위아래로 오갈 때마다 눈물 나게 만드는 자극적인 냄새가 풍겼다.

"우와. 부트 졸로키아가 들어갔대. 고추보다 400배나 맵다는데 안 매워?"

유키는 고개를 저었다. 이번에는 성공이었는지, 마치 소고기덮밥을 먹어치우는 기세로 새빨갛고 진한 카레를 입으로 가져간다. 맛있냐고 묻자 유키는 천진난만한 미소를 지으며 맛있어, 하고 대답했다.

---

* 종이학을 줄줄이 이어 달아 장식한 것

"있잖아."

반 정도 먹었을 때 유키는 숟가락을 놓고 나를 보았다.

"나 사실 네가 날 정말 좋아하는지 믿을 수 없었어."

갑작스러운 고백에 어찌할 바를 몰라 입을 다물었다.

"잠깐, 그런 얼굴 하지 마. 옛날 얘기니까."

"옛날이 언젠데."

"지난해… 언제더라, 아무튼 지난해 언제쯤이었어."

유키는 죄책감이 드는 듯 내 눈을 피했다가 다시 나를 보았다. 열띤 눈빛이었다. 나는 꼬고 있던 다리를 풀고 의자에 똑바로 앉았다.

"하지만 지금은 달라. 넌 많이 고민해주었어. 우리 둘이 망가지지 않을 정도의 거리감으로. 그래서, 그러니까 앞으로 널 계속 좋아하기로 결심했어."

그 말을 나는 처음부터 계속 기다렸다. 기다리고 있었기 때문에 어쩐지 더 현실 같지 않아서 그만 멍해졌다.

그 정도로 나는 역시 이 사람을 좋아한다.

"나쓰키, 널 좋아해. 계속 함께 있어줘."

머리 위를 스쳐 지나가려 하는 유키의 말을 겨우 붙잡아 삼키고, 나는 황급히 고개를 끄덕였다.

신주쿠역 게이오신센 승강장에 들어섰을 때는 정차까지 아직 시간이 좀 남아 있었다. 우리는 벤치에 앉아 이따금 머리 위의 전광판을 확인하며 오늘 데이트에 대해 이야기했다.

"결국 나쓰키는 거의 안 먹었네."

유키가 뺨을 약간 부풀리며 질책하듯 말했다.

"말도 안 되는 소리 마. 내 혀는 평범한 혀라고."

"나도 평범해. 조금 맛에 둔할 뿐이지."

"오늘은 조금 정도가 아니었어. 마지막에 먹은 건 사람이 먹을 음식이 아니었다고…."

유키는 조용히 스마트폰을 꺼내 동영상을 재생했다. '일본에서 제일 매운 카레'에 한입 도전하고 몸부림치며 괴로워하는 내 모습이 보인다.

"알았으니까 그만해. 전철 온다."

신주쿠역치고 승강장에 있는 사람 수는 적은 편이었다. 우리는 운 좋게 맨 앞줄에 섰다. 유키가 집으로 돌아갈 때까지 앞으로 몇 번이나 더 데이트를 할 수 있을까. 머릿속으로 달력을 떠올리는데, 유키가 내 옷소매를 끌어당겼다.

"목말라."

간절한 눈으로 나를 올려다보며 말한다.

"전철 금방 올 텐데."

머리 위에서 안내 방송이 들려온다. 도착을 알리는 소리와 함께 멀리서 반짝반짝 빛나는 두 개의 헤드라이트를 보자 조금 갈등이 됐다. 그러나 유키는 떼를 쓰듯 잔망스러운 표정으로 나를 올려다보았다.

"정말 못 말린다니까."

"리얼골드. 없으면 새콤한 탄산음료 중에서 부탁해."

"네, 네."

나는 자판기를 향해 달려갔다. 플라스틱 케이스 안에서 노란 병을 찾았지만 보이지 않았다. 탄산, 탄산…. 속으로 되뇌면서 지갑을 꺼내자마자 등 뒤에서 바람이 넘실거렸다. 서두르지 않으면 전철이 오고 만다.

"유키, 탄산음료가 없는데."

나는 초조해하며 100엔 동전을 투입구에 밀어넣으려다가 그만 손이 미끄러져버렸다. 세로로 긴 구멍에서 튕겨나온 동전은 내 손을 빠져나가 발밑으로 굴러갔다.

"유키, 어떻게 할래?"

얍. 구두로 밟아 동전을 멈춰 세웠다.

시야 저편으로 유키의 뒷모습과 가까워지는 열차가 보였다. '…좋아하지 않으면, 난 앞으로 쭉 이상한 미각인 채로 살아가야 한단 말이야.' 그때 문득 유키의 말이 뇌리를 스쳤다.

유키에게 식사는 싸움이다. 살아가기 위해서, 좋아하는 걸 선택한 게 아니라 좋아하기로 선택했다. 하지만 오늘은 조금 도를 넘은 게 아닐까? 실제로 최강 매운맛 카레를 먹고 나서, 내 배는 은근한 통증을 호소하고 있었다.

유키는 아무렇지 않은 정도가 아니라 맛이 약하다고까지 말했다.

아무래도 그건 좀 이상하지 않나.

"여보세요-?"

유키의 뒷모습이 조금 작아진 것 같은 기분이 들었다. 기분 탓인가 했는데, 으스스한 오한이 등줄기를 타고 올라오자 비로소 깨달았다. 바람이 긴 머리카락을 들어 올려 발꿈치가 떠오르고 유키의 머리는 선로 쪽으로 가라앉고 있었다.

"유키!"

나는 지갑을 내던지고 달려갔다.

선로로 떨어지는 유키에게 손을 뻗었다. 그 직후 열차에서 나오는 빛이 오른쪽 시야를 가득 채웠다.

V.

어둑어둑한 통로에서 일정한 간격으로 기계가 소곤대는 듯한 알람이 들린다. 그 이외는 거의 무음이었고, 나는 숨소리조차 억누른 채 의자에 앉아 있었다.

그때 엘리베이터 소리가 날아들었다. 다급한 발소리를 내며 기타 케이스를 짊어진 후유미가 성큼성큼 걸어왔다. 그러더니 처치실에 있는 간호사의 시선 따위는 안중에도 없이 기타 케이스를 던져버리고 나에게 덤벼들었다. 케이스는 바닥을 조금 구르다 소화기에 부딪치고서야 움직임을 멈추었다.

"당신!"

난폭한 목소리와 시선이 꽂혔다. 나는 고개를 들고 잔뜩 일그러진 얼굴의 후유미에게서 시선을 피하지 않으려 노력했다.

"미안."

"미안하다면 다예요…?"

내 멱살을 움켜쥔 후유미의 손이 떨리는 것이 느껴진다. 그때마다 끌어 올리는 힘은 강해지고 숨도 점점 가빠왔다.

"그럴 거면 대체 왜 언니 옆에 있는 거예요?"

"내 책임이야."

"그야 당연하죠. 언니가 잘못한 건 하나도 없으니까… 다만 언니는, 그런 별 아래 태어났으니까. 그것뿐이에요…."

후유미는 손을 떼고 한두 걸음 물러나더니, 완전히 낯빛을 바꿔 얼음 같은 무표정으로 가장한 채 차가운 시선으로 나를 내려다보았다.

"위험에 처하기 쉬운 언니를 돕는다. 그게 당신 역할 아니었어요?"

갑작스럽게 분노가 치솟았다. 후유미의 분노가 가장 크다는 건 알고 있었지만, 그래도 어딘지 모르게 나를 통해서 유키를 바보 취급하는 기분이 들었던 것이다.

"역할이라니, 그게 무슨 소리야? 나는 역할 때문에 사귀는 게 아니야."

"역할이 있어서 행복했던 주제에!"

후유미의 고함 소리가 통로에 부딪쳐 울렸다. 깜짝 놀란 간호사가 처치실에서 나와 "괜찮으세요?" 하고 말을 건다. 그건 우리가 가장 묻고 싶은 말이었다. 닫힌 문 너머에 있는 유키가 지금 웃고 있는지, 아니면….

그때 문이 열렸다. 새어나오는 빛 속에서 앞주머니에 펜을 꽂은 채 둥근 안경을 쓰고 흰 가운을 입은 중년 남자가 얼굴을 내밀고는 들어오세요, 하며 우리 두 사람을 불렀다. 들것에 누워 담요를 덮고 있는 유키가 보였다.

"유키!"

"언니!"

우리는 서로 정반대 방향에서 베개를 베고 누워 있는 유키의 머리맡으로 달려들었다. 유키는 뒤통수에 거즈를 대고 붕대로 고정한 상태였다. 의식은 또렷한지 우리 둘을 번갈아 보며 어리둥절해했다.

"후유미잖아. 무슨 일 있었어?"

"무슨 일이냐니! 나쓰키 씨한테서 연락받고 날아온 거야."

"하지만 이미 막차 끊기지 않았어?"

"지금 그게 중요해?"

흥분한 후유미를 옆에 있던 간호사가 제지했다. 유키는 도쿄에서 자취를 시작한 지 아직 2주밖에 지나지 않은 여동생을 언니다운 다정한 시선으로 바라보다가, 이번에는 나를 향해 고개를 돌렸다.

"미안해. 조금 휘청거렸을 뿐인데."

"나야말로 미안…."

유키가 고개를 저었다. 그러자 간호사가 머리는 가급적 움직이지 말라고 충고했다.

"그쪽은 가족이세요?"

자신을 가리킨 것이라고 생각한 후유미는 끄덕이면서 동생이에요, 하고 대답했다. 그러자 남자 의사는 놀란 표정을 지었다.

"그때 배 속에 있던 게 학생이었나요. 많이 컸네요."

의사가 흐뭇한 얼굴로 말했다. 후유미는 무표정하게 의사를 바라보았지만, 곧 긴장이 풀렸는지 처음 뵙겠습니다, 하고 인사했다.

"아마노 선생님이시죠…?"

"네. 아마노입니다."

"그렇구나. 후유미는 만난 적 없었구나."

베개에 뒤통수를 댄 채 유키가 말했다.

"벌써 20년쯤 되었나. 전국 병원을 돌아다니며 검사해도 이상을 발견하지 못했는데, 마지막에 만난 분이 아마노 선생님이었어. 아마노 선생님만 유일하게 내 증상에 관심을 가져 주셨거든."

그 이후 아마노 선생은 유키의 도쿄 쪽 담당의가 되었다고 한다. 확실히 유키의 스마트폰 긴급 연락처에 이 사람의 이름도 있었던 기억이 난다.

"관심이라고 할까, 실제로 불가능한 일은 아니라고 생각했을 뿐입니다. 다만 현대 의학에서는 병명을 붙일 수도 없고, 모델 케이스도 없는 유일한 사례죠."

아마노 선생은 고민스러운 것처럼 미간을 좁히며 자매를 비교하듯 보고는, 마스크에 손을 대고 가래 낀 기침을 한 번 했다. 들것이 차지한 진찰실에는 의자가 하나뿐이라 후유미가 앉았다.

"이와토 유키 씨는 타박상에 의한 뇌진탕으로 추정됩니다."

아마노 선생이 세로 방향으로 놓인 PC 모니터에 CT 사진을 띄웠다. 유키의 뇌 단면도가 나타난다.

"철도에 부딪혔다는 이야기를 들었는데요."

"네, 그래서 위험하다 싶어 곧바로 끌어당겼어요."

"아마 부딪히지는 않은 것 같습니다. 찰과상은 없었으니까요. 뇌진탕의 원인은 후두부 강타고, 그 이외의 문제는 딱히… 없군요."

그가 색이 진한 부분을 가리키며 말했다.

나는 선로 안으로 떨어지려는 유키의 팔을 잡아 온 힘을 다해 끌어당겼다. 힘이 너무 셌던 탓에 내가 넘어지면서 유키도 같이 넘어지고 만 것이다. 끝까지 손을 놓지 않았기 때문에 유키가 전철역 승강장 바닥에 머리를 세게 부딪히는 상황이 되었다. 그리고 그녀는 2분 정도 의식을 잃었다.

"의식 장애가 있었다고 들었는데, 일시적인 증상입니다. 구급차 안에서는 특히 문제없이 대화할 수 있었다고 하고요. 괜찮아요. 음, 그렇게 믿고 싶긴 하지만, 만에 하나 후유증이 남을 수도 있으니까 검사를 위해 입원하도록 합시다."

후유미가 물끄러미 나에게 싸늘한 시선을 보낸다.

"얼마나요?"

"사흘은 지켜봐야죠."

유키의 질문에 아마노 선생이 재빠르게 대답했다.

"선생님, 저…."

후유미의 눈썹이 일그러지는 것이 눈에 들어왔다. 역시 주제넘은 참견이었을까? 그러나 내가 질문을 거두어들이기 전에 뭔가요, 하고 아마노 선생이 물었다.

"왜 유키가 휘청거렸던 걸까요. 지금 생각해보니 오늘은 좀 감각이 둔해 보이네, 싶은 적이 여러 번 있었던 것 같아요. 하지만 겨울잠에 들어가기까지 아직 한 달은 남았잖아요."

그러자 아마노 선생은 이마에 주름을 잡으며 어려운 문제라는 표정을 지었다.

"겨울잠…. 그러게요. 유키 씨가 겨울만 되면 잠드는 메커니즘은 의학적으로는 아직 밝혀지지 않았습니다. 그러니 이제부터 말하는 건 어디까지나 억측입니다만."

그렇게 전제하고서 아마노 선생은 CT 사진을 주시하며 말했다.

"일반적으로 수면에 들어갈 때는 심부 체온이 저하됩니다. 이 시스템이 유키 씨의 수면에도 적용된다고 하면, 지지난해부터 쭉 이어지는 극심한 한파가 유키 씨의 생체 리듬에 영향을 미쳤을 가능성도 있습니다."

날씨가 추워졌기 때문에 겨울잠 시기가 빨라졌다고? 이해가 될 것 같으면서도 뭔가가 마음에 걸렸다.

지난해 언젠가 유키에게 진짜 눈을 보러 가자고 말했었다. 유키는 지금까지 눈을 본 적이 없다. 그 계절이 되면 잠들어 버리기 때문이다. 하지만 꼭 겨울에만 눈이 오는 것은 아니다. 홋카이도에 가도 되고, 아니면 북쪽에 있는 나라들을 여행하는 것도 좋다. 농담 반 진담 반으로 그런 이야기들을 나누었다. 만약 경솔하게 홋카이도로 날아갔다면, 유키는….

"그럼 예를 들어 여름에 에어컨 때문에 몸이 차가워져도 잠이 오게 될까요?"

"글쎄요. 그건 잘….'

"냉탕에서 목욕하면 어떻게 되나요?"

"으음, 유키 씨는 온도 변화를 상당히 장기적인 관점에서 감지하고 있을 가능성이 있습니다. 지극히 정상인 사람의 하루를 길게 쭉 늘인 것처럼….'

아마노 선생은 안경을 몇 번이나 고쳐 쓰면서 신중하게 말했다.

"하지만 아직 확실한 건….'

"그 말이 그 말이잖아요."

이성적으로 생각하기 전에 먼저 말이 입 밖으로 뛰쳐나왔다. 내 발언으로 그 자리는 정적에 휩싸였다.

"모르겠다, 단정할 수 없다, 그 말만 하고 있잖아요. 의사는 사람을 구해야 하는 거 아닌가요?"

"저희로서도 최대한 노력하고 있습니다. 다만….'

"다만 뭐예요? 유키는 특별하다고요? 그래서 진단할 수 없다고요?"

"기분은 매우 잘 알겠습니다. 그러니까….'

"아무것도 모르잖아요!"

아무 생각도 할 수 없었다.

"선생님은 유키가 지금 어떤 문제에 직면해 있는지 하나도 모르세요!"

마치 내가 누군가의 손에 들려 마구 쏘아대는 무기가 된 것만 같았다.

"나쓰키."

하지만 부드럽고도 강한 목소리가 나를 제지했다. 상반신을 일으킨 유키가 곧은 눈동자로 나를 응시했다.

"원래 그런 거야."

지금 같은 장면을 몇 번이나 계속 봐왔던 사람의 설득력 있는, 체념을 품은 눈이었다. 그 목소리를 듣자 가위에 눌린 것처럼 말이 나오지 않았다.

유키는 4층 병실로 옮겨졌다. 나와 후유미는 유키의 병실에 있는 간이침대나 대합실 의자, 아니면 처치실의 침대에서 자도 된다는 허락을 받았다. 그러나 결과적으로 우리 둘 다 대합실 긴 의자에서 발밑의 전등과 자판기 불빛에 의지해 첫차가 운행할 때까지 4시간을 보내게 되었다.

긴 의자는 한 사람이 겨우 누울 만한 너비였고, 다리를 뻗으면 어떻게 해봐도 복사뼈 아래가 공중에 떠버렸다. 떫은 가죽 냄새는 그다지 신경 쓰이지 않지만, 베개처럼 베고 누운 백팩의 걸쇠가 딱딱해서 아팠다.

"자요?"

후유미가 목소리를 낮췄다. 나는 몸을 조금 일으켰다. 내가 누워 있던 의자와 가장 멀찍이 떨어진 곳에서 후유미의 뒤통수가 보였다.

"아니, 일어나 있어."

"아까는 엄청 뻔뻔하던데."

후유미가 작게 한숨을 쉬었다.

"그래도 고마웠어요. 내가 하고 싶은 말을 대신 해줘서."

"딱히 대변하려고 했던 건 아냐."

"감사 인사를 하는 거잖아요. 인사를 듣는 쪽답게 행동해주세요."

나는 무리하게 옆으로 누워 머리를 팔로 감쌌다. 자판기의 지잉, 하는 희미한 진동음이 잠을 방해했다.

"이런 데 있지 말고 언니한테 병실에서 같이 자자고 해. 가족이잖아."

"언니는 밤에 같이 있는 걸 싫어해요."

그랬나? 지금까지 유키는 밤마다 계속 나와 한 침대에서 잤다. 내 팔베개를 벤 유키의 무게가 떠오른다. 유키는 늘 깊은 물속에 가라앉듯 잠에 빠져들곤 했다.

그리고 곧, 그 깊은 잠이 그녀를 집어삼킬 것이다.

"그럼 처치실은?"

"무슨 소릴 하는 거예요. 우리는 환자가 아니라고요."

후유미는 딱 잘라 말하고는 일어나서 내 의자 옆으로 왔다. 그러더니 내 다리를 손으로 탁탁 쳐내고 그 옆에 앉았다. 어두운 실내에서도 화재경보기의 빛을 받아 붉게 빛나는 후유미의 눈동자가 보였다.

"나쓰키 씨."

딱딱한 목소리. 또 질책당할 거라 생각했다.

"난 언니의 그림을 좋아해요."

짙은 눈썹이 완만한 경사를 만든다. 나는 흐트러졌던 자세를 똑바로 하고 후유미 쪽으로 몸을 돌렸다.

"여섯 살이나 차이 나니까, 내가 철이 들었을 때부터 이미 언니가 그린 그림이 많이 있었어요."

"나는 유키가 완성한 그림을 너희 집에서 말고는 본 적이 없어."

그러자 후유미는 의기양양한 얼굴로 그런가요, 하고 반쯤 웃으며 말했다.

"꿈에서 보는 모양이에요. 어둠에 떠 있는 무지개 강이라든가, 사람을 삼키는 빛의 산이라든가, 아무도 없는 조용한 거리 같은 걸."

후유미의 시선이 그 한순간 어딘가 먼 곳으로 이어졌다.

"그렇게 막연한 걸 소재 삼아 언니는 말로 표현할 수 없을 정도로 멋진 그림을 그리더라고요. 그 모습을 계속 지켜보고 싶었어요."

"그래서 유키를 지켜야 한다고 생각해?"

어둠 속에서 후유미의 얼굴이 천천히 위아래로 움직였다.

"내가 언니를 구할 예정이었어요. 나는 그러기 위해 태어난 거예요."

"너무 지나친 생각 아니야?"

"아뇨. 그렇지 않아요. 내 이름… 이상하다고 생각하지 않아요?"

후유미는 자신의 가슴에 손을 얹고 가만히 나를 바라보았다. 불가능의 불, 유래의 유, 미인의 미…. 후유미는 처음 만났을 때 자신의 이름을 그렇게 설명했다. 불가능의 불. 그때는 후유미의 첫인상이 워낙 강렬했던 탓에 이름의 의미는 그다지 기억에 남아 있지 않았다.

"이름에 부정적인 글자를 붙이다니 별로 흔한 경우는 아니죠. 유래를 물을 수도 없었어요. 그래서 의미 없는 존재라는

272

거예요."

그저 끄덕일 수밖에 없었다. 나는 누가 나쓰키라는 이름을 지어주었는지 물어본 적도 없고, 이름의 의미를 깊이 생각한 적도 없었다.

"게다가 듣고 말았어요. 중학교 2학년 때였나. 언니가 도쿄에 있는 대학에 가게 되어 집안이 시끄러웠을 때였어요. 한밤중까지 이사 준비를 하다가 마실 걸 가지러 1층에 내려갔을 때였죠. 엄마는 불안해서 언니를 못 보내겠다고 했고, 아빠는 가야 할 필요가 있다고 해서 둘이 싸우는 중이었어요. 그때 엄마가 유키 옆에 있는 것이 내 역할이라고, 그러니 후유미도 도쿄에 보내면 어떻겠냐고 했어요."

"......"

"당시엔 여러 가지로 힘든 상황이었다는 것도 알아요. 다만… 언니의 대역으로 그 역할을 위해 살고 있어서…. 하지만 그 역할을 완수하지 못했으니까…."

"완수하지 못했다니, 왜 그런 말을 해."

"나쓰키 씨라면 알 거예요."

나는 자판기 불빛 때문에 흐릿해진 후유미의 윤곽을 눈을 가늘게 뜨고 바라보았다.

"나는 가족이고, 당신은 타인이니까. 타인은 반려가 될 수 있는 존재라는 뜻이에요."

반려.

그 말의 충격이 느껴지기도 전에 후유미는 말을 이었다.

"이 길이 어디로 이어질지 가끔 상상해요. 하지만 길은 아득히 먼 곳에서 각각 다른 방향으로 나뉘어 있어요. 원래 한 길이었던 자매는 합류할 수 없어요. 하지만 당신은…."

그런가…. 타인이기에 느끼고 있던 거리감도, 유키를 속속들이 알지 못한다는 초조함도 후유미에게는 전부 손에 넣기 힘든 것들이었다. 타인이기 때문에 비로소 같은 길을 나아간다는 '선택'을 할 수 있다. 언젠가 자신의 인생을 걸어가야 할 후유미는, 그렇기에 누군가에게 '맡기는' 수밖에 없었다.

"질투… 했었어?"

"어, 엄청. 대놓고 물어보네요?"

"미안, 진짜 몰랐어. 몹시 나를 싫어한다고만 생각했지."

"싫어해요!"

후유미는 소리를 지르며 처음부터 싫었어요, 라고 덧붙인다. 그리고 잠시 아래를 향하던 시선을 들어 올려 나와 두 눈을 맞추었다.

"그래도 감사하고 있어요."

그렇게 말하고는 머리를 숙였다.

후유미가 일어나서 아까 있던 장소로 돌아갔다. 이번에는 그녀의 뒤통수가 보이지 않았다.

눈을 떴을 때는 어슴푸레한 빛이 머리 위를 덮고 있었고, 몸의 오른쪽은 의자 밑으로 내려온 상태였다. 손으로 더듬자 입가에서 흐른 침이 뺨을 타고 턱까지 내려온 흔적을 알 수 있었다. 잠들어버렸다는 걸 깨닫고 초조함이 밀려들었다.

당황스러운 마음으로 스마트폰을 확인하니 오전 6시 정각이었다. 여섯 건의 새 알림이 와 있었다. 세 건은 인터넷 뉴스, 한 건은 도모미, 두 건은 유키에게서 온 메시지였다. 유키의 메시지는 1시간 전에 도착했다. 오렌지주스와 아침밥을 사다달라는 내용이었다.

"오렌지주스."

나는 벌떡 일어나 구깃구깃해진 코트를 다시 입고, 백팩을 메고, 벽에 걸린 원내 지도를 확인한 뒤 서둘러 매점으로 향했다. 병원의 아침은 밤에 받은 인상과는 전혀 달라서 환하고 깨끗한 느낌이 들었다.

채광 좋은 큰 창으로 들어오는 아침 햇살이 건물에 둘러싸인 안뜰의 작은 식물원과 나무 발판에 쏟아져 내렸다. 아직 진료 시간이 아니라 로비에 지나다니는 사람들은 한 명도 없었다. 당연히 매점도 열려 있지 않아서 휴게 공간에 있는 자판기를 찾아야 했다. 포도나 복숭아는 있는데 오렌지가 좀처럼 보이지 않았다. 다섯 번째 자판기에 이르렀을 때 드디어 과즙 20퍼센트 감귤주스를 찾았다. 옆에 있던 음식 자판기에서 카레빵을 함께 사서 4층으로 올라갔다.

병동에서는 이미 조식을 실은 거대한 카트가 바쁘게 움직이고 있었고, 앞 번호부터 차례대로 간호사가 방문했다. 링거대를 끌고 복도를 돌아다니는 할아버지의 모습도 보였다. 방 번호를 찾는 나를 보고 여자 간호사가 다가와 면회 오셨나요, 하고 물었다. 어젯밤 일을 이야기하자 간호사는 438호실 앞까지 안내해주었다. 그곳은 4인실이 아니라 1인실이었다. 그래서 아직 간호사의 방문도, 아침 식사 배식도 시작되지 않았다.

문을 살짝 여는데 안에서 목소리가 새어나왔다.

"언니."

나는 더욱 조심스럽게 열린 틈새에 몸을 밀어넣었다.

"이제 적당히 좀 해."

후유미의 목소리였다. 들어갔을 때와 마찬가지로 숨을 죽이고 문을 닫았다. 눈앞에는 복숭아색 커튼이 쳐져 있어서 안쪽의 모습은 보이지 않았다.

"그것 봐, 휴. 얘기가 길어지니까 간호사가 와버렸잖아."

"얼버무리지 말고."

후유미의 말투가 거칠었다. 커튼 위로 겹쳐지는 두 사람의 그림자가 마치 부모 자식처럼 보였다.

"그 사람, 좋은 사람이야."

"알아. 그건 내가 제일 잘 알고 있어. 후유미야말로 갑자기 왜 그래. 원래 싫어했잖아."

"나는! 그냥…."

"그냥 뭐. 언니를 빼앗겨서 쓸쓸했어?"

유키의 장난스러운 웃음소리가 흘러나오자 어쩐지 갈비뼈 안쪽이 간질간질한 기분이 들었다.

"난 아무래도 상관없어. 언니 얘길 하고 있는 거야."

후유미의 치켜 올라간 눈꼬리가 상상되었다. 나는 커튼과 문 사이에 있는 세면대에 허리를 기대고 두 손을 무릎 위에 두었다.

"역시 무리야."

유키는 아무 대답도 하지 않았다. 배식대가 드륵드륵 이동 하는 소리만이 방 밖에서 들려왔다.

"그 사람은 나쁘지 않아."

"후유, 나 있지. 나쓰키를…."

"좋아하게 된 거지? 알고 있어. 지긋지긋할 정도로 잘 알겠어. 하지만 그래서 안 되는 거야. 어디까지 그 사람을 끌어들일 작정이야?"

"하지만 이번에는…."

"맨날 그렇게 말하잖아. 항상 그러면서 바보짓만 하고."

무슨 이야기인지 전혀 모르겠다. 나는 자세가 흐트러진 것도 깨닫지 못한 채, 세면대가 놓인 좁은 공간에서 그저 우두커니 서 있을 수밖에 없었다.

"부탁이야. 이게 마지막이니까."

간절한 목소리. 유키의 목소리였지만, 마치 다른 사람 같은 말이었다.

"이번이 진짜 마지막이니까."

그 가녀린 목소리를 뿌리치듯이 후유미가 말했다.

"하루토 씨 때도 언니는 똑같이 말했잖아."

오지로 하루토. 학교에 나오지 않게 된 도모미의 오빠. 유키를 너무 사랑해서 인생을 망가뜨린 남자…. 내가 들은 바로는 그렇지만, 사실은 어떨까.

"하루토는 상관없어."

유키가 다른 남자의 이름을 부르는 목소리. 그게 묘하게 도발적이고 요염해서, 나는 꿀꺽 침을 삼켰다.

"그야 언니는 자고만 있었잖아! 당연히 상관없겠지!"

쾅, 뭔가 딱딱한 물건끼리 부딪치는 소리가 났다. 나는 깜짝 놀라 초록색 액체 비누통을 세면대 안에 떨어뜨리고 말았다. 쿵, 데굴데굴. 비누통이 배수구 마개 위로 굴러가자 센서가 반응했는지 수도꼭지가 쏴아아, 물을 뿜었다.

"어라, 좀 이상하네. 간호사가 늦지 않아?"

그렇게 말하고 후유미는 성큼성큼 걸어와 내가 대처할 틈도 주지 않고 커튼을 열어젖혔다.

"몰⋯."

후유미의 눈이 크게 떠지고 색이 옅은 뺨이 서서히 분홍빛으로 물든다.

"몰래 엿듣다니 진짜 최악이야!"

후유미는 내 가슴을 손으로 밀치면서 방을 나간 뒤 그대로 엘리베이터 쪽으로 걸어갔다. 차마 쫓아가지 못하고 발길을 돌리고는 실례합니다, 하고 말하며 머리를 숙여 커튼 아래로 지나갔다.

"아, 오렌지주스다."

유키는 몸을 조금 일으키고, 꽃이 피어나듯 밝은 표정으로 내 쪽을 가리켰다.

"아직 매점이 안 열어서. 100퍼센트는 아니야."

"100퍼센트가 아니어도 용서해줄게."

고마워, 그렇게 말하며 파이프 의자에 앉았다. 방금까지 이 자리에 앉아 있던 사람의 집념이 남아 있는 듯 의자는 아직 따뜻하다.

"오렌지주스 좋아하더라. 정작 오렌지는 싫어하면서."

"왜, 그럼 안 돼?"

유령처럼 손을 흐느적거리며 고개를 흔드는 유키.

"하지만 보통 문병 올 때는 과일 자체를 가져오지."

"그럼 내가 정말로 원하는 걸 알고 있는 넌 행복하겠네."

유키가 카레빵을 받아 든 그때 하늘색 옷을 입은 간호조무사가 배식대에서 플라스틱 식판을 꺼내 이동식 책상 위에 놓았다. 밥과 묽은 된장국, 찐 베이컨 같은 것, 양배추무침, 그리고 요거트였다. 유키는 카레빵을 식판 옆에 놓고 먼저 밥과 된장국부터 먹기 시작했다.

"어젯밤부터 아무것도 못 먹었잖아. 배고파."

창가 커튼 사이로 새어드는 아침 햇살이 유키의 칠흑 같은 머리에 쏟아졌다. 가슴이 꽉 조여오는 듯한 감각이 갑작스럽게 덮쳤다. 그때 유키가 고개를 갸우뚱하며 나를 보았다.

"왜 그래?"

뭐라 말로 표현할 수 없어 이동식 책상 위에 놓인 유키의 왼손을 세게 잡았다.

"아파."

"그때 죽어도 이상하지 않았어."

나는 유키의 손등에 얼굴을 묻었다. 유키의 오른손이 착하지, 착하지, 하는 목소리와 함께 뒤통수로 내려온다.

"너 죽었을지도 몰라…."

"지나친 생각이야."

등 뒤에서 인기척이 들려 고개를 들었다. 여자 간호사가 우당탕 소리를 내며 은색 받침대를 끌고 들어온다. 눈가를 최대한 자연스럽게 닦으며 자리에서 일어났다.

"그럼 학교 갔다 올게. 일단 집에 돌아가야지. 교수님한테 결석하는 이유도 알려야 하고. 오후에 다시 올게."

스마트폰을 꺼내 침대와 함께 유키의 전신을 사진에 담았다. 그 순간에도 유키는 환하게 웃었다.

VI.

　미술학과 건물 1층 로비에 있는 가지 모양 의자에서 기다리고 있자니, 딱딱한 구두 밑창을 울리는 소리가 들려 자리에서 일어났다. 녹색 비즈니스 정장으로 전신을 감싸고 콧수염을 기른 중년 남자. 내가 앞에 나오자 남자는 발을 멈추고 나를 알아본 듯 우즈메 군이었나, 하고 물었다.

　"네, 간자키 교수님. 오랜만입니다."

　"아아, 역시. 나이를 먹으면 사람 얼굴을 기억하기가 힘들어서. 다행이군. 전에 이와토 군 일로 이야기를 나누었지."

　교수의 목소리에는 아직 망설임이 있었다. 내가 끄덕이자 간자키 교수는 안심한 것처럼 몇 번이나 고개를 끄덕거렸다.

　"그래서 용건이 뭐지?"

"실은 유키가 입원을 해서요."

나는 그렇게 말하고 오늘 아침에 스마트폰으로 찍은 사진을 보여줬다. 그러자 교수는 안색을 바꾸고 화면을 노려보며 걱정스럽게 말했다.

"괜찮은 건가? 상태는 좀 어때?"

"어제 머리를 좀 부딪혔어요. 아마 괜찮을 겁니다. 2, 3일이면 퇴원할 수 있다고 했으니까요."

"그런가. 그 말을 하러 일부러 와줘서 미안하군."

"메일은 바로 확인을 못 하실까 싶어서요. 추상화 수업은 오늘 4교시였죠?"

교수가 고개를 끄덕였다. 그 뒤로 무리 지어 있는 사람들의 그림자가 보였다. 어쩌면 여기에서 기다리고 있었을 때부터 시야에 들어왔을지도 모르지만, 인식한 것은 지금이 처음이었다.

"저어, 겨울에는 못 나오니까 다른 때는 전부 출석해야 한다고 하셨잖아요."

"아니, 물론 그래야 하는데. 그런 사진을 보여주니까."

간자키 교수는 가죽 가방을 오른손에서 왼손으로 바꿔 들었다. 그 가방에서 한때 학생의 개인 정보가 유출되었다고는 꿈에도 모른 채.

"통원 기록을 사무실 사람에게 갖다주게. 간자키라는 이름을 대면 될걸세."

"감사합니다."

나는 머리를 숙였다. 그때 딱히 의식한 것은 아니었으나, 희미하게 귀에 들려오는 목소리가 있었다. 여러 명이 유키의 이름을 입에 올리며 근거 없는 억측을 늘어놓았다.

"병문안은 못 가지만, 빨리 나으라고 전해주게."

다시 뚜벅뚜벅 소리를 내며 교수가 걸어갔다. 남겨진 나는, 나를 제외한 모든 사람이 예술학부 학생일 이 미술학과 건물을 쭉 둘러보았다.

"저기 봐. 유키의⋯."

"1년 넘게 만나고 있다는 그 사람인가?"

"하루토 선배 이후로 오래가네."

입방아를 찧는 말들이 언제부턴가 나를 둘러쌌다. 그중에서도 다섯 명은 도를 넘어 나를 노려보았다. 언젠가 내가 데생실에서 유키에 대해 물었던 그 다섯 명이다.

"야, 류타로. 너무 뚫어지게 보지 말라니까."

안경 쓴 남자가 달래도 류타로는 계속 쏘아보았다. 나는 한시라도 빨리 그 자리를 뜨고 싶었다. 그래서 그들에게 등을 돌리고 아무것도 들리지 않는 척하며 자리를 떠나려 했다.

"그 계집애만 등교 면제라니 말이 돼?"

류타로의 투덜거리는 소리가 내 등에 손톱을 세웠다.

"안 그래도 지루한 수업인데 필수 과목이 웬 말이야. 간자키도 짜증 나지만 그 계집애도 제법 아냐? 그거잖아. 간자키랑도 잤겠지."

주먹을 어찌나 꽉 쥐었는지 손톱이 손바닥을 파고든 것은 처음이었다. 나는 이를 악물고 오른발을 내디뎠다. 오른발을 디디자 자연스럽게 왼발도 내디딜 수 있었다.

"치사하지 않아?"

"뭐가 치사하다는 거지?"

어느샌가 나는 돌아보고 있었다. 그뿐 아니라 그들 쪽으로 걸어가기 시작해 어느새 류타로라는 남자의 눈앞까지 왔다. 류타로는 대놓고 빈정거리며 웃어 보였다.

"치사한 거 맞잖아? 얼마나 대단한 집안 사정인지 몰라도 겨울 동안에는 학교에 안 와도 된다며? 한 사람한테만 그런 특례를 허락해도 된다고 생각해?"

"유키는 자기가 원해서 그렇게 된 게 아니야."

"그래서 뭐 어쩌라고? 나는 불공평하다는 말을 하고 있는 거야."

불공평. 그 말을 그대로 돌려주고 싶었다. 겨울에 잠드는 것이 유키가 아니라 이 남자라면 얼마나 좋았을까.

"그 녀석은 여러 가지로 엄청나게 우대받았어. 수업에 안 나와도 되고, 과제 제출도 안 해도 되고. 여러 가지로 엄청 편하게 지낸단 말이야!"

그 순간 머릿속이 폭발했다.

"아무것도 모르잖아!"

나는 난생처음 누군가의 멱살을 잡았다. 생각보다 붙잡을 곳이 마땅치 않아서 상대의 목 부근을 움켜쥐기가 어려웠다. 손이 미끄러지는 바람에 거의 오른쪽 옷깃을 잡아당기는 모양새가 되었다.

"유키의 가족들이 어떤 일을 겪고 있는지, 유키 본인이 어떻게 느끼는지 아무것도 모르는 주제에, 생각해본 적도 없는 주제에 되는 대로 지껄이지 마!!"

"내 알 바야?"

류타로가 내 팔을 잡고 악력을 실었다. 으드득 뼈가 울리며 내 손아귀 힘이 점차 빠져나갔다.

"노력을 하면 어떻게든 될 거 아냐? 편부모 가정에서 알바 하느라 죽어나면서도 노력하는 놈도 있고, 휠체어로 매일 등교하는 놈도 있어. 그냥 단순히 노력이 부족한 거라고!"

내 손이 옷깃에서 완전히 떨어지자 류타로의 호전적인 눈이 동정 어린 시선으로 바뀌었다.

"진짜, 너도 참 안됐다."

류타로는 내 팔을 붙잡은 채 몸을 끌어당기고 다른 손으로 뒤통수를 도려내듯 움켜잡았다.

"너도 이용당하고 있을 뿐이야."

"진짜 적당히 좀 해."

안경 쓴 남자가 끼어들었다. 류타로의 가슴을 손으로 밀고 나서 이번에는 고개를 돌려 턱짓으로 나를 가리켰다.

"그리고 당신도. 이쪽에서 너무 설치고 다니지 않는 게 좋을 거예요. 지난주에도 지지난 주에도 왔었죠?"

"그건 그냥 마중하러 온 건데요."

"이유야 어쨌든, 너무 그러지 않는 편이 좋을 거예요."

그렇게 딱 잘라 말하고, 안경 쓴 남자는 류타로의 팔을 끌어당기고는 나머지 세 명과 함께 통로 쪽으로 걸어갔다. 축 늘어진 오른쪽 손목에서는 수갑을 찬 것 같은 통증이 느껴졌다. 다시 한번 주위를 둘러보고 나서 나는 캠퍼스의 출구로 향했다.

엘리베이터가 4층에 도착하자, 같이 타고 있던 가족이 내리고 후드티 위에 바람막이를 걸친 남자가 탔다. 야간 교대

시간까지는 아직 좀 남았을 것이다. 면회를 마치고 돌아가는 사람일까.

"저기, 이거 올라가는 거예요."

내가 어림짐작으로 말하자, 남자는 후드를 뒤집어쓴 얼굴을 들더니 죄, 죄, 죄… 하고 더듬거리다 한참 만에 죄송합니다, 하고 대답했다. 그러면서 당황해 몸을 돌리는 바람에 목에 걸려 있던 끈 같은 게 내 어깨에 부딪쳤다.

"저기, 면회 카드가…."

"아!"

남자는 다시 고개를 들고 푸른 수염이 난 둥그스름한 얼굴을 드러냈다. 그러곤 한심한 미소를 지으며 고, 고, 고마워요, 하고 고개를 숙였다.

접수처에서 면회를 신청하고 종이 한 장을 받았다. 나는 보스턴백을 바닥에 놓고 펜을 잡았다. 방문 일시와 목적, 그리고 환자와의 관계를 선택하는 칸이 있었다. 가족, 친구, 기타…. 세 가지밖에 없는 선택사항 중에서 잠시 망설였다. 고민 끝에 기타의 괄호 안에 연인이라 쓰고 제출하자, 접수받는 여자는 조금 미심쩍은 얼굴로 연인… 하고 중얼거리며 받아들었다.

내 외형에 문제가 있는 걸까.

아까 그 남자가 반납한 면회 카드가 그대로 돌아왔다. 카드를 목에 건 뒤 438호실로 향했다. 문을 열자 복숭아색 커튼이 열려 있고, 창문으로 검푸르게 저물어가는 하늘과 어렴풋하게 빛나기 시작한 거리의 야경이 보였다. 창밖 풍경에 넋을 잃은 유키는 침대 가장자리에 앉아 종이 앞치마 같은 입원복을 입은 채 내게 등을 보이고 있다.

"갈아입을 옷 가져왔어."

내 말에 유키는 어깨를 움찔하면서 뒤돌아보았다.

"빠, 빨리 왔네!"

유키는 'ㄷ'자 모양의 침대 테이블에 팔꿈치를 올린 채 손끝으로 두드리는 소리를 냈다.

"그래? 오히려 늦어서 미안하다고 말하려던 참이었는데."

"그런가. 생각보다 시간이 아직 이른데. 이렇게 날이 짧아져서."

유키의 시선은 다시 창밖을 향했다. 나는 보스턴백을 침대 옆에 두고 파이프 의자를 끌어당겨 앉았다. 기묘하게도 희미한 온기가 느껴졌다.

"어? 누가 왔었어?"

움직이던 유키의 손끝이 딱 멎는다.

"친구."

"우와. 시모키 씨 말고도 친구가 있었구나."

"오늘 검사는 말이지, 엑스레이랑 MRI였어. MRI는 엄청 까다로워. 그거 어떻게 안 되는 걸까."

이야기를 가로막는 바람에 기분이 상했지만, 보스턴백을 열고 가져온 옷과 게임기를 침대 위에 늘어놓았다.

유키가 드디어 돌아보고는 옷을 고르기 시작했다.

"고마워!"

나는 고개를 들다가 큼직한 바구니를 발견했다. 안에는 오렌지색 액체가 담긴 커다란 병이 두 개 들어 있었다. 둘 다 다른 상표였고, '금상 수상'이라는 이름표가 금빛 리본으로 감겼다.

"병문안?"

"어? 아, 응."

정직한 오렌지색을 띤 오렌지주스였다. 들어보니 예상을 훨씬 웃도는 무게에 하마터면 떨어뜨릴 뻔했다. 병 자체도 묵직하고 좋은 것이었지만, 무엇보다 진한 오렌지색이 신맛과 단맛의 조화를 이룬 상큼한 맛을 상상하게 했다.

"바구니에는 보통 과일을 담잖아."

"그래, 그렇지. 이상한 애야."

유키의 사이드 테이블에는 책 몇 권이 잡다하게 놓여 있었다. 세어보니 모두 일곱 권이었다. 아무리 심심하다고 해도, 검사도 있는데 사흘 동안 입원하면서 이렇게 책을 많이 읽을 수 있다고는 생각되지 않는다.

"그거…."

말을 잇지 못하고 있는데, 간호사가 휠체어를 끌면서 들어와 검사 시간이에요, 하고 말했다.

"미안. 갔다 올게."

유키가 일어나자 나는 재빨리 어깨를 받쳤다. 그러나 팔에 느껴지는 무게가 거의 없었다. 간호사 옆으로 간 유키가 손잡이를 잡고 천천히 휠체어에 앉았다. 가볍게 인사하고 휠체어를 밀고 가는 간호사 뒤를 쫓아 나도 복도로 나갔다. 엘리베이터 앞에서 유키의 웃는 얼굴에 손을 흔들었다.

나는 유키가 시야에서 사라지자마자 곧바로 접수처를 찾았다.

"저기, 죄송한데요. 1인실은 방에 바구니 같은 것도 비치하나요?"

"바구니… 말인가요? 비품은 아닌데요."

그 말인즉슨 병문안 온 사람이 가져왔다는 것이다. 일부러 바구니에 과일이 아니라 병에 든 오렌지주스를 담아서. 어리둥절한 얼굴을 한 접수처 여성에게 머리를 숙이고 병실로 돌아왔다. 침대에 늘어놓은 파자마를 접어 옷장에 넣은 뒤 침대 끄트머리에 앉아 상반신을 쓰러뜨렸다. 베개와 이불에서는 유키가 사용하는 섬유유연제 향기가 은은히 풍겼다.

진동 소리가 연속으로 다섯 번 정도 들렸다. 유키는 베개 밑에 스마트폰을 두는 버릇이 있다. 나는 몸을 일으켜 쌓여 있는 책에 시선을 보냈다. 진동이 또 한 번 울렸다. 책을 손에 들었다. 맨 위에 있던 건 나카하라 주야*의 시집이었다. 토탄 土炭이 센베를 먹고 봄날의 석양은…, 계속 같은 행만 읽게 되어서 다음 장으로 넘어갈 수가 없었다.

진동이 또 몇 차례 울렸다. 더 이상 참을 수 없어 베개를 치우고, 바위 뒤에 붙은 무늬발게를 잡을 때처럼 스마트폰을 집어 들었다. 살짝 열기가 나는 스마트폰 화면에 최근 세 건의 메시지가 나열되어 있었다. "그래도 그거", "무첨가니까", "뜨겁게 마셔도 맛있나봐". 전부 '하루'라는 인물에게서 온 메시지였다.

나는 스마트폰을 침대에 집어 던지고 의자에 주저앉았다. 머리를 감싸고 머리카락을 쥐어뜯었다. 앞머리가 콧잔등을 찔러서 따끔따끔했다.

---

* 보들레르와 랭보, 다다이즘의 영향을 받았으며 젊은 나이에 병으로 요절한 일본 시인

집에 돌아가니 방과 부엌의 불이 켜져 있었다. 아무도 없다는 걸 알면서도 나는 현관을 두리번거리며 가능한 한 조용히 신발을 벗어놓고 조심조심 복도를 걸었다. 아침에 불 끄는 걸 잊은 것이다. 기억에는 없지만 서둘러 나왔던 터라 충분히 가능한 이야기다.

침대 밑, 옷장 안, 1층의 그늘진 곳을 전부 살펴본 후 사다리를 타고 로프트에 발을 들여놓았다. 그곳에는 기름과 잉크, 그리고 유키의 냄새가 감돌았다.

덮개가 씌워진 채 어정쩡하게 벽에 세워진 50호 캔버스를 들어 올려, 뒤편에 아무것도 없는 걸 확인하고 사다리에 손을 뻗었다. 차가운 파이프의 감각이 손끝에 전해졌다.

문득 훤칠하고 키가 큰 남자의 모습이 떠오르더니 머릿속에서 상상이 부풀었다. 팔다리가 딱딱하게 굳어 사다리를 타고 내려오다 중간에서 멈춰야 했다. 잠시 뒤 나는 다시 반대 방향으로 움직였다.

로프트로 돌아와서 지붕 밑 좁은 공간에 가득 쌓인 유키의 짐을 바라보았다. 자그마한 하늘색 캐리어와 캠핑용 배낭. 그녀의 소지품은 옷을 제외하고는 대부분 여기에 있다.

배낭 지퍼로 손을 뻗었다. 유화 물감, 포스터컬러, 사용한 적 없는 팔레트, 드로잉 펜, 광택제, 스케치북에 대학 강의 노트까지 있었다. 그중 한 권을 꺼내 열어보았다. 빽빽이 채워진 강의 내용은 전문 용어로 가득해 전혀 머리에 들어오지 않았다.

스마트폰이 울렸다. 엉거주춤한 자세여서 주머니에 손을 넣기가 어려웠다. 도모미였다. 여섯 번 울린 뒤 벨 소리가 끊겼다.

캐리어에는 번호식 자물쇠가 걸려 있었다. 문구점에서 살 수 있는 세 자릿수 녀석이다. 유키가 소지품에 자물쇠를 달아놓은 줄은 몰랐다. 당겨봐도 달칵달칵 소리만 날 뿐 열리지 않는다. 일단 손을 떼었다.

'너도 이용당하고 있을 뿐이야.'

그럴 리 없는데.

3월 9일…. 열릴 리 없다고 생각하면서도 유키의 생일로 딱 한 번 시험해보았다. 그러자 달칵, 하고 자물쇠가 풀렸다. 순식간에 내장까지 차갑게 식었다. 건드릴 것도 없이 자물쇠는 툭 하고 멋대로 바닥에 떨어졌다.

지퍼를 움직여 덮개를 들어 올렸다. 투명한 파우치 안에 든 메이크업 세트가 보였다. 그 외에는 올해 여름에 갔던 유니버설스튜디오에서 산 인디아나 존스 통조림과 구사쓰 온천에서 기념품으로 구매한 유아가리카린토의 틴케이스로 물건을 정리해놓았다. 틴케이스 안에는 통장과 인감이 들어 있었다.

나는 대체 뭘 하고 있는 걸까. 덮개를 닫으려 했을 때 또 스마트폰이 울렸다.

"여보세요."

"지금 혼자 있어…?"

도모미의 목소리는 조금 날카로웠다.

"응."

"다행이다. 같이 살고 있다고 들어서."

"유키가 들으면 곤란한 이야기야?"

바람 소리 같은 잡음이 귓가에서 지직지직 울린다. 요시카와 씨, 배달 좀 가줘, 하는 목소리가 멀리서 들렸다. 그리고 숨을 크게 들이쉬는 소리.

"있잖아. 이거 말해야 하나 말아야 하나 망설였는데…. 나쓰키, 9월 4일에 이와토 씨랑 같이 있었어?"

"그랬던 것 같은데."

그때 덮개의 뒷면 그물주머니에서 뭔가가 바닥에 떨어졌다. 금색과 은색의 반짝이로 장식된 새빨간 봉투에는 '메리 크리스마스'라는 글자와 초록색 트리 실이 붙어 있었다.

"이거 진짜 우연인데, 나 9월 4일에 동아리 졸업 모임이 늦게 끝났거든. 첫차 올 때까지 역 앞을 어슬렁거리고 있었어. 그랬더니 나쓰키네 집 근처에 럭비공 같은 거 장식된 바 있잖아. 거기서 이와토 씨가 말이야."

스마트폰이 진동한다. 도모미가 사진 한 장을 보냈다. 스피커폰으로 해두고 사진을 열었다.

"물론 이건 이와토 씨한테… 듣고 있어…?"

그리고 이틀 후 유키는 무사히 퇴원했다. 의식 장애도 없고 뇌에 이상도 없는, 모두가 기뻐할 모습으로 귀환했다.

VII.

헤드보드에 세워둔 베개에 등을 기대고 심야 프로그램을
보고 있는데, 유키의 머리가 기울어져 내 오른쪽 어깨를 두드
렸다. 시계를 올려다보자 이미 밤 12시 반을 지나고 있었다.
생각해보면 유키가 졸려하는 것은 언제나 12시 반이었다.

"슬슬 잘까?"

촉촉한 눈 위에 쌍꺼풀이 여러 겹 생긴 유키는 고개를 끄
덕였다. 아마노 선생에게서 이상이 없다는 보증을 받았지만,
벌써 10월이 시작되었다. 나는 유키 옆에 딱 붙어 쓰러지지
않도록 세면대까지 데려다주었다.

한 쌍의 컵 중 파란 쪽에 먼저 물을 부은 뒤 칫솔을 담그고
치약을 충분히 짰다. 유키도 칫솔을 잡으려 해서 나는 목욕탕

쪽으로 물러났다.

세면대의 거울은 물때가 끼어 아래쪽은 쓸 만한 게 못 됐
다. 거울에 비치는 유키의 표정도 부옇게 흐려졌다. 지난해
크리스마스에 나는 뭘 하고 있었더라. 레이지 씨와 함께 술을
마셨던 건 기억난다.

칫솔 든 팔을 상하좌우로 마구 움직였다.

"그렇게 세게 하면 안 되지."

양치질을 멈춘 유키가 말했다. 컵의 물로 입을 헹구자 뱉
어낸 치약 거품에 분홍빛이 섞여 있었다. 옆에서 유키가 그거
봐, 하며 책망하는 시선을 보냈다.

"왜?"

"응?"

"제대로 했잖아."

유키가 뱉어낸 물이 세면대의 분홍색 거품을 내려보냈다.
어쩌면 그걸 의도하고 뱉었는지도 모른다. 두세 번 입을 헹구
고 나서 핸드타월 뒷면으로 입가를 닦은 유키가 나를 돌아보
았다.

"너무 세게 해도 안 좋아."

"아닐걸."

내가 대꾸했다. 한밤중 임대주택에서 이래도 되나 싶을 정

도로 우리의 대화 소리가 목욕탕에서 웅웅거리는 소음으로 변했다.

"바르게 한 것 같은데."

"응, 하지만 피가 나올 정도로는 안 하는 게 좋아."

유키가 먼저 목욕탕을 나갔다. 혼자가 되자마자 머리 위의 전등이 깜박였다.

"바르게 해왔단 말이야…."

거울 속 남자는 나를 노려보았다.

방에 들어가자 유키는 이미 침대에 누워 다리를 공중에 들어 올리고 있었다. 유키가 앞쪽에 누웠기 때문에, 나는 유키의 가는 다리를 밟지 않도록 조심조심하며 벽이 있는 안쪽으로 들어갔다.

유키는 늘 앞쪽을 좋아해서 결코 안쪽으로는 가려 하지 않았다.

"오늘도 글 쓰느라 수고했어."

오늘은 전날 쓴 부분의 퇴고부터 시작해서 새로 2,000자를 썼다. 순조로운 편이다. 유키의 머리를 껴안고 항상 고마워, 하고 귓가에 속삭였다.

평소와 똑같은 밤. 평소와 똑같은 침대. 이상한 건 나 혼자뿐이고 이게 전부 기우였으면 좋겠다…. 이런 생각을 마음속

밑바닥에 숨긴 채 야간용 조명으로 바꾸고 이불 속에 몸을 묻었다. 내 척추가 유키의 척추에 부딪혀 몸이 꿈틀 움직였다. 이 계절까지는 아직 여름용 이불로 버틸 만했지만, 가끔 두 사람의 베개와 등줄기 사이에 차가운 밤공기가 파고들 때면 으스스 몸이 떨렸다.

잠들지 않으려고 머릿속으로 숫자를 셌다. 1에서 100까지 세고 나면 다시 1로 돌아간다. 때때로 41은 소수일까 하는 잡생각이 섞이기도 했고, 숫자 세는 것을 멈출 때면 소설의 플롯을 생각했다.

가급적 어깨에 힘이 들어가지 않도록 자연스럽게 숨을 내쉬고 뱉었다. 내가 잘 때 내는 소리를 녹음하고 다시 들으며 공부한 보람이 있어 잘해낸 것 같다. 고른 숨소리만 내는 게 아니라 때때로 심호흡을 하거나 으응, 하는 소리도 냈다.

그러는 동안에도 나는 계속 유키의 숨소리를 들었다. 유키는 무척 행복한 듯 잠들었고 이따금 몸을 뒤척이다가 내 등을 안아오기도 했다. 돌이켜보니 나는 유키가 옆에 있으면 혼자일 때보다 훨씬 깊이 잠들 수 있었다. 중간에 깨어난 적은 한 번도 없다. 그 정도로 유키의 체온은 날 안심시켰다.

나는 뭘 하고 있는 걸까.

바보 같아….

1시간쯤 지났을까. 어쩌면 2시간일지도 모른다. 내 목과 허리를 끌어안고 매달려 있던 유키가 반대 방향으로 몸을 돌렸다. 시냇물 같던 숨소리가 갑자기 멈추고, 천천히 침대 안을 이동하는 진동이 전해져왔다. 마치 고양이가 기어나오는 듯이 살금살금 이불이 당겨지고, 내 등과 침대 사이의 틈이 서서히 벌어지며 공기가 닿는 면적도 늘어났다.

이윽고 화려하게 탈옥에 성공한 사람처럼 유키는 몸을 굴려 바깥쪽으로 빠져나왔다. 얼마나 정교하고 치밀한 움직임인지 닌자에 맞먹을 정도였다.

바닥을 걷는 발소리. 나도 모르게 나올 것 같은 소리를 침과 함께 삼키고 모든 신경을 청각에 집중했다. 발소리가 멀어져가고 머지않아 끼이익, 하는 소리가 울렸다. 삐걱거리는 느낌으로 보아 옷장을 여는 소리가 틀림없었다. 스르륵… 천이 스치는 소리가 이어지고 다시 끼이익, 소리가 났다.

찰카당, 최대한 소리를 죽인 현관문이 닫히는 소리와 함께 일련의 움직임이 마무리되었다.

나는 잠기운이 날아간 머리로 생각했다.

난폭하게 뛰는 심장을 억누르며 이불 속에서 몸을 웅크렸다. 두 무릎을 팔로 안고 가능한 한 작은 존재가 되고자 노력했다. 1부터 시작해서 100까지 세고, 다시 처음으로 돌아가서 100까지 셌다. 그렇게 오직 머리 위 시곗바늘이 움직이기를 기다렸다.

가장 가까운 편의점에 뭔가를 사러 갔다 해도 충분할 만큼의 시간이 지났다고 확신했을 때, 나는 이불을 걷어차고 일어나서 스마트폰 불빛으로 복도를 비추었다. 반쯤 열린 옷장에는 아직 온기가 남아 있는 파자마가 깔끔하게 접혀 있다.

"유키…"

집 안 구석구석까지 침입한 밤에 말을 걸었다. 맨발로 현관문을 열었다가 달빛이 들어와서 금방 닫았다. 오늘 낮에도 신고 있었기 때문에, 그녀가 제일 좋아하는 베이지색 펌프스가 없어졌다는 사실을 곧바로 알아챘다.

한동안 멍하니 어둠을 바라보다가 열쇠를 들고 밖으로 나왔다. 문을 잠그고 열쇠를 트레이닝복 뒷주머니 속에 넣은 채 현관의 돌계단에 앉은 뒤, 그대로 옆으로 누워 그저 시간이 흐르기만 기다렸다.

몸이 흔들리고 있었다. 진원지는 아무래도 어깨인 듯했다. 무슨 소리도 들려왔다. 조금 전까지 행방불명이 된 유키를 찾는 꿈을 꾸었다. 낙서 가득한 지하 바에서 두 명의 형사에게 조사를 받던 도중에 막이 내렸다.

"이봐요."

한쪽 눈을 겨우 뜨려는데 창백한 빛이 들어와 팔로 머리를 덮었다. 빛 속에 서 있는 사람의 실루엣이 보였다.

"유키…?"

"네?"

나이 든 여성의 목소리를 알아차렸을 즈음에는 빛 속에 떠오르는 실루엣이 땅딸막한 서양배 같은 형태라는 것도 알 수 있었다.

"저기, 이보세요."

흔들림이 강해졌다.

내 미약한 저항 따위는 아랑곳하지 않고 목소리는 커져만 갔다.

"여기서 자면 곤란해요. 104호 분에게도 폐가 될 거고요."

"아아, 104호…. 제가 104호인데요."

"아, 그래요? 미안해요, 여기서 일한 지 얼마 안 돼서. 그래도 곤란해요. 집 앞에서 자는 사람이 있다는 걸 알면 취직하자마자 주인에게 한소리 들을 거예요."

"아, 네. 그럼 안 되죠."

몸을 일으키자 땅바닥에 닿아 있던 어깨와 허리, 뒤통수에 순간적으로 믿을 수 없을 정도의 극심한 통증이 왔다. 등에서 수많은 나뭇가지를 꺾는 듯 우두둑우두둑 소리가 울렸다. 몸을 젖히며 크게 하품하자 시야가 넓어져 관리인 여자의 키 너머까지 보였다. 그리고 어느샌가 얼어붙어 있는 유키의 모습이 눈에 들어왔다.

약간의 성취감이 드는 한편, 화려한 빨간 원피스에 흰 카디건을 걸친 유키의 매혹적인 모습에 나는 말을 잃었다. 그러자 유키가 말을 꺼내려 했다.

"됐어…."

나는 손을 내밀어 억지로 유키의 말을 멈췄다.

관리인 여성이 우리를 번갈아 보고는 어쨌든 조심해주세요, 하고 말한 뒤 시야 밖으로 사라졌다. 붉게 타오르는 아침 해를 뒤로한 채 유키의 시선이 현관 주변을 맴돌았다. 나는 주머니 속에서 스마트폰을 꼭 쥐었다. 유키의 등 뒤로 자전거 두 대가 지나갔다.

달칵, 소리가 났다. 위층에 사는 사람이 방을 나선 듯하다. 철제 발판을 밟는 소리가 머리 위를 지나간다. 녹슨 쇳가루가 팔에 내려앉는다.

"어서 와."

나는 팔을 내리고 말했다. 긴장해서 얼음처럼 굳어 있던 표정이 조금 풀리고 눈매는 다시 부드러워졌다.

"안에서 이야기하자."

뒷주머니에서 집 열쇠를 꺼내 먼저 안으로 들어갔다. 내가 세면대에서 까끌거리는 입을 헹구는 동안 유키는 현관에서 구두를 벗었다. 나와 교대하듯 유키가 화장실로 들어갔다. 그런 다음 나는 책상 앞에 앉고 유키는 침대 위에 걸터앉았다.

"제대로 설명할게."

"뭘?"

"그러니까 아까 일."

"아까 일이 뭔데?"

로프트에서 흘러내린 파란 시트가 벽시계 위까지 내려와 있다. 사다리 위치를 바꾸었기 때문에 내 책상은 사다리 밑에 반쯤 숨어 있는 배치다. 그 사다리의 단과 단 사이에서 고개를 숙인 유키의 표정을 파악하려고 노력했다.

"제대로 설명해야 하는 건 내 쪽이야."

사형 선고처럼 그렇게 말하고, 나는 두 번째 서랍에서 빨간 봉투를 꺼내 유키가 앉아 있는 침대에 내던졌다. 빙글빙글 회전하며 수리검처럼 날아간 봉투는 침대 커버에 꽂혔다.

"그걸 발견했어, 네 짐 속에서. 캐리어 속. 괜찮아, 내용은 안 봤으니까. 그렇지만 보낸 사람 이름이 아무래도 신경 쓰여서."

"이건 말이지."

"오지로 하루토. 전남친 맞지?"

"그래, 하지만."

"날짜를 봐봐."

벌써 눈물이 날 것 같아서, 고개를 떨군 유키를 향해 연타를 가하듯 말했다.

"날짜를 봐!"

"봤어…."

"읽어."

"2019년 12월 25일."

"지난해잖아."

그건 나에게 있어서는 두 번째 겨울.

하루토에게는 몇 번째 겨울이었을까.

"그 사람, 왔었어?"

"왔었어…. 하지만 나쓰키가 생각하는 것 같은 일은 전혀 없었어!"

"가능하면 외박하고 돌아오는 널 보기 전에 그 말을 듣고 싶었어."

유키는 이내 자신의 품으로 시선을 떨구고는 부끄러운 듯 이불을 몸에 감았다. 빨간 크리스마스 카드가 공중을 날아 가구가 있는 구석으로 떨어졌다.

"하나 더. 내가 알고 있는 걸 말해야겠지. 유키, 너 때문에 미친 오지로 하루토의 동생 오지로 도모미가 내 친구야. 그 친구가 날 걱정해서 이걸 보내줬어. 물론 엄청 망설인 끝에."

꼭 쥐고 있느라 뜨거워진 스마트폰을 주머니에서 꺼내, 사진 파일을 열어 유키의 눈앞에 들이밀었다. 크고 까맣던 눈동자가 꾹 조여들어 작은 점이 된다. 숨조차 멈추었다. 그녀의 심장 소리가 들려왔다.

"사진 속에 있는 사람, 너 맞지."

"그래, 하지만."

"남자와 둘이 같이 있잖아. 함께 술 마시는 것처럼 보이는데?"

"이 사람하고는 그런 사이가 아니라."

"그런 말이 아니야."

나는 이를 꽉 깨물고 이마를 일그러뜨렸다. 그녀를 보고 있지 않으면 불안한데, 보고 있는 것이 괴로웠다. 점점 내 눈앞에 있는 소녀가 이와토 유키가 아니라 전혀 다른 누군가인 것처럼 느껴졌다.

"제발 내 말 좀 들어봐."

"아니, 네가 내 말을 들어야지."

고함과 함께 스마트폰을 힘껏 내던졌다. 벽에 작은 구멍이 뚫리고 스마트폰 액정에 금이 갔다. 그리고 오른손을 몇 번이나 테이블에 세차게 내리쳤다. 분노를 표현하고 싶었던 것이 아니라, 증거를 들이밀어 그녀를 위협하는 데 사용한 이 더러운 오른손을 한시라도 빨리 몸에서 분리하고 싶었다.

"진짜 바보 같다."

오른손뿐 아니라 팔다리 전부 다 필요 없었다. 그녀와 만난 것이 기적이라고 생각한 스스로를 용서할 수 없었다. 내가 나라는 것을 전부 포기하고 싶었다.

"내가 어떤 마음으로 기다렸다고 생각해? 네가 없는 네 달 동안, 정말로 사막에서 숨을 멈추고 있는 것 같았어. 너와 마주하기로 결정하고 나서 나는 올바른 선택을 해왔어. 내가 제대로 해야 한다고 계속 생각했는데."

"나는 맹세코 너를 배신한 적 없어!"

한순간 정말로 그럴지도 모른다고 생각했다.

그러나 그 생각은 곧 덧없는 눈처럼, 뜨겁게 달아오른 마음 위에서 스르륵 녹았다.

"하지만 넌 나를 겨울에 버려둘 거잖아!"

그렇게 외치자 유키의 얼굴에서는 일체의 동요가 사라지고 이내 잔잔해졌다. 절박해 보이던 눈썹도 평정을 되찾고 커다란 눈망울 위로 조용히 내려앉았다. 두 뺨은 움푹 들어가고 살짝 벌린 입에서는 어둠이 엿보인다. 감정이 어딘가 먼 곳으로 물러난 것 같았다.

"이대로 계속 만나면서 아무리 행복하게 지내다가도, 몇 번이나 몇 번이나 너는 나를 겨울에 남겨두고 떠날 거야. 그 동안 나는 어떻게 숨을 쉬어야 해?"

감정이 물러난 유키의 얼굴에 남은 건, 사람의 얼굴이 맞는지 의심스러울 정도로 끝없는 허무였다.

그래도 나는 멈출 수 없었다.

"네가 없는 네 달이 힘들어. 하지만 너는 나를 두고 혼자서 잘 자잖아!"

목소리가 방 전체에 찌릿찌릿 울려 퍼졌다. 유키가 바보처럼 서 있는 내 옆을 엄청난 기세로 지나쳐 갔다. 사다리를 세 칸씩 올라 하늘색 캐리어를 바닥에 던진 뒤 나를 완전히 무시하고 다시 내 눈앞을 지나갔다.

자석처럼 자리에서 떨어지지 않는 몸. 돌아볼 수조차 없어 문을 열어젖히는 소리를 등 뒤로 들었다. 나는 의자에 쓰러지듯이 앉아, 책상 위에 다리를 꼬아 올렸다.

VIII.

등가죽이 당겨서 아팠다. 고개를 들자 우두둑, 목 뒤에서 삐걱거리는 소리가 났다. 오른팔이 저리고 어깨도 이상하리만큼 차가웠다.

꿈을 꿨다.

이제는 거의 기억나지 않지만, 그 꿈에서 나는 지금보다 훨씬 나이가 들었고 침대에 잠들어 있는 여자를 돌보았다. 날이면 날마다 수액을 갈고, 따뜻한 물수건으로 몸을 닦아주고, 옷 갈아입히는 걸 돕는다. 그녀는 한번도 깨어나지 않는다.

몸서리가 쳐졌다. 의자에서 일어서자 엉덩이 쪽이 욱신욱신 아팠다. 삐걱거리는 다리로 비틀비틀 침대에 몸을 던졌다. 한낮의 빛이 쏟아지는 창문에 블라인드를 내리고 다시 잠들기 위해 눈을 감았다.

우웅, 하는 소리가 머리 위에서 조금씩 가까워지더니 침대를 넘어섰다. 방이 조금씩 밤의 색깔로 잠겨간다. 아침 햇살 같은 건 필요 없었다. 계속 밤이어도 좋았다.

이명이 들렸지만 블라인드 때문이라고 생각했다. 눈물이 터질 것 같아 눈에 힘을 주며 억지로 눈을 꼭 감았다. 그러나 어디선가 곰팡이 냄새가 나서 눈이 떠졌다.

스마트폰을 확인하자 유키에게서 메시지가 와 있었다. 무시할 생각이었지만, 손이 저렸던 탓에 대화창을 열고 말았다.

나쓰키,
이기적인 나와 함께 있어줘서 지금까지 고마웠어.
너를 만나서 내 인생도 의미가 있다고 생각할 수 있었어.
그래도 나에게는 역시 무리였나봐. 대학은 그만두기로 결정했어.
오늘 중으로 여길 떠나려고 해.

이와토 유키

"지금까지 고마웠다니. 이건 아니지. 어디까지 제멋대로

굴 작정이야."

나는 소리를 내어 따졌다. 듣는 사람도 없는데 어두운 천
장을 향해서. 유키를 나쁘게 말하면 말할수록, 무언가를 부수
고 싶어지는 충동은 줄어들고 머리는 식어갔다.

차라리 그녀가 범죄라도 저지르면 좋을 텐데.

불을 켜고 현관에서 가장 큰 90리터짜리 쓰레기봉투를 가
지져 왔다. 그대로 로프트로 올라가 유키의 물건들을 닥치
는 대로 쓸어 담았다. 배낭, 스케치북, 덜 마른 페인트 통, 이
젤… 로프트 왼쪽부터 오른쪽까지 손에 잡히는 족족 전부 집
어넣었다.

이윽고 파란 시트와 커다란 파란 쿠션, 덮개를 씌운 거대
한 캔버스가 남았다. 쿠션은 다른 봉투에 넣는다고 해도, 캔
버스는 나무와 천이니까 재활용품으로 내놓아야 하나. 쓰레
기봉투를 든 손에서 힘이 빠져나갔다. 보라색, 검은색, 남색
물감이 든 팔레트가 굴러떨어지고, 나는 독가스 같은 기름과
시너 냄새를 폐 속 가득히 들이마셨다.

팔레트를 다시 봉투에 집어넣으려 했을 때 끈적한 검은색
유화 물감이 흰 셔츠 자락에 달라붙었다. 언젠가 유키를 데리
러 미술학과에 갔을 때, 갈색 작업복 여기저기에 무지개처럼
물감을 묻히고 분주하게 뛰어다니는 유키를 본 적이 있다.

나는 고개를 좌우로 흔들었다.

50호 캔버스는 세로로 세워두었기 때문에 높이가 꽤 있었다. 반년 전 이걸 어떻게 로프트로 옮길지 유키와 근처 찻집에서 토론했던 기억이 난다. 나는 블랙커피, 유키는 크림을 얹은 코코아를 주문했다. 꼼꼼하게 계획을 세우고 운반용 밧줄을 사 덮개 위에서 묶은 뒤 위에서부터 끌어당겼는데, 밧줄이 로프트 가장자리에 걸려 20센티미터까지밖에 올라가지 않았다.

결국 사다리를 타고 미끄러지듯 들어 올려야 했는데, 덕분에 두 손은 다 까지고 로프트 난간도 조금 벗겨지고 말았다. 양손에 시선을 떨어뜨리자 그때의 아픔이 떠올라서 주먹을 세게 쥐었다.

언젠가 큰 대회에 출품하기 위해 화방에서 샀던 캔버스. 여기에 어떤 그림을 그렸는지 마지막까지 아무것도 듣지 못한 채였다.

나는 덮개를 만져보았다. 거칠거칠한 천의 촉감. 딱딱한 액자를 손가락으로 덧그리자, 뾰족한 부분이 나를 몇 번 찌르다 끝내 굵은 가시가 박혀 붉은 물감처럼 피가 뚝뚝 떨어졌다.

"만지지 말라고?"

손가락을 거두었다가 그래도 다시 한번 만졌다.

"나도 만지고 싶지 않아."

캔버스는 여전히 그 자리에 있었다. 이 광경을 보고 있자니, 내 안에서 치밀어 오르는 목소리를 멈출 수 없었다.

사실 나는 안심하고 있었다. 그녀가 의욕을 보이지 않는 모습에.

나는 유키의 그림에 대해 몰랐던 게 아니라 알려고 하지 않았던 걸까? 노력하지 않는 유키를 보면서 나보다 못하다고 생각해서 안심했던 걸까…?

이와토 유키는 언제나 먼 존재였다. 사귀기로 했을 때도, 동거를 시작했을 때조차도 나는 항상 언제나 나와 유키가 어울리지 않는다고 느꼈다.

'뭐든지 둘이서 의논해 결정하고 싶어요'는 무슨. 그럴듯한 말을 그럴싸하게 하는 것뿐이잖아.

사실은 그저 차이를 메우고 싶었을 뿐이다. 그래서 유키가 계속 적당한 사람으로 있어주길 바랐다. 그뿐 아니라 유키의 의욕 없는 태도를, 나 자신의 비참함을 상쇄하기 위해 이용하려 했다.

"최악이다."

억지로 배를 잡고 웃은 뒤 덮개를 벗겨냈다.

누군가의 모습이 그려져 있었다.

칠흑 같은 배경, 깊은 밤의 어둠, 별빛 하나 없는 적막한 곳에서 홀로 서성이는 사람. 수수한 일본식 옷을 입고 어슴푸레한 빛에 감싸여 있다. 뭔가가 등줄기를 타고 오르는 듯했다. 턱 아래에서 벌레가 기어가는 것처럼 따끔따끔해졌다.

내 키는 172센티미터. 그렇다면 이건 정확히 이분의 일 크기의 우즈메 나쓰키다. 내 얼굴을 거울로 보면 기분이 나쁜데, 그림 속의 나는 결코 멋지지는 않지만 싫지도 않다.

언제 그렸던 걸까.

그 의문이 출발점이었다.

그도 그럴 것이, 내가 집에 있을 때 그녀는 거의 침대에서 뒹굴거리며 게임을 하거나 영상을 보거나 음악을 들었다. 그녀가 그림 도구를 갖다놓은 건 학교에서 작업할 시간이 부족해서인 줄로만 알았다. 실제로 손가방에 들어가는 8호 정도 크기의 캔버스는 집에 가져와서 데생하는 모습을 몇 번이나 본 적이 있었다. 그러나 이 50호 캔버스는 쉽게 가져올 만한 크기가 아니다. 작업하는 도중이라면 더더욱 그렇다.

재채기가 나올 것 같으면서도 나오지 않는다. 어디가 가려운지는 알지만 손이 닿지 않는다. 그런 마음이었다.

나는 사다리에서 내려와 방 안을 돌아다니다 결국에는 현관까지 배회했다.

밀레니엄 팔콘호의 회색 조종실이 나를 보고 있다.

머리를 스치는 예감에 가까이 다가갔다. 끈적해진 작은 블록이 먼지를 뒤집어쓰고 있었다. 언젠가 지뢰처럼 내 발바닥을 가격한 부품이다. 왠지 모르지만 그게 여기에 있어서는 안 된다는 생각이 들었다.

블록을 집어 우주선의 원래 자리로 돌려놓으려고 했다. 그런데… 돌아갈 장소가 없었다. 크림색 부품은 조종실 내부의 조종석 부분에만 쓰인다. 하지만 나는 팔콘호를 만들고 나서 한 번도 망가뜨린 적이 없었다.

-요즘 지진이 엄청 많네.
-이대로 세상이 끝나버리는 건 아니겠지.

유키는 내가 TV를 켜자마자 곧바로 그렇게 말했다. 만약 그날 밤 지진이 일어났다면. 바닥에 떨어져 산산조각 난 우주선을 유키가 고쳤을 때 딱 하나 빠뜨린 부품이 바닥에 남아 있었다고 한다면.

그날 밤만이 아니다. 매일 아침 유키는 나보다 일찍 일어난다. 늘 그렇다. 유키는 아침마다 나를 사랑스럽게 바라보며 질리지도 않고 아침밥을 잔뜩 만든다.

"이와토 유키, 넌…"

나는 유키를 만났을 때, 눈앞에 일어난 일을 도저히 받아들일 수 없었다. 어떻게든 이해하고 싶어서 '겨울잠을 잔다'라는 말로 생각을 정리했다. 하지만 생각해보면 가족 아무도 '겨울잠'이라는 말을 사용하지 않았다.

"겨울잠을 자는 게 아니라…"

나는 벽에 손을 대고 관자놀이를 눌렀다. 자욱한 기름 냄새에 머리가 어질어질했다. 유키가 아까까지 여기에 있었고, 지금은 없다는 사실에 팔이 떨려왔다.

왜 겨울잠을 잔다고 단정했을까.

이해할 수 없는 것을 무리하게 이해하려고 했다. 그러면 가까워질 수 있다고 생각한 걸까.

"그게 평범한 거였구나."

대답을 하듯 집이 삐걱거리는 소리를 냈다.

"그럼 이 그림은? 내가 자는 동안 계속 그렸다는 거야? 나한테는 비밀로 하고? 어째서? 왜 그런 거야. 이게 뭐라고…"

캔버스에서 거스러미처럼 일어난 나무틀을 잡았다. 그때 뭔가 가루 같은 게 만져졌다. 덮개가 씌워져 있을 때는 눈치채지 못했지만, 자세히 보자 붉은 분필 가루 같은 것이 손끝을 더럽혔다.

캔버스를 뒤집었다. 그리고 찾아냈다.

나를 둘러싼 공기가 차갑게 식으면 내 몸은 어두컴컴한 길을
나아가기 시작한다. 이끌리는 대로 가로등과 춤추고, 밤바
람과 뛰놀며, 외딴섬 같은 곳에서 아침이 올 때까지 호흡의
형태를 한 기도를 쉬지 않고 계속할 것이다.
나는 깨어나기를 기다리고 있다.
깨어날 때를 맞이하기 위해, 나는 나만을 데리고 작은 여행
에 나선다.

캔버스 뒷면에 틀림없는 유키의 필적으로 몇 줄에 걸쳐서
쓰여 있었다. 깨어날 때를 맞이하기 위해 떠도는, 고독한 밤
의 노래.
말들은 계속 여기에 있었다. 내가 깨닫지 못했을 뿐, 이 집
에 계속.
"유키…."
그 이름을 부른다. 하지만 없다.
이와토 유키는 이제 이 집에 없다.
내 인생에서도 사라졌다. 내가 지워버리고 말았다.
하찮은 착각 때문에.

사다리를 쓰지 않고 뛰어내렸다. 나는 쿵, 하고 듣기 싫은 소리를 내며 쑥 꺼지는 침대 위를 구르듯이 바닥에 내려왔다. 눈에 띄는 대로 아무 코트나 대충 걸치고 지갑만 들고서 집을 나왔다.

전화를 걸었지만 유키는 받지 않았다. 이제까지 들어본 적 없는 안내 음성이 흘러나왔다. 몇 번을 걸어도 마찬가지였다. 난간에 기대서 유키가 쓰는 모든 SNS로 연락을 시도했지만, 하나도 연결되지 않았다.

바깥문 앞에서 관리인 여성이 작업복을 입은 남성과 이야기하고 있었다. 남자의 어깨 너머로 탐색하는 듯한 관리인의 시선이 나를 향했다.

조금 냉정함을 되찾은 뒤 연락처를 검색했다. 내 쪽에서 걸 일은 없을 거라는 말을 들었지만, 긴급 상황인 만큼 어쩔 수 없었다. 기도하는 마음으로 통화 버튼을 눌렀다.

열 번째 연결음이 울렸다. 반쯤 포기했을 때 '00:00' 표시가 나타났다.

귓가에 바람이 부는 듯한 소리만 들렸다. 후우, 휴…. 숨을 들이마시고 내뱉는 소리였다.

"아, 다행이다. 후유미, 다행이야."

후유미는 틀림없이 거기에 있다. 1초씩 늘어가는 통화 시간의 숫자가 그 무엇보다 확실한 증거다.

"유키가 집을 나갔어. 아니, 내가 쫓아내서…."

"…."

"유키가 지금 어디 있는지 뭐 들은 거 없어?"

후유미는 한숨을 쉬었다. 입김이 마이크에 잡혀 모래폭풍 같은 잡음이 들려왔다.

"전화, 받을지 말지 망설였어요."

"그래도 받아줬네."

나는 달아오른 스마트폰을 꼭 쥐고 귀에 바짝 갖다댔다.

"유키가 어디로 갔는지 짐작되는 곳이 없어. 하지만 지금 찾지 않으면 두 번 다시는 만나지 못할 것만 같은 기분이 들어서."

내가 이야기하는 동안에도 후유미는 담담하게 듣기만 할 뿐이었다. 언니를 끔찍이 아끼는 동생이니까, 집을 나갔다는 이야기를 듣고 걱정하지 않을 리 없는데.

"후유미…. 알고 있지?"

"…."

나는 내 어리석음을 저주했다. 가족이다. 모를 리가 없다. 내가 그녀를 믿지 못했던 것도. 그녀의 가장 큰 비밀을 끝까지 알아차리지 못했던 것도.

"11시 32분 출발, 히카리 599호."

"뭐?"

"만약 지금 집이라면 포기하는 게 좋을 거예요."

"잠깐만."

"하지만 혹시 집에서 한 발짝이라도 나왔다면…."

"후유미, 넌…."

"지금 당장 전화 끊고, 빨리 쫓아가란 말야! 이 스토커 자식아!"

빠직, 귓가에서 지각 변동이 일어나는 듯한 소리가 울렸다.

나는 한쪽 팔만 코트에 집어넣은 상태로 도로로 뛰쳐나갔다. 그리고 오직 달렸다. 메이다이마에역까지 최단 거리는 머릿속에 들어 있었다.

막 큰길로 빠져나가려는 찰나, 등 뒤로 달려드는 엔진의 고속 회전음을 듣고 무심코 몸을 피했다.

"뭐야!"

넓은 프런트 그릴에 붙어 있는 'L' 로고 마크. 은색 렉서스가 바짝 다가온다. 나는 재빨리 돌담에 몸을 딱 붙였다.

차가 미끄러지는 모습을 이토록 가까이서 보는 건 처음인 듯하다. 렉서스는 빌라 근처에서 급브레이크를 밟고 10미터 정도 밀려나더니 내 앞에서 정지했다. 멀리서 관리인과 작업 복 입은 남자의 어안이 벙벙한 얼굴이 시야에 들어왔다.

돌담에 스칠 정도로 아슬아슬하게 열린 문에서 새까만 외투로 몸을 감싼 채 선글라스를 쓴, 마치 〈맨 인 블랙〉 같은 차림새의 인물이 모습을 드러냈다. 굽 높은 구두를 신고 있는 걸 봐서 아마도 여성일 터였다.

"타!"

"네?"

쇼트커트를 한 진홍색 입술의 여자가 외쳤다. 상황 파악이 안 된 터라 한 걸음 두 걸음 경계심을 늦추지 않은 채 거리를 좁혀나갔다.

기다리다 지친 여자가 선글라스를 벗었다. 찬바람이 불어와 낙엽과 함께 여자의 긴 코트 자락을 펄럭였다.

"시모키 씨?!"

구두를 신어 키가 나보다 머리 하나만큼은 컸다. 그러나 그 당당한 표정은 틀림없이 시모키 에나, 그 사람이었다.

"왜 여기 있어요?"

"서둘러야 하는 거 아니야? 일단 타고 얘기해."

시모키 씨는 혼란스러워하는 나를 곧은 눈길로 응시했다. 알겠어요, 나는 대답했다. 그녀는 운전석으로 돌아와 조수석에 있던 갈색 봉투를 뒷좌석으로 옮겼다. 봉투 안에서 은색 대형 클립으로 고정된 교정 원고가 보였다. 내가 문을 닫자마자 시모키 씨는 사이드 브레이크를 내리고 기어를 넣으며 액셀을 밟았다.

구불구불한 좁은 통로를 대담하게 돌진해 큰길로 나왔다. 내비게이션에는 이미 파란색 선과 목적지 깃발이 표시되어 있었다.

"목적지…, 도쿄역. 그걸 어떻게….'

차가 우회전하며 몸이 왼쪽으로 크게 기울어졌다. 큰길이라고 해도 이 일대는 메이지대학 등이 연이어 있는 대학가다. 편의점 앞에는 거의 항상 차가 서 있고, 운송용 트럭이 길을 막는 일도 흔했다.

"유키가 나고야로 돌아갈 거니까. 아니, 돌아가려 하고 있으니까, 라고 하는 편이 아직 희망이 있으려나.'

"어떻게 알았어요?"

"난 뭐든지 알고 있거든. 알고만 있을 뿐 결국 말리지는 못했던 겁쟁이지만. 것보다 너, 안전벨트 제대로 안 했어."

계기판 미터기 옆에 붉은 경고등이 들어와 있었다. 나는 안전벨트를 풀었다가 찰칵, 하고 다시 고쳐 맸다.

잘 정돈된 차내를 둘러보았다. 시트에서는 떫은 가죽 냄새가 날 뿐 방향제 따위가 비집고 들어오지 않는 있는 그대로의 차 냄새가 느껴졌다. 손가락 없는 장갑을 끼고 핸들을 잡은 시모키 씨는 선글라스를 쓰고 있어서인지 이상하게 멋져 보였다.

"운전할 줄 아시네요."

"업무상 이동 수단이 필요하길래. 지난달에 땄어."

"네?!!"

나는 무심코 몸을 내밀고 외쳤다. 안전벨트가 가슴을 조이는 바람에 반동으로 도로 끌려왔다.

"걱정하지 마. 우리 집은 원래 아키타에서 농사를 짓거든. 어렸을 때 조합장이던 할아버지 덕분에 자주 트랙터를 운전하곤 했어."

선글라스 틈새로 엿보이는 검은 눈동자가 고향을 생각하느라 그런지 조금 부드러워졌다.

"그랬군요…. 그런데 왜 차를 가지고…?"

"대중교통으로는 아무리 빨리 가도 34분이야. 게다가 그건 역에서 역까지 걸리는 시간만 계산했을 때고. 차로 가면 최단 거리 16분. 엄청난 차이니까."

"그 말이 아니라요. 왜 시모키 씨가 차를 끌고 우리 집에 쳐들어왔냐는 얘기였어요."

그때 마침 저쪽에서 신호가 빨간불로 바뀌어 시모키 씨가 속도를 늦추었다. 움직임이 고요하게 바뀌었다. 살짝 앞뒤로 흔들리는 시모키 씨의 새까만 상체와 짧은 머리카락.

"질문이 많네. 이왕 이렇게 됐으니 전부 다 받아들이지 그래? 아니, 무슨 일이 있어도 받아들일 수밖에 없을 거야. 그게 아니면 데려오는 건 애초에 무리야."

복잡하게 얽힌 교차로를 트럭이 몇 대나 가로지른다. 고층 빌딩이 사방을 에워싸고, 그 위로 작업용 대형 크레인이 천천히 움직였다.

"연락을 받았어."

"유키한테서요?"

"아니, 동생한테서. 2시간쯤 전에. 유키가 돌아오기로 결심했다는 이야기였어. 하지만 나한테는 아무 연락도 없었지. 아무래도 이상하더라."

"연락처, 알고 있었군요."

"그래. 알고 있었어…."

내비게이션이 기계적인 목소리로 길을 안내하고 차는 다시 달리기 시작했다. 초심자라고는 생각되지 않을 정도로 거침없이 차선을 변경하는 시모키 씨의 선글라스가 까맣게 빛났다.

"어떤 학생이 있었어."

연극을 시작하는 것 같은 아름다운 알토의 목소리였다.

"대학에 들어오면서 이미지 변신을 시도하려 했지만 실패했던 보잘것없는 녀석이었지. 그 학생은 유키를 만나게 되면서 그동안 믿고 있던 자신의 이미지를 때려 부수게 됐고, 그후로 쭉 그녀를 좋아했어. 그 학생은 그녀를 위해서라면 뭐든 하고 싶어 했지. 그래서 그녀가 하고 싶다는 일을 전부 함께 해왔어. 그러다 결국 그녀의 집까지 갔어."

나는 안전벨트 때문에 숨쉬기 힘들다는 것조차 잊고, 오히려 그 검은 끈이 생명줄이라도 되는 듯 꽉 붙들었다.

"하지만 거기엔 먼저 온 손님이 있었어. 그 학생과 마찬가지로 그녀에게 마음을 빼앗긴 남자. 유키에게 진짜 봄을 가져다 줄 수도 있는 남자. 남자 쪽이 훨씬 더, 그 학생보다도 유키를 생각해주었어. 그 학생은 물러나기로 결심했어."

노란불이 된 신호가 무서운 속도로 차창 위로 사라졌다. 이미 제한 속도를 20킬로미터는 초과한 상태였다.

"그 학생은…"

"그래서 친구로 있으려 한 거야. 설령 애타는 마음을 버려야 하더라도 그쪽이 낫다고 생각해서. 겁쟁이였으니까. 그래서… 알고 있는 거야. 난 모든 걸 알고 있어."

"그럼 그 일도…."

"유키가 밤에 잠들지 않는 거?"

시모키 씨의 대답에 후회의 불씨가 더욱 격렬하게 타올랐다. 50호 캔버스. 일찍 일어나 함께한 아침 식사. 레고 블록이 있던 곳. 그리고 도모미가 보내온 남자 손님과 함께 술을 마시는 스포츠 바의 사진. 그 모두가 가리키고 있었다.

이와토 유키는 잠을 자지 않는다. 일찍 일어나거나 야행성이라서가 아니라, 한숨도 자지 않는다. 그것이 겨울에 잠드는 숙명을 타고난 그녀의 두 번째 특성.

아니, 틀렸다.

두 번째가 아니다. 그건 겨울에 잠드는 것과 떼어놓을 수 없는 관계다. 즉 겨울이 아니었을 때 보았던 그녀의 잠든 얼굴은 전부… 연기였다.

"정말 이상한 일이지. 사람은 인생의 삼분의 일을 수면에 쓴다는데, 이와토 유키라는 여자는 겨울에 자는 만큼, 그 외의 계절에는 잠드는 일이 없어. 아니, 잠들 수가 없는 거야. 하지만 그건… 인생의 삼분의 일을 한 번에 몰아서 자는 것에 불과해. 그러니까 4개월만 자는 거야. 넓은 안목으로 보면 무서울 정도로 정상적인 사이클이지."

"빌어먹을…."

위액과 함께 치밀어 오르는 말이 전부 목구멍 안쪽을 바늘로 찌르는 것 같았다.

정상이었다. 유키는 유키의 정상으로 살고 있었다. 단지 학교가, 인간관계가, 사회가…, 인간 주변을 둘러싸고 있는 정상성이 유키의 정상을 비정상이라고 결정지었을 뿐이었다.

"용서 못 해요. 유키를 나쁘게 말하는 학교 사람들도, 마음대로 오해하고 틀에 끼워 맞추려는 놈들도, 병명을 붙이지 못하는 의료진도…. 그래도 제일 용서할 수 없는 건, 그녀를 비정상이라고 단정하는 데 가담한 나 자신이에요. 유키의 증상을 겨울잠이라고 부르면서, 모든 걸 이해한다고 착각하고, 지켜주겠다느니 어쩌느니 하면서 자기 위안에 빠져 있던 손쓸 수 없는 나 자신이에요."

"자신을 비난하지 마."

시모키 씨는 핸들을 꺾으면서 말했다.

"그건 인생에서 가장 의미 없는 일이야. 아무것도 만들어내지 못해."

"하지만."

"네가 늦게 깨달았을 뿐이야. 그래도 너무 늦은 건 아니야. 아직 할 수 있는 일이 있잖아. 그리고 네 조력자가 되기 위해 내가 여기 있는 거고."

"어째서 시모키 씨가 절 도와주는 거예요?"

3학년이나 되어서도 면허를 따지 않은 나에게 지금 시모
키 씨의 늠름한 옆모습보다 더 든든한 것은 없었다.

"왜일까. 나도 모르겠어. 다만 유키가 널 필요로 한 건 확
실해. 사람에게 계속 배신당해서, 또 상처받지 않도록 거리를
유지하던 그 애가 다시 누군가를 믿으려 했어. 넌 분명 그 마
지막 상대야."

"마지막이요…?"

"그 녀석은 전부 포기할 생각이야. 그림도, 대학도, 사회에
서 살아가는 것조차. 그게 옳다거나 틀렸다는 이야기는 아니
야. 다만 돌아가면 끝이고, 이제 두 번 다시 도쿄로는 돌아오
지 않을 거야."

…그리고 22분 후.

노랗게 도색한 덤프트럭과 로드롤러가 황궁 앞 도로 정비
를 위해 서 있었다. 거대한 차체 때문에 남쪽으로 빠지는 길
도 막혀서, 어쩔 수 없이 유턴하게 된 차들로 도로는 정체되
었다. 시모키 씨는 더 막히기 전에 뛰라고 말했다. 11시 20
분. 나는 문을 열고 10월의 하늘 아래로 달려나갔다.

은행나무 가로수 사이에 있는 미유키도리*는 생명을 불태운 가을빛으로 온통 물들어 있었다. 그 외길 끝에 자리한 적갈색 건물의 도쿄역. 10년쯤 전 보수 복원 공사의 완성 기념식에서 근사하게 조명을 밝힌 모습을 어머니와 함께 본 기억이 있다.

나는 속으로 중얼거렸다.

괜찮아. 문제없어. 만나기만 하면.

바지 주머니 속에서 스마트폰과 지갑이 흔들렸다. 숨쉬기가 힘들어 속도를 늦춰야만 했다. 그러나 멈춰서는 안 된다고 생각했다. 아무리 페이스를 잃어도 달리는 걸 멈출 수는 없었다. 걸리적거리는 코트를 벗어 팔에 걸쳤다. 차가운 공기가 폐로 들어가는 것이 기다려졌다.

마루노우치 남쪽 출구. 아케이드를 전속력으로 통과하자 천장이 돔 모양인 개찰구가 나타났다. 마치 장애물 레이스 게임처럼 좌우, 상하, 대각선 모든 방향으로 사람들이 지나다녔다. 연체동물이라도 된 듯 사람들을 요리조리 피하면서 들고 있던 스마트폰을 판독기에 갖다대고 개찰구를 빠져나갔다.

머리 위 전광판에는 다음에 올 차량 이름과 시간이 표시

---

* 일본 황궁 앞 교차점에서 도쿄역 중앙 출구 교차점까지 이어진 특별 도로

되어 있었다. 맨 위에 '히카리 599 11:32 신오사카행'이라는 붉은 글자가 보였다.

스마트폰을 확인했다. 이제 막 11시 28분이 29분으로 바뀐 참이었다.

남쪽 통로를 따라 나아가다 왼쪽으로 꺾어 중앙 광장 쪽으로 향했다. 나고야 방면 도카이도산요센은 남쪽 환승구다. 지난해 10월 본가에 가는 유키를 배웅할 때 안전을 기하기 위해, 도쿄역 지도는 지하 4층까지 전부 머리에 새겨두었다.

환승구까지 와서 30을 셌다. 머릿속에서 째깍 째깍 째깍, 바늘이 돌아갔다. 손에서 땀이 나 스마트폰 표면이 미끌미끌해졌다.

오른손으로 가슴을 꽉 누르자 평소 잘 사용하지 않던 심장이 망가질 정도로 세차게 고동치고 있었다. 통로와 계단을 지나니 혼잡하기 그지없는 승강장이 나타났다. 여기서 나는 한 사람을 찾아야만 했다. 게다가 하숙집으로 돌아간 그녀가 지금 어떤 복장을 하고 있는지조차 짐작이 가지 않았다.

온몸의 털이 곤두서는 듯했다.

눈앞의 개찰구가 작당해서 내가 유키에게 가까워지지 못하도록 막는 것 같았다. 그것 말고는 어떻게도 표현할 수 없었다.

"무리다."

모든 게 너무 늦은 것이다. 나는 더 이상 나아가는 것을 그만두었다.

IX.

　나는 도쿄역 지하 그랑스타에 있었다.

　냉장고 안에서 상할 만한 음식을 전부 타는 쓰레기로 내놓고 중요한 물건만 캐리어에 담아 하숙집을 나온 것이 1시간 전. 도쿄역에 도착했을 때 내 마음은 굳어져 있었다.

　속이 안 좋았지만 어젯밤부터 아무것도 먹지 않았기 때문에 어쩔 수 없이 스타벅스에서 오렌지진저와 참치샌드위치를 샀다. 세련된 카페 안에는 긴 다리를 꼬고 앉아 노트북을 두드리는 회사원이나 깔끔하지만 노출 있는 옷차림을 한 여자아이들로 붐볐다. 내가 있을 자리는 없었다.

　쓰레기통에 쓰레기를 밀어넣고 가게 밖으로 나오자 습한 공기가 몸에 착 붙어 내가 가야 할 장소를 가르쳐주었다.

4년 전에는 미궁 같다고 생각한 이곳도 지금은 두려움 없이 걸을 수 있다. 벌써 다섯 번 넘게 와봤으니까. 그게 전부 쓸데없는 일이었다고는 생각하지 않는다. 지난해 이맘때 그는 도쿄역을 안내해주었다. 하지만 지도가 전혀 머리에 숙지되지 않아 결국 둘이서 길을 잃었다. 그는 뭐든지 열심히 하지만, 가끔 허세를 부린다.

승차권을 들고 개찰구를 통과했다. 키오스크 옆 타일 벽에 기대어 연락처 맨 위를 열었다. 두 번이 채 울리기도 전에 상대가 전화를 받았다.

"여보세요?"

전화기 너머 엄마의 불안한 숨소리가 들린다. 그리고 곧바로 유키, 하고 부르는 부드러운 목소리가 들려왔다.

"지금 통화 괜찮아?"

"응."

"아까 한 얘기, 진심이었구나."

"진심이야."

회사원이 도시락과 캔맥주를 사 간다. 그리고 시간에 쫓기는 듯 황급히 특급 신칸센 안으로 사라진다. 사회란 틀림없이 이런 사람을 위해서 존재하겠지. 나는 입가를 손으로 눌렀다.

"갑자기 정해서 미안. 역시 나한텐 무리였어."

응, 하는 엄마의 목소리에서 평소와는 다른 따뜻함이 느껴졌다.

"그러니까 돌아갈게."

"그래, 돌아오렴. 그래서 가족이란 게 있는 거잖니. 잘 결심했어."

"결심이라고 할 정도는 아닌데."

"응, 그렇지. 그래도 진심으로 마주한 거잖아?"

벽에 기댄 엉덩이와 등이 따끔따끔 저렸다. 체중을 싣고 있던 발꿈치가 차츰 아파왔다. 하지만 아직 승강장으로 올라가고 싶지 않았다.

"날 진심으로 마주해주었다고 생각해. 하지만…."

"괜찮아, 유키."

"응…. 물론 오해도 있었지만…. 그래도 진심으로 마주했기 때문에, 헤어진다는 결단을 내릴 수 있었던 것 같아…."

"그래."

말을 이어나가는 게 이토록 어려웠다니. 오랫동안 잊고 있었던 이 느낌. 중학생이 되었을 때 처음으로 고백을 받고 진심으로 기뻤다. 하지만 기쁨과 동시에 어디선가 이건 서로에게 짐이 되지 않을까 의심했다. 실제로 헤어지게 되었을 때 멈추지 않는 슬픔 뒤편에서 계속 아, 역시…, 하고 체념하는 마음이 들었다.

"나… 나 있지…. 나쓰키에게 아직 말하지 못한 게… 잔뜩 있는데…. 아, 진짜 바보 같아. 이런 식으로 끝내다니…."

눈가를 소매로 마구 닦고서 고개를 저었다. 오열하는 소리가 밖으로 새어나오지 않도록 필사적으로 참았다. 구역질을 참는 것과 조금 비슷했다.

스피커 안쪽에서 지직거리는 소리가 들린다.

"있잖니, 유키."

소음은 잠시 계속되고 마지막에 끼이, 하는 소리가 들린 다음에야 조용해졌다.

"그 얘기는 했니?"

"…."

역을 걸어가는 사람들의 발소리와 말소리, 기념품 가게의 호객 소리, 신칸센이 출발과 도착을 알리는 소리가 전부 사라지고 엄마와 나, 둘만 남았다. 그러는 동안에도 엄마는 응, 응, 하며 내 이야기를 들어주었다.

"말할 수 없었어."

자꾸만 목이 메는 바람에 시간이 한참 걸렸다.

그렇다. 나는 결국 말하지 못했다. 어떤 것보다 먼저 말해야 했는데.

"나쓰키는 자상하니까. 진실을 말하면 분명… 밤에 깨어 있으려 할 거야. 계속… 졸리지 않다고 하면서, 그래서….”

"미움받을지도 모른다고 생각했구나.”

"그 애는 엄청 노력하는 타입이니까. 자신을 희생해버리는 사람이잖아. 그 이상 폐를 끼치게 되면 더는 대등한 관계로 있을 수 없는걸.”

아냐….

마음속으로는 추한 변명이라는 걸 알고 있다.

뭐든지 둘이서 이야기하기로 했다. 그렇게 결정했는데도, 나는 혼자서 끌어안고 자멸했다. 말할 수 없었던 건 단지 내가 겁쟁이이기 때문이다. 그런데 이 지경이 되고서도 여전히 나쓰키 탓으로 돌리고 있다.

"어렵지. 인정하는 건 무서운 법이야. 엄마도 그렇단다. 네가 평범한 아이들과 다르다는 걸 가장 인정할 수 없었던 건 엄마야. 미안하구나.”

엄마의 목소리가 높아졌다.

"유키야, 미안하다. 미안해.”

엄마가 몇 번이나 사과했다. 그 짓눌린 목소리는 점차 울먹이는 소리가 되고, 콧물을 들이마시는 소리도 섞였다.

"아냐. 엄마는 잘못한 거 없어…. 아빠도 그렇고. 결국 나 때문이야. 전부 내 잘못이야. 나쓰키가 이 증상에 대해 물어보기만 기다렸어. 내가 직접 말을 꺼낼 수 없어서, 전부 나쓰키에게 떠넘겼어."

이제 울지 않을 거야. 마음으로 맹세한 그 순간, 지난해 봄 나고야에서 보냈던 밤의 기억이 강렬하게 플래시백되었다. 내 손을 잡아준 오른손의 따뜻함. 영원히 이어지는 고독한 밤에 내린 한 줄기의 빛이…, 그 눈부시도록 노력하는 웃는 얼굴이 나를 영원히 이끌어주는 미래를 상상했다.

지켜주겠다는 말을 들은 순간부터 내 마음은 지켜지고 있었다.

하지만 그 미래를 던져버린 건 나다.

"나는… 나쓰키를 배신했어. 밤에 아르바이트하고 있던 걸 얘기하지 않았어. 하루토와 연락을 주고받았던 것도…."

우리 가족은 하루토를 거절한 과거가 있다. 그런데 지지난 해부터 하루토에게 편지가 오기 시작했다. 편지에는 전문학교에 다니게 되었다는 이야기, 그리고 일방적으로 자신의 마음을 밀어붙여서 미안했다는 사과의 말이 적혀 있었다.

아니다. 하루토가 사과해야 할 이유는 없었다. 그래서 답장을 해야만 했다. 그게 우리 둘이 저지른 실수에 대한 속죄였으니까….

나쓰키에게 사실대로 전부 말했다면, 어쩌면 이해해주었을지도 모른다. 결국은 고백하는 게 두려웠을 뿐이다. 내가 나쓰키 앞에서 좋은 모습을 보여주고 싶었을 뿐. 일방적으로 들켜버린 지금에 와서는 모두 다 추한 변명일 뿐이다.

"유키 네가 병원비를 대기 위해 야간 아르바이트를 하겠다고 했을 때 엄마는 반대했어. 아무리 스포츠 바라고 해도 딸을 한밤중에 혼자 일하게 해도 될까 싶었거든. 하지만 지금은 다르게 생각해. 네가 앞을 향해 나아가려고 하는 일은 전부 자랑스러워."

엄마는 조금 달라진 것 같다. 생각해보면 여동생에게 이유理由 없이도不 아름다운美 사람이라는 의미에서 후유미不由美라는 이름을 붙인 건 엄마였다. 뒤틀린 건 나뿐이었다. 아무것도 달라지지 않았던 나에게는 이런 결말이 당연한 업보다.

"잘했어, 유키. 괜찮아. 엄마와 아빠가 여기 있으니까. 돌아오렴, 유키."

안내 방송이 흘러 전광판을 올려다보았다. 흐릿한 시야 속에 '노조미'라는 빨간 글자가 들어왔다.

"그만 끊을게, 엄마. 곧 출발할 시간이야."

"그래. 조심해서 와."

"응. 고마워."

나는 전화를 끊고 등을 문지르면서 그 자리에 쪼그려 앉았다. 무릎 사이에 얼굴을 묻고 오열을 삼켰다. 내 심장 소리가 들리게 될 때까지 기다렸다가 자리에서 일어났다.

화살처럼 쏟아지는 바람이 눈앞을 가로지르며 눈가에 맺혀 있던 눈물마저 날려버렸다. 신주쿠역에서 넘어졌던 일이 떠올라 하얀 선 뒤쪽으로 조금 물러났다.

무수한 창문 안으로 무수한 그림자가 있었다. 오른쪽에서 왼쪽으로 쏜살같이 흘러가는 사람들 전부가 나를 비열한 사람이라고 비난하는 것 같다. 흡연실과 휴게실 벤치에서 사람들이 일어나 내 뒤로 줄을 섰다. 내가 한 걸음 앞으로 나오자 뒷사람도 한 걸음 앞으로 나왔다. 나는 맨 끝으로 가서 자판기에 기댔다.

흰색과 파란색으로 도색된 신칸센은 서서히 속도를 늦추다가 이윽고 경고음과 함께 완전히 움직임을 멈추었다. 커다란 짐가방을 든 사람들이 간헐적으로 나오고, 어느 정도 잦아들자 외투를 걸친 회사원과 백팩을 멘 나이 든 남성이 앞다투어 14호차로 들어갔다. 뒤이어 라켓 케이스를 짊어진 운동복 차림의 여자 고등학생 무리와 아이를 안은 가족 일행이 열차에 올라탔다.

사회의 단면을 그대로 보여주는 듯한 네모난 문은 사람들을 집어삼킨다. 텅 비었던 열차는 다시 사람들로 채워진다. 나는 승차권으로 시선을 떨구었다. 14호차 14열 C석. 급하게 결정한 터라 통로 자리밖에 없었다. 멈춰 선 내 오른편과 왼편을 승객들이 빠른 걸음으로 지나쳐 갔다.

한 걸음 두 걸음 다리를 움직여 점자 블록이 있는 곳까지 왔다. 매점에서 잔돈 때문에 시간을 끌고 있는 꾀죄죄한 니트 모자의 남자와 그 뒤에서 험악한 표정으로 어깨를 끌어안고서 부들부들 몸을 떠는 고딕풍 옷차림의 여자를 곁눈질로 보았다.

난 뭘 위해서 도쿄에 왔던 걸까. 그림을 그리는 대학에 들어가야 할 만큼 간절하게 추구하는 꿈이 있었던가?

더럽고 시끄럽고 차갑고. 좋은 일 같은 건 아무것도 없다.

고딕풍 옷을 입은 여자가 서둘러 신칸센에 올라탔다. 역무원이 나와서 탈 사람이 남았는지 확인한다.

"탈게요!"

나는 손을 들고 외쳤다. 눈썹을 아치 모양으로 크게 들어올린 역무원이 다가와 흰 장갑을 낀 손으로 내 등을 살짝 밀었다.

"서둘러주세요. 금방 출발합니다."

"네. 서두를게요."

캐리어의 손잡이를 밀어넣고 측면 손잡이로 바꿔 들었다. 가볍다. 내 인생은 이렇게 가벼운 것이었구나.

…기다려!

등 뒤에서 들려온 목소리가 나를 살짝 감싸 안아 더 이상 한 걸음도 나아가지 못하게 멈춰 세웠다. 틀림없이 이렇게 될 줄 알고 있었다. 하지만 어떤 얼굴을 하면 좋을지 모르겠다.

눈을 동그랗게 뜬 역무원을 본체만체하고 나는 아주 잠시 스스로에게 표정 바꿀 시간을 허락했다. 애써 미소를 지으며 돌아보았다.

"기다리라니까! 그쪽은 오사카 방면이야. 반대야, 반대!"

덩치 큰 남자의 목소리에 여자가 발을 멈춘다. 여자는 들고 있는 표와 신칸센을 비교해보고는, 뒤를 돌아보더니 부끄러움을 감추려는 듯 웃으며 남자 옆으로 달려간다.

아아, 난 진짜 바보다.

그럴 리 없잖아.

내 인생에 정말 몇 밀리미터만 관여하고 걸어가는 남녀. 이제는 쏴아쏴아, 들려오는 빗소리 같은 잡음과 좌우로 바쁘게 오가는 사람들의 흐름만이 남았다.

이명이 들려서 다시 몸을 틀었다. 출발을 알리는 멜로디가 나를 재촉했다. 역무원이 신호를 보내자 닫히려던 문이 다시 한번 열렸다. 등을 떠미는 역무원의 힘이 아까보다 세졌다. 그 힘에서 달아나듯 나는 앞으로 걸었다.

그저 몇 걸음이다. 생각보다 훨씬 가볍다.

돌아보지만 않으면 쉬운 일이다.

"이제 괜찮아요. 탈 거니까."

역무원은 웃는 얼굴로 고개를 끄덕이고 나에게서 거리를 둔다. 열차와 승강장 사이의 틈에서 약간 움직이는 바퀴와 선로가 보였다. 계단에 올라서려 했을 때 역내 안내 방송을 알리는 소리가 머리 위에서 울렸다.

"미아를 찾고 있습니다. 고추색 옷을 입은 열세 살…."

고추색이 대체 무슨 색이야. 게다가 열세 살짜리 미아라니. 마침 내가 도쿄에 상경하게 되었을 때 후유미와 같은 나이다. 나고야역 은시계 앞 개찰구에서 엄청 심통이 나 있던 모습이 기억난다. 손도 흔들어주지 않았다.

"이와토 유키 어린이를 보신 분."

나는 차량을 향해 한 걸음 내딛다 말고 다시 발길을 거두어들였다.

응?

"이와토 유키 어린이를 보신 분. 오빠가 찾고 있습니다. 아시는 분은 미아센터로 연락 부탁드립니다. 주위에서 발견하신 분은 미아센터까지 데려와주시면 감사하겠습니다."

이번에는 정말로 눈앞에서 문이 닫혔다. 우두커니 선 내어깨를 역무원이 억지로 끌어당겨 열차에서 떼어놓았다.

"자, 잠깐만!"

"위험하니까 물러나주세요."

슈우, 하고 처량한 소리를 내며, 내가 탔어야 할 좌석이 느릿느릿 멀어져갔다.

"아시는 분은 미아센터로 연락 부탁드립니다. 주위에서 발견하신 분은 미아센터까지…."

나는 다음에 올 차량도 까맣게 잊은 채 속도를 높여 달려가는 신칸센의 뒷모습을 한동안 바라보았다.

X.

미도리노 마도구치*와 키오스크 사이에 있는 미아센터로 하늘색 캐리어를 끌고서 유키가 터덜터덜 걸어온다. 창구에서 가슴을 누르며 쪼그리고 앉아 있는 나를 눈치채자, 유키는 깜짝 놀란 듯 캐리어 손잡이를 놓치고 말았다.

나는 자리에서 일어나 스무 걸음 정도 떨어진 곳에서 꼼짝 않고 선 유키를 똑바로 바라보았다. 처음에는 당황스러운 듯 미간을 찡그리고 있었지만, 점차 눈꼬리가 올라가며 입술을 바르르 떨었다.

"내가 불렀어."

---

* 일본 JR 철도 승차권 매표소

미아센터의 직원인 듯한 여성이 창구에서 놀란 눈으로 이쪽을 엿보았다. 직원은 나와 유키를 번갈아 보고는 못 볼 꼴이라도 목격했다는 듯 목을 움츠렸다.

"이렇게 할 수밖에 없었어. 승차권 살 시간이 없어서."

유키는 입을 굳게 다문 채였다.

"할 말이 있어."

그건 반쯤 협박이었을지도 모른다. 나 때문에 신칸센을 놓치고 말았다. 다음 열차가 오는 건 11분 뒤. 그 평계로 유키의 몸을 이 불안정한 먼바다에 묶어두고 있다.

"꼭 사과하고 싶었어."

"네가 사과할 일은 아무것도 없어."

"내가 너를, 겨울잠을 자는 사람으로 만들어버렸어."

컴퓨터 작업을 하던 여자 직원이 다시 눈을 크게 떴다.

나는 열 걸음 나아간 뒤 멈춰 서서 유키를 보았다.

"난 스스로를 특별하다고 생각했어. 나 혼자만 겨울에 남겨졌다고, 마치 비극의 주인공 같다고. 그래서 네가 본가에서 잠든 걸 처음 봤을 때 겨울잠을 자고 있다고 단정해버렸어."

그때 나는 답이 나왔다고 생각했다. 터무니없는 사건을 목격하고, 그것이 무엇인지 이름 붙이고 싶어 필사적이었다. 나자신이 어떤 이야기의 소용돌이 안에 있다는 사실에 흥분했다. 하지만 그건 그저 외부인의 섣부른 판단이었다. 이해하고 싶다는 얼굴을 하고선, 이해에서 가장 먼 곳에 있었다.

"나도 너를 밤에 남겨두었던 거네."

유키의 표정이 무너져 내렸다. 내가 유키보다 먼저 눈물을 흘려서는 안 될 것 같아 필사적으로 표정을 관리했다.

"너에 대한 편견을 미워하는 척하면서 가장 큰 편견을 가지고 있던 건 나야."

중앙 광장에 차갑고 습한 바람이 불어와 우리 둘의 머리카락과 코트를 엉망으로 흔들어놓는다.

"그럼 그림을…."

"봤어."

유키는 저도 모르게 살포시 웃는 얼굴이 되었다가 이내 표정을 가다듬고 부끄러워, 하며 투덜거렸다.

"그래서 알았어?"

"응, 하지만 좀 더 빨리 알아차려야 했어. 그랬으면 널 의심하지 않았을 텐데."

"그렇구나."

지금도 수많은 사람들이 신칸센 승강장으로 올라간다. 다만 그 사람들이 나와 유키 사이에 끼어드는 일은 없었다. 떠들썩한 소음이 멀어지고 유키의 윤곽만 창백한 조명을 받아 떠오른다.

유키가 붉고 도톰한 입술을 움직였다. 뭔가를 말하려다 입 밖에 내기 전에 삼켰다.

"그러니까 미안…."

"안 돼."

내 말을 끊은 유키는 양심의 가책을 느끼는 듯 시선을 피했다.

"이런 식으로 해버리면 안 돼. 이야기를 다 들으면 그걸로 끝이라고 다짐했는데. 네 목소리를 들을 수 있어서 기쁘다고, 아주 조금 생각해버렸어."

유키는 치마를 손으로 누르면서 몸을 숙이더니 캐리어 손잡이를 꺼내 일어섰다. 그 눈에는 조금 전까지의 촉촉함은 사라지고, 후유미와 닮은 듯한 강인하고 짙은 그림자가 떠올랐다.

"각오한 일이야. 미안해."

유키가 머리를 숙이자 검은 머리카락이 흐트러졌다. 90도로 숙인 허리는 사람들의 이목을 끌었다.

"지금까지 고마웠어."

유키의 고백이 우리를 갈라놓는다. 시야가 일그러지고 뜨거운 무언가가 솟구쳐 오른다.

"다음 차 놓치기 전에 가봐야겠다."

고개를 든 유키는 얼음이 된 나를 무시하고 개찰구 정산소로 향했다. 그 뒷모습은 처음 만난 날 밤에 본 것과 마찬가지로, 어딘가 서먹하고 타인을 허락하지 않는 분위기를 띠었다.

손을 뻗으면 닿는 거리인데, 그럴 수가 없다. 유키는 정산소의 자동문을 통과해 역무원을 불렀다. 다리가 움직이지 않는 건 여기서 무리하게 붙잡으면 반드시 실패한다는 확신이 들었기 때문이다. 아직 내 안에 채워지지 않은 게 있었다.

뭐가 부족한 거지?

함께하고 싶다. 옆에 있고 싶다. 좋아해. 지키고 싶어. 그런 어린애 같은 이론으로는 해결되지 않는 것이 눈앞을 가로막았다.

그게 뭐지?

그녀가 가장 무서워하는 것. 혼자가 되는 것. 여기서 돌아가면 나와의 관계에 종지부를 찍게 된다는 걸 틀림없이 그녀는 알고 있다. 외톨이가 된다는 걸 알고 있다. 그런데도 그녀는 한계를 느낀 것이다.

정산소의 자동문이 열리고 유키가 돌아왔다. 개찰구 앞에서 걸음을 늦추고 나에게 딱 한 번 시선을 주었다. 그 찰나 나는 유키의 눈동자 속 아름답고 덧없는 어둠의 정체를 겨우 알아차렸다.

"살기 위해서였지?!"

유키의 발이 멈췄다.

나는 폐 속으로 최대한 공기를 끌어모았다.

"전부 네가 살기 위해서였지? 내가 틀렸어. 너는… 언제나 목숨을 걸고 있었어. 그야 그렇겠지. 잠들어 있는 동안 넌 목숨을 완전히 내려놓는걸. 그건 반드시 누군가가 대신 지키고 있어야 해. 하지만 누가? 부모님이? 동생이? 어느 쪽이든 평생 그럴 수는 없잖아. 넌 언제나, 혼자가 되는 것에 죽음보다 더한 공포를 느끼고 있던 거지?"

눈앞이 어지러웠다. 그걸 깨닫지 못했던 내가, 남의 아픔에 너무나 둔한 내가 미워서 견딜 수 없었다. 이를 앙다물었다. 손톱이 손바닥을 파고들었다.

"그렇다면…."

자그마한 등과 동그스름한 어깨가 바들바들 떨린다.

"그렇다면 어쩔 건데…? 나쓰키는… 죽을 때까지… 나랑 같이 있어줄 거야?"

"당연하지!"

유키의 팔을 붙잡아 개찰구에서 멀어지도록 끌어당겼다. 마주 본 유키의 붉게 부어오른 눈. 그 눈의 초점이 흔들리며 나를 올려다본다.

"그야 당연하잖아. 쭉 함께 있을 거야. …나도 알아. 내가 지금 얼마나 무책임한 말을 하고 있는지. 내 말의 무게에 진짜로 진절머리가 나니까."

"그럼 놔줘."

유키가 약하지 않은 힘으로 저항했다. 그래도 나는 그녀를 끌어안았다.

"하지만 이렇게 말할 수밖에 없는걸!"

유키의 주먹이 내 어깨와 목을 힘껏 때렸다. 미안, 나는 유키의 귓가에 계속해서 속삭였다. 나를 밀어내던 힘이 점점 약해지고, 이윽고 유키의 몸은 내 품 안에서 잠잠해졌다.

"…이렇게 말할 수밖에 없어."

봇물 터지듯 울음이 쏟아지고, 어깨와 쇄골 사이에 따뜻한 한숨이 점점 스며들었다. 떨고 있는 유키를 가만히 끌어당긴 채 나도 매달리듯 유키의 어깨에 머리를 묻었다. 미안하다는 말만 반복했다. 그 말에 의미 같은 건 없었고, 한동안 우리 사이에 오간 의미 있는 것은 거친 숨결과 손끝을 타고 전해지는 체온뿐이었다.

"예뻤어."

나도 모르게 입에서 흘러나온 말. 억누르기 힘든 감동. 이제야 머릿속에서 불꽃을 일으키는 그 순간의 충격.

품을 벗어난 유키는 새까만 눈동자를 반짝이면서 이상하다는 듯 고개를 갸웃했다.

"예쁘다고?"

"그림."

"그림?"

"네가 그린 거. 엄청 큰 캔버스 있잖아."

"아아."

유키는 흐음, 콧소리를 내며 고개를 끄덕이더니 팅팅 부은 눈을 깜박였다.

"혹시 뒷면… 봤어?"

뺨을 살짝 발갛게 물들이고 묻는 유키에게 겸연쩍은 미소로 화답했을 때, 머리 위 전광판에서 42분 출발 표시가 사라졌다.

일주일 후 우리는 나고야로 출발했다. 후유미도 불렀지만, 눈앞에서 시시덕거리는 게 보기 싫다며 이틀 늦게 도쿄를 떠났다.

내가 머물 곳은 창고로 정해졌다. 매년 방문할 때마다 먼지가 쌓여 있었지만, 여길 청소하는 게 이곳에 머물도록 해주는 데 대한 최소한의 예의라고 생각했다.

만일 네가 겨울 동안 잠드는 일 없이 지극히 평범한 인생을 걸어갔다면, 나는 너를 만날 수 있었을까. 너희 가족의 집에서 차가워져가는 네 손을 잡을 수 있었을까.

그 질문의 답을 찾기 위해서는 아직 갈 길이 한참 남았다. 다만 지난해에 이어 올해도 나는 그녀의 손을 잡는 역할을 맡았다.

그 이유를 도코 씨에게 물었다. 말하자면 가족은 언젠가 떠나갈 존재이기 때문이었다. 유키는 자신의 손으로, 자신이 의지할 사람을 손에 넣어야 했다.

그게 바로 나일지도 모른다고 했다.

너를 떠나보낸 다음 날, 2020년 11월 1일. 기상청은 나가노에서 첫눈을 관측했다.

나는 또다시 혼자서, 겨울을 향해 걸어간다.

단 하나, 변함없는 약속을 가슴에 품고.

그리고 그 겨울, 일본의 최저 기온과 강설량은 145년 만에 경신되었다.

눈앞에는 긴 길이 가로막고 있다.

밤은 밝아오는 것을 잊고, 나를 계속 혼자 두고 싶은 것이다.

하지만 내 몸을 지면에 묶어두고 있던 실을 끊어준 사람이 있다. 작은 등불로 빛을 밝혀준 사람이 있다.

당신은 결코 내 옆에서 걸어주지는 않는다. 이건 나의 여정이고, 나만의 시간이다.

그러나 당신이 밝힌 빛은 당신 없는 밤을 계속해서 비춘다.

당신의 호흡이 들린다. 오르내리는 품이 사랑스럽다.

당신의 체온을 느낀다. 이불에 감싸인 온도가, 지금도 내 몸을 따뜻하게 하고 있다.

나는 손을 흔든다. 곧 돌아올게, 나지막한 소리로 외친다.

나는 깨어나기를 기다리고 있다.

단 8시간의 여행이 영원처럼 길어도, 해는 떠오를 테니까.

달걀프라이를 얹은 토스트를 굽고, 커피를 끓여서, 나는 오늘도 당신이 깨어나기를 간절히 기다린다.

4장

너는 눈을 볼 수 없다

눈을 뜨자 어렴풋하게 잿빛 세계가 펼쳐졌다.

삐, 삐, 삐. 규칙적으로 울리는 전자음이 머리 쪽에서 들려왔다. 무척 길고 긴 꿈을 꾸었던 것 같다.

그를… 나쓰키를 만나고 싶다.

그 일념으로 자리에서 일어나려 했다. 하지만 평소보다 더 힘이 들어가지 않았다. 흐릿한 시야. 일그러진 소리. 거기다 목소리도 나오지 않는다.

아무도 내가 일어난 걸 알아차리지 못했다. 엄마는? 후유미는? 둘 중 한 명은 틀림없이 집에 있을 텐데. 빨리 나쓰키에게 전화하고 싶다.

있는 힘을 다해 침대 아래로 두 다리를 끌어당겨 어찌어찌 몸을 일으켰다. 아직도 눈은 흐릿했지만, 움직이기 어려웠던 원인은 분명했다.

두 팔과 두 다리에 검은 붕대 같은 것이 감겨 있었다. 앞이 트인 입원복 위에서 붕대가 위팔과 아래팔, 허벅지와 정강이를 각각 단단히 조였다. 검은 붕대는 때때로 튀어 오르듯 몸에 전류를 흘려보냈다. 일정 간격으로 반복되는 전기 충격을 의식하자마자 곧 가려워서 참을 수 없어졌다.

"뭐… 이거… 가, 려…."

목소리가 나오기 시작한 게 뛸 듯이 기뻤다. 붕대의 이음매를 찾아 반대쪽 손을 집어넣었다. 피부에 닿아 있는 안쪽 부분은 젤 형태였고, 바깥쪽은 혈압계처럼 벨크로 테이프로 고정해놓은 상태였다. 테이프를 떼고 붕대를 풀었다.

문득 시선을 들어 올리자 낯선 천장이 보였다. 고개를 내리니 낯선 창문이 보였다. 낯선 문도 보였다.

우리 집이 아닌 건 분명하다. 앉은 채로 몸을 움직여 왼팔에 꽂은 바늘을 뽑고 머리맡에 있던 상자에서 거즈를 꺼냈다. 점점 붉게 번지는 손가락 끝에 힘을 주어 지혈을 계속했다.

"성, 공…."

호흡을 가다듬고 하나, 둘, 셋에 체중을 무릎으로 옮겼다. 신기하게도 넘어지지 않고 제대로 설 수 있었다. 조심스럽게 커튼을 옆으로 당겼다. 사아아, 하는 소리를 내며 옅은 빛이 들어온다.

처음에는 그게 뭔지 몰랐다. 하얀 가루가 하늘에서 잔뜩 내려왔다. 드문드문한 크기의 결정이 순식간에 오른쪽으로 비스듬히 사라져버리며, 바람이 얼마나 세게 불고 있는지 알려주었다. 아빠나 나쓰키가 서프라이즈로 준비한 건지도 모른다. 하지만 하얀 가루는 전혀 그치지 않았고 방문을 두드리는 소리도 들리지 않았다.

"맞다, 스마트폰."

내가 좋아하는 거북이 모양의 스마트폰 거치대가 보이지 않았다. 가로로 긴 창을 다시 한번 들여다보자 저 멀리 네온 사인이 반짝이는 거리가 펼쳐졌다. 나는 분명히 나쓰키의 배웅을 받으며 여행을 떠났다. 그럼 봄에 다시 만나. 그렇게 말하던 나쓰키의 목소리가 아직도 귓가에 남아 있다.

"나쓰키, 지금 어디 있어…?"

두 번째 봄, 내가 깨어나려 할 때 그는 손을 잡아주었다. 그가 있어주는 것만으로도 깨어나던 순간이 특별한 추억이 되었다.

원목으로 된 문을 노려보며 침대 끝에서 반동을 주어 일어섰다. 무릎이 꺾일 때를 대비해 최대한 낮은 자세를 취하고,

두 손으로 몸을 지탱할 수 있도록 준비한 뒤 한 걸음 한 걸음 조심스럽게 걸었다. 문은 쉽게 열렸다. 하지만 그 순간 지금까지 느껴본 적 없는 냉기가 밀려들었다. 몸서리가 쳐졌다. 나는 옷장을 뒤져 흰 속옷과 긴 치마, 적당한 터틀넥 니트를 꺼냈다. 일단 침대로 돌아가 옷을 갈아입고서 다시 벽을 따라 걸었다.

중간부터는 나무로 된 손잡이가 있어서 그걸 붙잡고 현관까지 걸어갔다. 우산꽂이에는 접이식 목발이 들어 있고, 모자 걸이에는 코트와 양가죽 모자가 걸려 있었다. 코트는 조금 컸다. 신발장 문 중 하나는 아예 거울로 되어 있었다.

내 키만 한 크기의 거울에 비치는 나 자신을 바라보았다. 곧 스물다섯 살을 맞이하는 대학교 3학년의 내가 그곳에 있었다. 다만 거울 속 내 모습이 어쩐지 조금 낯설게 느껴지기도 했다. 만족스러운 코디라고는 할 수 없지만, 그대로 운동화를 신고 현관을 나섰다.

"여기, 어디지."

눈에 보이는 건 낯선 마을이었다. 저물어가는 태양이 지평선 너머로 보이고 연분홍빛 하늘은 점점 창백하게 물들었다.

"사람을 만나야 하는데…. 맞아, 파출소."

엘리베이터 버튼을 누르려 했지만 터치 패널로 조작해야

했다.

입구로 나오자 자동문이 열렸다. 팔짱 낀 남녀가 종이봉투를 몇 개 들고 걸어오더니 내 옆을 지나가며 가볍게 인사를 했다. 나는 목소리를 쥐어짜보려 했지만, 허리를 숙이는 것 외에는 아무것도 할 수 없었다. 자동문이 닫히기 전에 서둘러 밖으로 나왔다.

냉기가 치마 밑으로 파고들어 허리까지 차가운 기운이 느껴졌다. 코트 앞을 여몄다. 하얀 결정이 보라색 하늘에서 소리 없이 춤추듯 내려와 콧잔등에 떨어졌다. 차가웠다. 아까 그 방에서 보기만 할 때는 실감이 나지 않았다. 하지만 지금은 다르다.

양손을 펼치고 잠시 거기 머물렀다. 두 손을 모아 떨어지는 차가운 결정을 안에 담고 싶었다. 하지만 커다란 결정은 손에 닿은 순간 사라지고 눈물 같은 물방울로 바뀌어버렸다. 손에 담는 걸 포기한 내 옆을 또 한 쌍의 커플이 지나쳐 가려던 그때였다.

"혹시 1405호실 분이신가요? 깨어나셨나보네요."

부드러운 여자의 목소리는 상당히 아래쪽에서 들려왔다. 그쪽으로 시선을 돌리자 어린아이처럼 조그마한 여자가 키 큰 남자의 손을 잡고 올려다보고 있었다. 여자는 언뜻 보기엔 정말 유아 같았지만, 목소리와 얼굴을 보아 성인임을 알 수 있었다. 남자는 조금 난감한 듯 미간을 찌푸리며 머리를 숙인 채 나를 보았다.

"저기, 저를 아세요?"

"네, 아마도."

여자는 치열이 나쁜 이를 보이며 생글생글 말했다.

"물론 서류상으로 본 거긴 하지만요. 여기는 고향빌딩이니까요."

"고향빌딩이요…?"

"옛날 방식 그대로 각 지역의 상부상조 정신을 응원하는 프라이버시 프리 빌딩이에요."

그러다 여자는 조금 당황한 모습으로 두 손을 내저었다.

"물론 전부 누설한다는 건 아니고요. 가족의 직업, 나이, 그리고 주의해야 할 질환을 알 수 있어요."

"질환…."

"나처럼 척 보면 알 수 있는 사람도 있지만, 그렇지 않은 사람도 있으니까요."

여자는 머리를 긁적이며 웃고는 자신을 가리켰다.

"잠깐만요. 저는 어떤 병이라고 쓰여 있었나요?"

나는 계속 이야기하고 싶어 하는 여자를 가로막았다.

"당신은 아마⋯."

남자가 쪼그려 앉아 머리를 쥐어짜는 여자의 작은 손을 잡는다. 몸이 차가워지니까 슬슬 가자, 하며 작은 소리로 말을 건넨다. 여자는 끄덕이고는 다시 나를 올려다보았다.

"스노 슬립 증후군Snow Sleep Syndrome으로 지정된 일종의 난치병이었던 것 같아요. 일정한 온도 주기에 들어가면, 신진대사나 노화가 현저하게 늦어져 계속 잠들어 있는 질환이라고 했었나."

화려한 조명으로 장식된 거리는 무척 혼잡했다. 이토록 활기찬 겨울의 거리는 이제껏 내가 한 번도 본 적 없는 풍경이었다. 하지만 더 이상한 점은 따로 있었다. 예를 들면 건물 유리에 때때로 영상이 비치거나 운전자 없는 차가 도로를 달리고 있었다.

나는 파출소를 찾아 돌아다녔지만 끝내 찾을 수 없었다. 지나가는 사람에게 전화를 빌리려 해도, 다들 귀에 빛나는 장치를 붙이고 있을 뿐 아무도 스마트폰을 들고 있지 않았다.

내가 알고 있는 것은 하나도 없었다. 옷차림도, 걸음걸이도, 뭔가를 먹는 동작조차 내가 알던 세계와 다르게 보였다.

마침내 나는 걸음을 멈추었다. '완전영양주스'라고 적힌

음료 가게 옆에 자판기 여러 대가 서 있는 걸 발견했다. 자판기 두 대 사이로 난 자갈길에 주저앉아 목발을 무릎 밑에 둔 채, 하늘에서 내려오는 하얀 결정을 바라보았다.

"잠깐 쉬자."

괜찮아, 시간을 때우는 건 내 특기니까.

거리를 바라보고 있기만 해도, 내가 아무것도 하지 않아도 시간은 알아서 흘러간다. 얼마나 지났을까. 길거리에 가득하던 사람들도 띄엄띄엄 줄어들고, 운전기사 없는 택시만 거리를 달리게 되었을 무렵이었다. 갑자기 시야에 그림자가 드리웠다.

"괜찮으세요?"

나는 그 목소리에 어깨를 떨며 양옆에 있던 자판기를 덜컹 흔들었다.

"아, 네."

얼굴을 들자 그림자에 가려진 남자의 모습이 보였다. 역광이라 표정은 보이지 않았다. 무릎 밑에서 목발을 꺼내 일어서려고 했는데, 다리가 저려 힘이 들어가지 않았다. 그 바람에 그만 균형을 잃고 넘어질 뻔했다.

"어이쿠."

남자가 내 어깨를 잡아 나를 받쳤다. 덕분에 넘어지는 꼴을 면한 나는 목발을 짚어 부족한 근력을 대신했다. 저렸던 다리가 원래대로 돌아오자 남자의 품에서 벗어났다.

"죄, 죄송해요."

"아네요."

남자는 기분 탓인지 떨고 있는 것 같았다. 그 모습을 보자 떠는 것조차 잊고 있던 세상의 추위가 새삼 다시 떠올랐다.

"나는 저기서 일을 하던 중이었는데, 2시간이 지나도 자리에서 움직이지 않길래…. 혹시나 하는 생각이 들어서."

"혹시나…?"

남자는 순간 곤란한 듯 눈썹을 좁히더니 하얀 숨을 내쉬며 말을 이었다.

"혹시 몸이 좋지 않은 건가 걱정이 돼서."

둥근 안경에 콧수염을 기르고 양복 위에 남색 체스터 코트를 걸친, 모자를 쓴 50대 정도의 남자가 우산을 이쪽으로 내밀었다.

"난 출판사에서 일하고 있어."

남자는 우산을 들지 않은 손으로 가방을 옮겨 들며 말을 이어나갔다.

"옛날에는 소설가가 되려 했지만, 좀처럼 쉽지 않아서. 그래서 지금 이 일을 하게 됐지."

"그렇… 군요…."

"직장 상사가 같은 대학 여자 선배인데 워낙 특이한 데다 엄청나게 엄격한 사람이거든. 그래서 공동 오피스로 도망치다시피 했는데…. 아, 미안. 갑자기 이런 얘길 해서. 그러니까 우리는…."

남자의 눈동자가 잠깐 먼 곳을 바라보았다. 일면식도 없는 사람인데 신기하게도 낯설지 않았다. 하지만 그게 오히려 좀 이상하게 느껴져서 나는 대답할 말을 찾지 못했다. 남자는 머뭇거린 끝에 마침내 적당한 말을 찾아낸 듯 말했다.

"다시 말해 우리는, 이런 데서 이야기하면 감기 걸릴 거야. 근처에 단골 가게가 있으니까 우선 뭐든 좀 마실… 아니, 좀 먹을까?"

나는 쭈뼛쭈뼛하며 그가 내민 우산을 받아 들었다.

"1년 전부터 어떤 신인 작가를 담당하게 됐어."

함께 걸어가는 동안 내 오른쪽에서 걷던 남자는 그렇게 말을 꺼냈다.

남자에게서 건네받은 검은 우산은 몸을 덮기에 충분했다. 게다가 남자는 가방에서 작은 접이식 우산까지 꺼냈기 때문에 우리 사이에는 상당한 거리가 생겼다. 하지만 거리를 느끼는 건, 쭉 고개를 숙인 채 걷는 남자의 기묘한 걸음걸이 탓도 있는 게 틀림없다.

"그 사람은 대학 시절부터 글을 썼다고 했어. 훌륭하게 꿈을 이룬 사람이지. 하지만 등단은 최종 목표가 아니야. 쉽지 않은 길에 발을 들여놓은 거지. 내가 하지 못한 걸 해내고 있는 사람이니까, 그래서 더욱더 그 사람을 온 힘을 다해 응원하고 싶었어."

"그렇군요."

"지금 가는 가게가 그 사람이랑 회의를 끝내고 자주 마시러 가던 곳이야."

남자가 무슨 말을 하든 나와는 상관없는 이야기였다. 하지만 지금 내가 들고 있는 우산은 이 남자의 것이고, 내가 제대로 대화할 수 있는 상대도 이 남자뿐이었다. 이제부터 어디로 데려가든 불평할 수는 없다.

유리창 자체가 화면으로 되어 있는 건물이 늘어나자 남자는 골목길로 접어들었다. 나는 신기할 정도로 저항도 없이 그를 따라갔다. 처음 보는데도 어쩐지 이야기하기 쉬운 사람이었다. 그를 향한 호기심이 내 몸을 이끌었다.

"이상해? …괜찮아, 자주 듣는 말이니까."

아까부터 몇 번이나 남자의 표정을 훔쳐보던 걸 들켜버렸다. 나는 고개를 저었지만, 남자는 얼굴을 들지 않은 채 자조적으로 웃으며 말했다.

"이 계절 탓이야."

허름한 상가 1층. 계단 대신 경사로가 설치되어 있었다. 가게 앞에 간판 같은 건 없고, 빨간 원으로 둘러싸인 십자가가 들어간 문장이 작게 걸려 있었다. 빨간색과 초록색으로 꾸며진 캐주얼한 분위기의 술집이었다. 포렴도 없고 가게 앞에 간판이 세워져 있지도 않았다. 그래도 고급 클럽이나 바가 아니라고 단언할 수 있는 건 테이블에 막소금과 조미료 병이 놓여 있었기 때문이다.

은은하게 향신료 냄새가 풍겨와 식욕을 자극했지만, 지금의 나에게는 그저 고통에 지나지 않았다. 배를 누르며 앞으로 쓰러지듯 가장 가까이 있던 의자에 앉았다. 우리 말고 다른 손님은 없었다. 점원은 한 명뿐이었다. 남자는 코트를 걸어두고 가죽 가방을 옆자리에 놓은 뒤 자리에 앉았다.

"분위기 좋지. 옛날에 집 근처에 있던 술집인데 가게를 이전했거든. 그래서 나도 따라 이 동네로 온 거야."

점원이 물을 갖다주자 남자는 재빨리 메뉴를 펼쳤다. 나는 천천히 조금씩 남김없이 물을 마셨다. 남자는 자신의 요리를 주문한 뒤, 나를 흘끗 보고 뭔가를 추가로 부탁한 것 같았다.

"저, 지금은…."

"괜찮아."

얼마 지나지 않아 나온 건 검은 분말이 뿌려진 오이절임과 묽은 수프였다.

"유니버설 마크가 있었지? 요즘은 다양성을 이해하는 가게가 많아져서, 크론병 환자나 이슬람교도도 만족스럽게 먹을 수 있게 됐어. 그건 체내 흡수율이 좋고 영양가가 높은 스파이스 양파 수프야. 내가 주문한 건 오이절임이고."

나는 바닥이 얇은 접시에 담긴 맑은 갈색 수프를 큰 은스푼으로 떠서 입에 넣었다. 혀가 타들어갈 정도로 뜨거운 수프를 조심조심 삼키자 속이 서서히 따뜻해졌다. 어렸을 때 엄마는 막 깨어난 나를 몇 번이나 조심시켰다. 천천히 먹으렴. 너는 일어났어도 배는 아직 자고 있으니까. 알고 있었다. 숟가락 움직이는 속도를 늦춰야 했다. 하지만 그럴 수 없었다.

"천천히 먹어."

접시 바닥에 숟가락이 부딪치며 계속 달그락달그락 소리를 냈다. 멈출 수 없었다. 코를 잡고 마셨던 엔슈어 드링크가 생각났다. 흑당은 그래도 먹을 만했지만 초콜릿맛은 최악이었다. 하지만 이건, 마치 이건….

"천천히, 그래. 천천히 먹는 거야."

남자의 목소리가 어째서인지 엄마의 목소리와 겹쳐졌다. 음역도, 목소리 굵기도, 크기도 전혀 다른데. 배 속의 통증이 전부는 아니지만 거의 사라졌을 무렵에는 이미 점원이 접시를 치운 뒤였다.

"맛있었어?"

"네, 엄청요."

"다행이다."

남자는 모자를 젖히고 콧수염을 문지르며 웃었다. 위잉위잉. 머리 위로 돌아가는 실링팬 소리가 거슬렸다. 카운터 기둥을 따라 장식해놓은 고추 병조림 같은 것이 보였다. 기억이 뒤죽박죽이었다. 어디선가 본 듯도 한데, 대체 어디서 본 풍경인지 기억나지 않는다.

"이런 거, 이상해요."

배 속 가득 퍼지는 따뜻함이 나를 녹인다.

"당신, 이상해요…. 내 상태를 아니까 여기로 데려온 거죠…? 애초에 내가 왜 이런 곳에…."

남자는 그저 말없이 끄덕이면서 입가에 온화한 미소를 띠었다.

"당신, 뭘… 알아요…? 어째서 그렇게 뭐든 다 안다는 얼굴을 하는 거예요…. 이런… 거, 이상해. 나조차도 잘 모르는 걸

어째서 그렇게…. 당신은 뭘 아는 거예요?"

미친 것 같다.

아니, 처음부터 미쳐 있었다.

내가 태어난 순간부터 이렇게 되는 건 전부 정해져 있고, 아무리 열심히 노력해도 어떤 길을 더듬어 가더라도 결국 파멸할 게 뻔했다. 무릎 위에서 꼭 쥐었던 손이 주먹이 되고 이윽고 돌이 되었다. 시야가 번지고 이명이 울려 퍼졌다.

"전부라고는 말할 수 없지만. 아무것도 모르는 건 아니야."

"그럴 리 없잖아!"

"나는 말이지."

남자는 모자를 벗고 테이블 위에 살짝 놓았다. 짧게 가지런히 자른 머리카락이 나붓하게 펼쳐졌다.

"자주 넘어지는 편이야. 언제부턴가 하늘을 볼 수 없게 되는 바람에. 특히 겨울은 힘들어. 하늘에서 떨어지는 하얀 녀석 때문에. 그 녀석이 나빠. 그래서 눈에 들어오지 않도록, 밖을 걸을 때는 반드시 검은 우산을 가지고 나가. 우산은 넘어지지 않게 도와주지는 못하지만. 그래도 가끔은 저렇게 도움이 될 때도 있어."

남자는 안경을 벗고 내 눈을 가만히 보았다.

"…왜…?"

"계속 옆에 있겠다고 약속한 사람이 있었어. 하지만 그 사람은 먼 곳에 간 채로 좀처럼 돌아오지 않아서, 나는 그저 손을 잡고 있을 수밖에 없었어."

흑과 백의 경계가 선명한 눈동자. 그건 본 기억이 있는 정도가 아니라, 기억이 닫히는 마지막 순간까지도 지긋지긋할 만큼 보아왔던 눈동자였다.

"하지만 그런, 그렇다면…."

"진짜 미쳤지. 그래도 난 싫었어. 나는… 눈을 볼 수가 없었어."

살짝 늘어진 뺨과 처진 눈가, 선명한 팔자주름, 부드러운 입매. 검버섯도 있고 이마에는 깊게 팬 주름이 몇 개나 있었다. 딱딱해진 수염은 제대로 손질은 한 건지 의심스럽다. 하지만 얼굴에 남은 그 '시간'의 흔적을 전부 벗겨내고 남은 표정은, 내 기억 속에 남아 있는 한 사람과 일치했다.

남자는… 아니, 그는 천천히 일어섰다. 그가 서 있는 모습을 기억한다. 내 의자 옆까지 온 그가 무릎을 꿇고 나를 올려다보았다.

"너와 함께 보는 게 아니면 싫었어."

그의 목소리가 달콤하게 울렸다.

나는 어느새 말을 잃었다. 전해야 할 수많은 말이 산산이 흩어지고 무엇 하나 소리가 되어 나오지 않았다. 격하게 뛰는 심장 소리도, 목을 스치는 호흡 소리도, 식탁보를 긁는 손톱 소리조차 그 순간만큼은 전부 사라지고 나는 그저 그를 바라보는 하나의 눈동자가 되었다.

그의 손이 주저하면서 내 무릎 위로 올라왔다. 그는 눈물을 글썽인 채 가느다란 실에 의지하는 칸다타*처럼 손을 뻗었다. 나는 그 손을 붙잡아 품으로 끌어당기며, 내려온 긴 머리카락을 치우고 이마를 꾹 눌렀다.

그의 손이 훨씬 따뜻했다.

"잘 잤어, 유키? 좋은 아침이야."

카운터 위에 디지털 시계가 보였다. 12시 44분을 넘어가는 중이었다. 그 옆에 꾀죄죄한 나무 조각이 세워져 있었다. 검붉게 칠해진 팻말에는 알아보기 힘든 글씨로 '탄지르'라 적혀 있었다. 그는 눈을 질끈 감으며, 감정을 억누르지 못한 듯 수염이 덥수룩이 자란 입가를 부르르 떨었다. 상당히 늙어버린 다 큰 남자가 처음 만났을 때보다 훨씬 어린 소년처럼 보였다.

눈물은 뺨을 타고 흘러내렸지만 나는 흐느껴 울거나 하지

---

* 소설 《거미줄》의 주인공. 지옥에 떨어진 칸다타는 가느다란 거미줄 하나에 의지해 지상으로 올라오고자 한다

않았다. 모든 것이 흘러간 고요한 밤에 눈물을 흘리며 무릎 꿇은 그의 모습에 넋을 잃었다. 디지털 시계는 지금 막 마지막 전철이 떠났다는 걸 보여주었다.

이제야 내 병은 완치되었다.

후기

6년쯤 전에 소설을 썼습니다. 그 무렵 집필 장소는 나고야 적십자병원의 동쪽 병동 8층, 통로 안쪽의 1인용 소파였습니다. 작은 원형 책상이 있었지만, 대부분은 쿠션을 받치고 무릎 위에서 작업하곤 했습니다. 직사각형의 창문이 있었고, 거기서 보이는 나카무라구의 야경과 고속도로를 달리는 헤드라이트 물결이 아름다웠던 기억이 납니다.

밤의 병원은 맥박이 뛰는 듯한 심전도 소리가 어렴풋이 들리고, 간호 스테이션의 희미한 불빛이 통로를 비춥니다. 듣던 것만큼 무서운 곳은 아니었습니다. 저는 소파에 앉아 맥북을 열고 때때로 둘러보러 오는 간호사에게 인사를 하면서 첫 소설을 썼습니다. 우주에서 온 여자아이의 이야기였는데,《뱀부 걸BAMBOO GIRL》이라는 제목의 현대판 카구야히메*를 다룬 내용이었습니다.

글을 쓰는 행위가 저를 지탱해주었습니다.

내가 죽더라도 무언가 남겨 놓는 일. 뭐랄까, 저장 파일을 기록하는 것 같은 느낌이었습니다. 그러면서도 사실 평범한 생활로 돌아가려는 마음, 더 살고 싶은 마음도 있었습니다. 구질구질해 보이면서도 속으로는 제대로 파이팅 포즈를 취하는 모순이었죠.

투병의 고비를 넘긴 10월, 약간의 시간이 주어졌다고 생각했습니다. 모처럼 온 기회니 글을 배우는 대학에 가기로 마음먹었습니다. 작가를 목표로 하는 학생이 모이는 학교였지요. 이상한 놈들이 많았습니다. 나중에 듣자니 저도 꽤 이상했던 모양이지만요. 지금 생각해보면 불안했기 때문에 벽을 만들었던 것 같습니다. 하지만 1학년 때 한 교수님이 저에게 말해주셨습니다. "너한테는 글을 쓸 이유가 있으니까, 계속 쓸 수 있을 테니까 괜찮아"라고요. 그 "괜찮아"는 지금도 오랫동안 지속되는 손난로처럼 효과가 있습니다.

---

* 일본의 가장 오래된 설화로 대나무에서 태어난 여자아이가 주인공으로 등장한다

감사를 전하고 싶은 사람이 많습니다. 우마무스메*를 좋아하는 교수님, 이러쿵저러쿵하면서도 친구로 있어주는 동료들, 미에대학 소화관외과 의료진들, 이 작품을 응모하기 전에 읽어준 후배, 원고를 교정하는 동안 미친 듯이 반복해서 들었던 밴드 back number의 음악까지….

제가 살아남아서 이 작품을 쓸 수 있었던 건, 지난 4년간 누구보다 열심히 저를 보살펴주신 어머니 덕분이라고 생각하기에 평소에는 좀처럼 쑥스러워서 하지 못했던 감사 인사를 이 자리를 빌려 전하고자 합니다. 정말 고마워요.

유키도 이런 느낌으로 도코 씨에게 마음을 전했을까요. 꼭 전했으면 좋겠네요. 우리는 보고 들은 것밖에 믿을 수 없으니까, 감사한 마음이 있다면 직접 말로 전하는 게 중요하다고 생각합니다. 그래서 저도 제대로 전하고자 합니다.

이 책을 읽어주셔서 감사합니다. 기쁩니다. 다음에도 부디, 제 편이 되어주세요.

닌겐 로쿠도

---

* 일본의 실제 경주마를 여자아이로 의인화한 미디어믹스 콘텐츠

여름의 너에게 겨울에 내가 갈게

초판 1쇄 발행 2023년 7월 18일 | 초판 6쇄 발행 2024년 11월 5일

지은이 닌겐 로쿠도 | 옮긴이 이유라 | 표지 일러스트 엘무늬

펴낸이 신광수
CS본부장 강윤구 | 출판개발실장 위귀영 | 디자인실장 손현지
단행본팀 김혜연, 조기준, 조문채, 정혜리
출판디자인팀 최진아, 당승근 | 저작권 김마이, 이아람
출판사업팀 이용복, 민현기, 우광일, 김선영, 이강원, 신지애, 허성배, 정유, 정슬기, 박세화, 정재욱,
　　　　　 김종민, 정영묵, 전지현
영업관리파트 홍주희, 이은비, 정은정
CS지원팀 강승훈, 봉대중, 이주연, 이형배, 이우성, 전효정, 장현우, 정보길

펴낸곳 (주)미래엔 | 등록 1950년 11월 1일(제16-67호)
주소 06532 서울시 서초구 신반포로 321
미래엔 고객센터 1800-8890
팩스 (02)541-8249 | 이메일 bookfolio@mirae-n.com
홈페이지 www.mirae-n.com

ISBN　979-11-6841-573-7 (03830)